U0115620

无人幸兔

刚雪印 著

湖南文艺出版社
HUNAN LITERATURE AND ART PUBLISHING HOUSE

博集天卷
CS-BOOKY

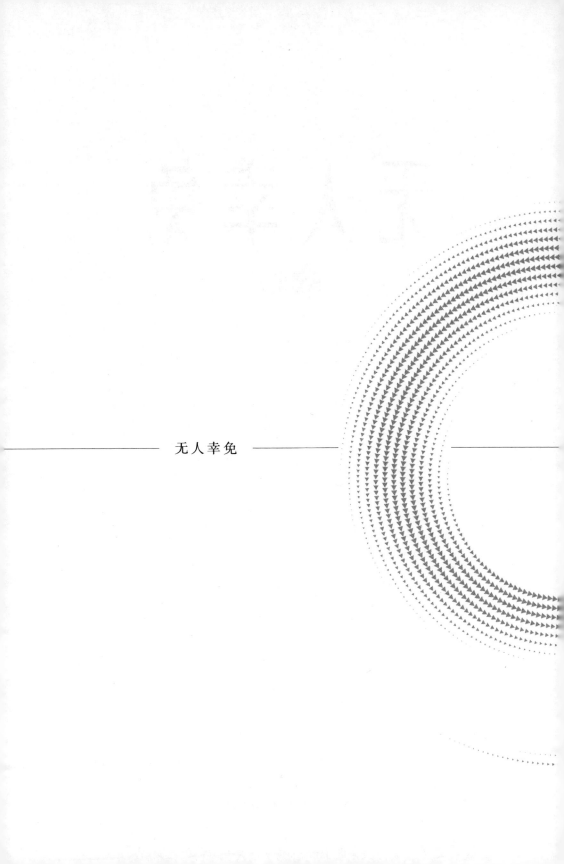

无人幸免

CONTENTS 目录

在一个相互联系的系统中，

一个很小的初始能量就可能产生一系列的连锁反应，

人们把这种现象称为"多米诺骨牌效应"。

——多米诺骨牌效应

无人幸免

引 子

一

骆辛。

冬日，天空阴沉了几乎一整天，终于在午后周山街小学放学的时候，稀稀落落飘起了雪花。

学校操场上，在老师的指挥下，学生们井然有序地排好队，按照从低到高的年级顺序依次走出校门。

走在班级队伍最后的小男孩，摘下毛绒手套揣到衣兜里，用他胖乎乎的一双小手，调皮地捕捉着从天空中飘下的雪花。看着晶莹剔透的小雪花落在手掌上，由六角形的花瓣逐渐融化成水，他觉得非常有趣。

正玩得兴起，小男孩听到了爷爷奶奶的呼唤声。老两口总是结伴来接孙子，这也是他们一天中最充实的时光。小男孩像往常一样，一手牵着爷爷，一手牵着奶奶，蹦蹦跳跳，欢快地讲述着学校里的趣事。祖孙三人的身影，在飘扬的雪花中，看起来颇为温馨。

通过校园附近的人行横道时，雪花越来越大，小男孩依旧在眉飞色舞、滔滔不绝地讲着，大抵是因为他在单元考试中得了个满分，心情格外好。爷爷奶奶如往常一样满面含笑，眼中装的全是自己的孙子，容不下任何别的东西。

"嘭……"一声巨响骤然而至，伴着刺耳的汽车引擎轰鸣，一股巨大的冲击力猛地撞向人行道上的人群……

慌乱的惊叫声、疾驰远去的汽车、奄奄一息的爷爷和奶奶，还有惨白的大地，被大片大片地染红，白的是雪，红的是血。

——小男孩"沉睡"前脑海里的画面，就此定格！

二

母亲。

郑文惠帮儿子擦干净身子后，从病房里出来，随手轻轻带上房门，又下意识透过门上的圆玻璃窗冲里面望了一眼，眼神充满关切，生怕自己前脚刚走，后脚儿子便醒过来，身旁无人照应，其实她的儿子已经在病床上沉睡近两年了。

郑文惠将身子稍微靠在门上一会儿，看起来异常疲倦。少顷，她直起身子，缓步走到电梯口，由住院部二楼上到四楼。她走到一间病房前，稍微整理了下头发和衣服，又深吸一口气，让自己显得很轻松的样子，才推门走进病房。

病房里住着她的老母亲，一位肺癌晚期患者。由于癌细胞已经广泛转移，这一次住院，医院方面明确表示老人家已经时日无多，并告知郑文惠准备后事。郑文惠父亲早亡，她又是独生女，母亲患病，她理所应当要尽心照顾，加上住在特护病房里的儿子，她每天的生活就是辗转在母亲和儿子这两个病号之间。由于丈夫的工作性质比较特殊，也无法帮她分担太多，以至于她为了全身心照顾好母亲和儿子，不得不选择辞去公职。

其实人辛苦点倒也没关系，但是经济上捉襟见肘，真的会让人绝望。母亲的化疗费用、儿子高昂的护理费用，早已把这个普通的双警家庭掏空了，甚至已经债台高筑。郑文惠每天脑子里都在盘算着从什么地方挤出一些钱来。不过，再难她也不会放弃儿子，她相信总有一天儿子会醒过来的。

郑文惠陪母亲聊了会儿天，喂她吃下饭和药，眼见母亲进入梦乡，便拿起饭盒想要到水房里清洗一下。谁知，刚走出病房，突然间觉得头晕目眩，心脏狂跳，胸口一阵憋闷，她勉强支撑着身子坐到走廊里的长椅上，把头仰靠在椅背上，脸色变得煞白，额头上也布满细密的汗珠，表情看起来极为痛苦。就这样，她坐了好一阵子，急促的呼吸才逐渐平缓下来，那一瞬间，她心里涌出一种死里逃生、孤苦无依的感觉。她把饭盒放到一边，用双手捂住脸颊，无声抽泣起来。

她太累了！她真的觉得自己的耐力已经达到极限了，她快要撑不住了，无论是生理上，还是心理上。

不知过了多久，郑文惠把双手从脸颊上挪开，一双欧式印花男士皮鞋便映入她的眼帘，紧接着，一只保养极好的大手，向她递过来一包纸巾……

第一章

恍如地狱

无人幸免

骆辛缓缓睁开双眼，周遭一片惨白，空寂无声，肃穆中透着阴冷。

从洁白的病床上坐起身来，骆辛发现房间中并不只有自己。在他的床旁，一字排开五张床，每张床上都直挺挺地躺着一具罩着白布单的躯体。

骆辛翻身下床，光脚踩在水泥地上，一股寒气瞬间穿透骨髓，他不禁晃了下身子，打了个寒战。他走到一张床前，伸出手颤颤巍巍地揭开白布单，露出一张熟悉的面庞……啊，是爷爷！

紧接着，他迅速揭开第二张床上的白布单，第三张……第四张……第五张……他相继看到了奶奶、爸爸、妈妈，以及自己心心念念的女人宁雪，那一张张毫无血色、苍白无神的面庞，分明表示他们已经死了！

这里不是病房，难道是太平间？他们都死了，那我呢？我也死了吗？

一瞬间，骆辛分不清自己是生是死，是身在阳间还是阴间，一股莫名的惶恐迅速从心底升腾。紧接着，一阵尖锐急促的声响骤然在耳边响起，震得他头皮发麻、脑仁剧痛，就好似有人正在用钻具钻他的脑袋……

丁零零……丁零零……是闹钟在响，原来是个"梦"。

骆辛深深地喘了几口粗气，挣扎着从床上坐起身来。睡衣已经被汗水浸透，贴在身上潮腻腻的，有种沉重的束缚感。他关掉闹钟，翻身下床，径直冲进卫生间，穿着睡衣便打开淋浴开关，一股冷水从头浇到脚，整个人才稍微感觉轻松一些。

或许是因为在沉睡于病床上的那段时光里做过太多的梦，苏醒之后的骆辛近十年里竟再未做过任何一个梦，所以刚刚的那个梦突然间闯进他的生活，多少让他有些无所适从。当然，那也并不算是一个梦，梦境中那些他的至亲和至爱是真的都已不在人世了，而且有人死得不明不白，或许是他们在期待真相，所以托梦给他。想到这些，骆辛的神经又紧绷起来，细长的五个手指贴着大腿，犹如弹钢琴般交替弹动起来。这也是他面对压力和焦虑时本能的应激反应。洗漱完毕，骆辛换上出门的衣服，依然是白色运动鞋、深蓝色牛仔裤、浅蓝色衬衫，一身清爽干净的打扮，让他那张苍白异常的面庞显得没那么阴郁。他站在镜子前，仔仔细细扣好衬衫上的每一个扣子，这种严谨和一成不变，是他喜欢的。同样，他如今用的手机，依然是十几年前那部老式的滑盖手机，也是他人生中拥有的第一部手机。总之，在这个世界上存活了二十二年的骆辛，是一个习惯于在某种定式中工作和生活的人，也是一个极度痛恨和抗拒改变的人。

另外，在生死边缘走过一遭之后，骆辛成为一名素食主义者，早餐通常是两片素食面包，加一杯鲜榨果汁。吃过早餐，收拾好碗碟，他背上双肩包走出家门，时间通常在 6 点 30 分左右。随后他步行 8 分钟到达地铁站，6 点 40 分坐上地铁，7 点 05 分到达单位——金海市公安局档案科。

骆辛的人生中，与"档案科"可以说有着密不可分的缘分。他母亲郑文惠曾经是科里的一名民警，当年由于要照顾成为植物人的骆辛和身患癌症的母亲，实在无暇分身，无奈选择辞职。之后，顶替她职位的是宁雪，也是骆辛"重获新生"后，对他影响和帮助最大的一名女性。差不多十个年头，宁雪像姐姐甚至像母亲一般，无微不至地陪伴着骆辛的成长——照顾他的生活起居，训练他的自理能力，陪着他接受心理治疗，并且帮他规划了学业和职业方向。可以说，正是宁雪将骆辛带入了犯罪档案的世界，让他的天赋得以最大化施展。只可惜，在一系列阴差阳错的事件促使下，宁雪命丧"悲伤杀手"之手，成为骆辛心底的又一道伤疤。并且，这种伤痛比以往更加深刻，因为多年的朝夕相处，他对宁雪的依恋早已超越姐弟之间的关系，变成一种男人对女人的依恋。是的，他爱宁雪。

在破获"悲伤杀手"一案中，骆辛受了些轻伤，住了几天院，今天是他康复之后第一天回科里上班。让他有些意外的是，叶小秋竟然比他早到，并且就像他们初次在档案科碰面时那样，叶小秋已经帮他将"玻璃隔断屋"打扫干净了。

叶小秋是已故刑侦支队前支队长叶德海的女儿，比骆辛年长两岁，是个阳光率性的女孩，才由基层派出所调至档案科不久，填补的正是宁雪离世后的空缺。不过，她一直以来的梦想是到刑侦支队做一名重案刑警，却被他父亲的老上级——主管刑侦的副局长马江民硬分到了档案科，为此她失落了很长一段时间，直到遇到身份特殊的骆辛。

骆辛的本职工作是档案科的一名档案员，但他还兼任着"刑侦支队的重案顾问"这个职务，所以他才能在档案科大办公间拥有一个独立的办公区域，连科长程莉都没有这种待遇。当然，这只是表面说辞，实际情况是因为骆辛性格孤僻、过于自我，不愿意也不善于和同事沟通。早前，他坐在大办公间工作的时候，总会因为各种小事情与同事发生摩擦，让科长程莉头疼不已。于是，借着他出任支队顾问的由头，程莉向局里申请，给他打造了这么个用磨砂玻璃隔出来的办公室，这样一来，大家彼此眼不见，心不烦，就都解脱了。

"欢迎你回来上班。"叶小秋微微笑着，脸颊上现出一对深深的酒窝，显得格外讨喜。

骆辛稍微一愣，但并未吭声，只是用淡漠的眼神扫了叶小秋一眼，随即低头走进玻璃屋，轻轻地带上门。

热脸贴了个冷屁股，叶小秋脸上的笑容瞬间垮掉，冲骆辛的背影使劲白了一眼，小声嘟哝说："臭螳螂，帮你忙活了一个早上，竟然连个谢字都不说。"

骆辛中等个头，体形偏瘦，站着像麻秆，坐着像弯刀，平时不爱运动，总待在玻璃屋里不见阳光，脸色看上去很苍白，感觉非常不健康，再加上一双眼睛很大，还圆鼓鼓的，叶小秋便经常在私底下吐槽他长得像螳螂。不过，吐槽归吐槽，共同经历了"悲伤杀手"一案，叶小秋对骆辛在案件推理方面表现出的天赋和能力还是相当敬佩的，再加上骆辛过往的一些遭遇也让她倍感同情，于是便想试着像前辈宁雪一样，在生活和工作上力所能及地给予骆辛一些照顾，并且在骆辛外出协助刑侦支队办案时甘愿当司机和助手。当然，最主要的是，由此她也算曲线达成了自己做刑警的梦想。

由于骆辛坚持认为电脑能做到的事情，他的大脑也同样能够完成，所以整个市局里，他是唯一没有配备电脑的民警，办公桌上便显得很宽敞。他卸下双肩背包放到桌角，从背包中取出不锈钢保温杯放到右上方，紧接着掏出手机放到左上方，又相继掏出一本 A5 规格的小笔记本摆在身前中央位置，最后将一支黑色水性笔摆在小笔记本右侧。上班前的准备工作做完，骆辛深深吐了口气，拉开抽屉，取出便笺本，撕下一张，拿起笔写下一串数字编号和几个人名……

骆辛正若有所思地看着便笺纸，手机突然响了起来。骆辛放下笔，拿起手机举到耳边，片刻之后挂掉电话，起身出了玻璃屋。

"跟我出去一趟。"骆辛好似对着空气说了句话，随即转身走出了办公间。

"哦，好。"叶小秋愣了下，赶紧拾起桌上的车钥匙追出去，嘴里小声嘀咕，"这是又出了什么大案子吗？"

7月3日，上午8点半，西北路，大华小区。

案发现场在一栋灰白色居民楼里，和整个老旧不堪的社区一样，居民楼的外墙也是斑驳陆离，布满污渍，透着经受岁月洗礼的痕迹。居民楼临近的街边拉着警戒线，有几名派出所的民警在把守，线外聚集着一些围观的群众，手里大多举着手机在录像。不用想，案件很快会被传到网上。

为了让骆辛坐着舒服，叶小秋舍弃了她心爱的"Mini Cooper S"时尚小车，换了一辆大气稳重的SUV。当然，骆辛并不会因此感激她，他只会觉得这是理所当然的事。叶小秋把车停好，和骆辛相继下车，通过警戒线，向居民楼走去。远远地便见地面有很多积水，等走到楼道口，两人发现单元门大敞着，一楼通道地面和楼梯台阶上也都是湿漉漉的，似乎是哪个居民家的水龙头忘关了，导致整个楼里都被水淹了。不过，骆辛又仔细地看了看脚下，发现并不是自己想象的那么简单，地上积留的水中带着淡淡的紫色，好像是水中溶入了鲜血。

两人踏进楼道，踮着脚尖踩着湿漉漉的阶梯来到四楼。四楼有三户人家，正中间一户的房门是开着的，门上拉着警戒线，门里晃动着法医和勘查员的身影。这里无疑就是案发现场。

"来了，快进来吧。"刑侦支队副支队长，同时兼任一大队大队长的周时好的声音从门里传来，紧接着递出来两副手套和脚套。

接过来穿戴好，骆辛和叶小秋俯身从警戒线下钻进屋子里。周时好抱着膀子站在门边，像以往一样穿得立立正正，三七分头梳得一丝不苟，也不知道打了多少发乳，看上去油腻腻的。顺着周时好的视线望过去，骆辛和叶小秋顿时被现场的血腥场面震慑住了，若不是及时捂住嘴巴，叶小秋差点惊叫出声来。而骆辛那细长的五个手指紧紧贴在大腿上，又开始不自觉地交替弹动起来，显然他也感受到了现场的压抑。

现场是一个两居室双南向户型的房子，进了房门就是一个狭长的客厅，客厅正对着厨房，厨房的东、西两边便是卧室。客厅右侧，摆着电视柜和液晶电视，左侧挨着墙摆着双人沙发和长条茶几，茶几周围的地板上散落着几件女式衣物，而在茶几上面赫然躺着一具赤身裸体的女性尸体。女死者面容姣好，20多岁的样子，周身布满伤口，似乎是被乱刀刺死的；更让人不忍直视的是，其面部右侧的耳朵被齐整切割掉，整张脸看着极为不协调，也愈加令人毛骨悚然。茶几的边缘积留着大片血迹，客厅四周的墙壁上、顶棚上、家具上均布满血渍，地板上也血水涔涔，整个现场血光一片。

法医沈春华正用双手小心翼翼地拨动尸体的脖颈观察着，旁边有一名勘查员举着相机在四处拍照取证，另有一名勘查员蹲着身子在死者衣物中间搜寻物证。

"这简直是把人当牲畜一样放到案板上宰杀啊！"稍微定了定神的叶小秋双眉紧蹙，惊叹地说道，"这也太丧心病狂了吧！"

周时好眨眨他那双小而聚光的眯缝眼，苦笑着摇摇头，一副无言以对的模样。

叶小秋用脚套摩擦了几下湿答答的地板，又说道："周叔，这地上的水是怎么回事？"

"凶手离开之前，故意堵住卫生间的下水口，然后把水龙头打开，调成小水流，让水流慢慢溢出洗手盆，逐渐漫延整个房子，从而给了他足够的时间远离现场，同时又能达到破坏现场物证的目的。"周时好回应说，"不过，也正是因为血水流到屋外的楼梯间，被楼里其他住户发现了，才联系物业报的警。"

"这么有反侦查意识，应该是个老手吧？"叶小秋咧咧嘴，望向骆辛。

骆辛没搭理她，在尸体周围踱步并默默观察着，自打进屋以来他就一直保持这样的动作。

叶小秋忍不住想张口追问，骆辛却转头走向厨房西侧的房间。

这间屋子显然是主卧室，里面摆着大双人床、床头柜、衣橱、电脑桌，陈设一目了然，而且都很齐整，看不到被大肆翻动的痕迹，凶手的作案动机应该不是求财。窗帘是拉着的，顶灯是亮着的，但床铺很平整，说明案发时间并不是太晚，还没到被害人睡觉的时间。骆辛稍微转了转，视线正停留在摆在窗边的电脑桌上，听到外面客厅中传出法医沈春华的声音，估计现场尸体初检已经完成了，他也想听听结果，便赶紧出了房间。

"分析血溅和伤口形态，初步判断施害动作发生在客厅沙发附近位置，凶手手持锐器由被害人身后连续三次刺穿其右侧颈部大血管，导致被害人失血过多死亡，死亡时间在昨日 21 点到 22 点之间。遍布整具尸体上的锐器伤，数了下，有 30 多处，由伤口形态判断，均系被害人手持锐器'捅刺'所致，伤口无生活反应，均系死后创伤。同样，割掉耳朵的动作，也发生在被害人完全停止呼吸之后。其他体表部位，包括背部、手臂和腕处，均未发现约束痕迹和反抗造成的划伤。另外，被害人虽然全身衣物被扒光，但下体没有损伤迹象，阴道擦拭物预试验，也没有发现精斑残留……"

　　跟随着法医的讲解，骆辛习惯性的"钢琴手"动作再次出现，很显然他在调动大脑中的犯罪数据库，一边构建案发过程，一边搜寻相关犯罪情节，从而进行演绎推理：女被害人穿着家居服坐在沙发上边吃零食边看电视（沙发上放着一袋开了口的薯片），凶手敲门，被害人开门主动将其放进屋内（现场门窗没有撬压和暴力闯入痕迹）。被害人随后返身走回沙发，邀请凶手落座。凶手紧随其后，冷不防掏出锐器刺向被害人右侧脖颈，被害人倒在茶几旁，很快停止呼吸。

　　被害人应该认识凶手，对其没有戒心，否则大晚上的她不会放心将后背暴露给凶手。凶手是右手持刀，采取偷袭式的杀人手段，被害人在猝不及防中死亡，如果她当时能够感受到威胁，第一反应会逃向卧室，而不是停留在茶几这里，可以排除激情作案。

　　凶手捅死被害人之后，把尸体抬至长条茶几上，先将尸体身上的衣物剥光，后持锐器对尸体进行疯狂无规则的捅刺。

　　之所以判断"脱衣"在前，"补刀"在后，是因为骆辛观察到被害人的衣物上没有被锐器划破和撕烂的痕迹，并且衣物基本保持完整，问题就在于这样一个顺序，有悖正常的犯罪行为逻辑。通常情况下，杀人之后又对被害人连补数刀，显然属于过度杀戮行径，大概有这么几种动因：第一，担心被害人没死透；第二，过度痛恨和愤怒导致的过度宣泄；第三，初次杀人后情绪慌乱导致的无意识行为；第四，凶手可能患有某种精神障碍疾病。

　　比如，发生在2010年10月的大学生驾车撞人后的补刀案件，以及发生在2019年5月的"红谷滩杀人案"。前案中，犯罪人驾车撞人后，在紧张心理的刺激下，从随身携带的包内取出一把尖刀，对倒在地上奄奄一息的车祸伤者连捅八刀，最终导致伤者完全死亡；后案中的犯罪人，则患有双相情感障碍，因长期生活境遇不佳，遂产生报复社会的念头，于是选择在商业街人流密集区域实施无差别随机杀人，一名无辜的女孩在遭到其数十次的砍杀之后，因失血过多死亡。

通过上面两个案例不难发现，大多数过度杀戮的犯罪行为，具有一个特征，那就是杀人动作从开始到结束，中间没有长时间的停顿。反观本案，凶手杀人之后，不仅挪动了尸体，还从容地脱光了尸体上的衣服，然后进行补刀，这显然属于一种"虐尸"行径，表明本案中出现的过度杀戮行径，有可能是因为凶手具有某种精神疾病或者变态心理。

至于凶手脱光尸体衣服的行径，通常有两种动机：一种是为了方便性侵；另一种是为了羞辱被害人。而本案中没有出现性侵特征，看起来更像是后一种动机。

当然，本案中出现的最残忍的行径，必然是凶手割掉了被害人的耳朵并带离现场。

人类的器官中，最具有代表意义的莫过于面部器官、心脏和性器官，所以在一些变态杀人案例中，凶手为了便于回味或者出于占有心理，会割掉被害人的某个器官带离现场。那么，对比本案，凶手把被害人的耳朵带走，是不是也是要把它留作纪念呢？或者依然是愤怒和宣泄心理的延续呢？

总结上面所有推理，似乎可以看到这样一个犯罪轮廓：凶手熟识被害人，并对被害人怀有极度仇恨的心理，这种仇恨甚至发展到让凶手着魔的地步，以至于仅仅杀死被害人并不能让其得到满足，还必须将被害人赤身裸体地暴露在世人眼前蒙受羞辱，甚至要将被害人的躯体和面庞千疮百孔地呈现于世。不过，这样一套行为剖绘，虽然从逻辑上看似非常顺畅，但骆辛隐隐约约有种直觉，其中有刻意的成分存在。特别是，凶手让被害人的鲜血遍布现场的各个角落，让现场俨如地狱一般，是完全没有必要的，除非他真是一个疯子，可是疯子能想到利用水消灭物证痕迹的妙招吗？

"怎么样，有什么想法？"周时好打断骆辛的思绪问，"是报复杀人吗？"

"看上去像。"骆辛怔了下，接着又说，"不过，感觉上还有更深层次的问题，现在还说不好。"

周时好皱了皱眉，有些惊讶，他很少见骆辛在现场这么不自信。

"有那么复杂吗？"一旁的叶小秋插话说，"凶手明显认识被害人，而且这屋子里怨气这么重，凶手既没图色，也没图财，感觉上就是单纯的报复杀人吧？"

"也不尽然。"正在收拾工具箱的法医沈春华接下叶小秋的话说，"到目前为止，被害人的钱包和手机在现场都未找到，侵财的动机还是不能排除的。"

"找到了，找到了……"

随着几声略显兴奋的声音从房门外传来，门口警戒线下钻进来两个人，不是别人，正是周时好最得力的两个助手。个子高点、长相憨厚的，是一大队副大队长张川；个子稍矮点、年轻帅气的，是队里的骨干民警郑翔。

郑翔走在前面，手中提着两个透明证物袋，冲周时好晃了晃，一脸兴奋地说："我和川哥在楼下垃圾箱里找到的，手机和钱包，上面都沾着血。"

"这是在钱包里找到的身份证。"走在后面的张川，冲周时好递过来一张身份证，"旁边屋的邻居看了身份证上的照片，说和住在这里的女孩长得很像。"

"肖倩，26 岁，本市人。"周时好接过身份证，放到眼前轻声说道，紧接着抬头望向张川问，"这房子是这女孩一个人在住吗？"

"是的，问了楼里的户主，说是她才搬来不久，房子可能是租的。"张川从斜挎在胸前的休闲包里摸出一个小笔记本，翻了几页说道，"物业给的资料说房主叫张辉，2002 年买的房子，手机号码是 138……我试着打了几遍这个号码，对方一直关机。"

"这小区太老了，楼道门早坏了，形同虚设，更甭提安防监控了。"郑翔紧接着介绍外围走访情况，"我们走访了楼里的其他住户，都说昨天晚上没听到什么异常的声音，也没人在楼里看到过陌生或可疑的面孔。"

周时好点下头，指指郑翔手中的证物袋："怎么样，那手机能开机吗？"

"能，不过需要开机密码才能进到主界面。"郑翔把手机屏幕举向周时好，"等回去让技术队破解一下。"

"密码几位数？"叶小秋问。

"试了下，是 4 位数的。"郑翔说。

"3333。"骆辛凝神盯着被害人尸体，双眼淡漠，用随意的口吻吐出一串数字。

"什么？密码是 4 个 3？真的假的？你连智能手机都没有，还懂这个？"叶小秋一脸不服气，从郑翔手中夺过手机，在屏幕上试着按下 4 个 3，结果还真就解开了密码。

"厉害啊，'骆大师'，你咋猜到的？"郑翔伸出大拇指，由衷地赞叹道。

"对啊，'大明白'，快说说。"骆辛在支队的外号叫"骆大师"，轮到叶小秋嘴里就变成了"大明白"，当然，暗地里她更喜欢称他为"臭螳螂"。

被众人一捧，骆辛从踌躇中走出来，眉宇间多了丝雀跃，扬声说道："能用 4 个数字做手机密码的人应该比较懒散，密码自然是越简单越好。当然，还有另一层原因，习惯单手玩手机的人，简单的密码更便于解锁。"骆辛顿了下，冲尸体努了努嘴，进一步解释说，"我在卧室里看过这女孩的电脑桌，鼠标摆在键盘左侧，说明她是左利手，那么就与大多数人相反，平时习惯用右手握着手机，而解锁页面上距离右手大拇指最近的数字就是'3'，所以我猜密码是 4 个 3，就这么简单。"

骆辛其实也不算是"正常人"，他身上有很强烈的分裂气质。平日里大多数时候，他情绪淡漠、寡言少语，沉闷得让人觉得阴冷，但这并不意味着同事们会忽略他的存在感。眼神，因为眼神。与言语相较，他似乎更愿意用眼神去揣摩别人的心思，所以很多时候，他的视线总是停留在别人的面庞上，而当有同事迎合他的目光时，却发现那双眼睛里的光似有若无、虚无缥缈，让人难以捉摸。不过，让同事们惊讶的是，一谈论到案件，一接触到犯罪现场，他整个人的情绪便立马高涨起来，言语交流也变得颇为顺畅，甚至可以说是洋洋洒洒、夸夸其谈，简直跟换了一个人似的。这也一度让周时好产生错觉，以为多带他办些案子，多训练他接触一些不同的环境和人，他或许会恢复成一个正常人。可是逐渐地，周时好发现自己错了，骆辛只是喜欢探索罪案而已，虽然血腥残忍的犯罪现场能够激发他无限的潜能，但是回到现实生活中，他便重新将自己"包裹"起来，这让周时好心里很受挫。

骆辛话音刚落，叶小秋跟着又问道："凶手把手机和钱包扔到垃圾箱里，肯定是想拖延咱们确认尸源的时间，从而有足够的时间逃避追查，那割耳是不是也是这个原因？"

"应该不是。"周时好接下话说道，"若真是如你所想，凶手就不会让咱们这么轻易地发现钱包和手机了。"

第二章

分工办案

无人幸免

回到刑侦支队，周时好直奔会议室。回来的路上，他接到内勤民警苗苗的电话，说是局领导来队里要求听取"黑石岛抛尸案"的侦破进展，并着手正式成立专案组，让周时好快点赶回来。

进了会议室，只见金海市公安局局长赵亮坐在长条桌的顶端位置，左、右两侧分别坐着主管刑侦的副局长马江民和刑侦支队新任支队长方龄，就这仨人。周时好多少有些意外，他本以为支队其余各大队的负责人也会到场，一时之间不知道局领导的葫芦里卖的是什么药。

周时好正愣神，局长赵亮冲方龄身旁的位置指了指，温和地笑着说："小周，快过来坐，就等你了。"

"噢，抱歉，刚刚出了个现场，让领导久等了。"周时好欠身解释一句，赶忙绕到方龄身旁坐下。屁股落下之际，周时好还不忘冲坐在对面的马江民轻轻点了下头，马江民也微微颔首回应，一来一往，无声互动，看得出两人关系匪浅。

周时好坐定之后，眼睛余光不自觉地偷瞄了几眼身旁穿着白色警装的方龄。这方龄是挂职干部，从公安部刑侦局犯罪对策研究处调来才一个多月，人长得端庄知性，气质也非常之好，今天穿着一身制服，显得格外英气逼人，这对年近四十、依旧单身的周时好来说，是有足够吸引力的。

"人到齐了，开始吧，小方。"赵局发话道。

方龄点点头，双手娴熟地在笔记本电脑键盘上操作起来，随后会议室墙上挂着的液晶大屏幕中，显示出多张现场存证照片。方龄紧接着介绍道："6月5日清晨，技术队在南城区黑石岛海域一处山崖下方执行任务时，在一处溶洞中意外发现一个大号旅行箱，打开之后看到里面蜷缩着一具白骨。后经省厅物证鉴定中心通过颅骨复原技术，还原出一幅近似原市局档案科民警郑文惠样貌的人像图，随后技术队提取其子骆辛的DNA进行检验比对，证实被害人确是郑文惠，死亡时间已超过10年，死者系被钝器多次击打顶骨后方区域导致死亡。

"从尸骨情况看，郑文惠是被脱光衣物后塞进旅行箱内的，衣物并没有随旅行箱抛弃，技术队只在箱底部位找到一枚表面刻有樱花图案的女士装饰扣，除此之外未再发现其他物证。但是，有关作案凶器方面，技术队有重大发现。通过击打试验对比，确认凶器为前端带有一段狼牙棒纹路的圆柱形金属钝器，而在试验中偶然发现咱们刑侦支队在2005年配发的一款加长型电警棍，最为接近凶器。喏，就是这一款电警棍，由铝合金制成，全长58厘米，棍身带有一部分狼牙棒纹路。当然，现在装备已经更新了，大多用的是伸缩型或者手电筒式的微型电警棍。"方龄一边介绍，一边用手敲击电脑键盘，将电警棍的图片在液晶大屏幕上显示出来，接着说，"所以，我们认为案件或许跟咱们内部有关。"

"这种电警棍我知道，当年配发的时候我还在队里。"副局长马江民急着插话说，"不过，这种纹路结构的棍棒在社会上应该很常见，而且当年无论在公开渠道还是在黑市上都能买到此类电击棍，仅凭目前的这些证据断言案件与咱们内部有关，是不是太过草率了？"

"噢，您先别急，听我接着汇报。"方龄微笑了一下，斟酌着说道，"是这样，我们到装备库调阅过相关登记簿，队里在2008年5月开始对电警棍进行换代升级，要求将原来那种加长型的电警棍统一交回队中，但是其中有一位民警由于个人原因并没有及时交回，这个人就是郑文惠的丈夫，曾经在支队一大队担任过大队长的已故民警骆浩东。"

严格地说，人民警察丢失电警棍是一件很严重的失职事件，如果未及时上报并造成负面后果，会被认定为构成犯罪。所以方龄话音刚落，赵局面色瞬间沉了下来，紧接着用眼角斜了马局一眼，马局则一脸无辜地微微摇头回应，表示自己并不清楚有这么个事情。

两名局领导的小动作，被方龄尽收眼底，她赶忙打圆场说："我找装备库领导了解过当年的情形，说是骆浩东特意找过他，跟他说忘了把警棍放哪儿了，让再宽限一段时间，自己找找看，结果没过多久骆浩东便身故了，这个事情他也就没再提。"

方龄如此说，倒是让人好接受些，不然这电警棍遗失事件，作为当时支队一把手的马局多少也要负点责任。不过，骆浩东与被害人郑文惠是夫妻，近似于凶器的电警棍又让他搞得不知所终，确实值得怀疑。尽管他已不在人世，但是为了解开案件真相，将他作为一个犯罪嫌疑对象展开调查，完全合乎办案逻辑和规范。

赵局与马局对视一眼，稍加思索，面色凝重地说道："这个案子的情况我们其实听说了些，郑文惠和骆浩东都是咱们内部的同志，现如今竟然一个是被害人，一个是嫌疑人，不用我多说，你们也很清楚案件的敏感性。所以，来之前我和马局商量了一下，在找到更多的证据之前，这个案子先低调处理，暂时就不成立专案组了。这样，小周，你把队里的工作先放一放，挑两个业务能力强的民警协助你，专门来办这个案子，有什么问题直接向马局汇报。至于队里的工作，那就要辛苦小方同志多担一担了，我相信以你的能力完全可以胜任。怎么样，小方同志，有问题吗？"话到最后，赵局特意摆出征询方龄的姿态。

"我同意这个案件暂时保守侦办，但是我认为……"方龄盯着笔记本电脑，回避着所有人的视线，迟疑了一下，抬头冲向赵局，语气坚决地说道，"据我了解，周队和马局与郑文惠、骆浩东夫妇俩，过往交集甚密。骆浩东和已故刑侦支队前支队长叶德海，曾经是马局最信任的下属，而周队目前还是郑文惠之子骆辛的监护人，严格些说，周队和马局也算是案件中的当事人，所以我觉得他们二位应该回避此案。"

"你疯了吧，知不知道自己在说什么？你是把我和马局当成犯罪嫌疑人了吗？"方龄调来支队这段时间，一直摆着一副公事公办的架势，从来不给周时好好脸色看，他早憋着一肚子气了，这会儿又被无端猜忌，终于忍无可忍地爆发出来。

"小周。"马局瞪了周时好一眼，示意他闭嘴。

"再说，文惠姐和骆队在局里关系好的人多了，难道都要回避此案吗？"周时好还是按捺不住继续争辩道。

"好了，不要吵了。"赵局语气平和，不怒自威。

早听说新来的挂职干部，人长得漂亮，工作能力出色，而且个性严谨，做事不顾情面。今天亲眼所见，果然传言不虚。不过，把这么个人放到性格张扬不羁的周时好身边，时不时敲打敲打他，倒也不是一件坏事。赵局表面上不动声色，心里却暗暗赞叹老伙计马江民先前的决策，没有让周时好顺位接叶德海的班，而是把挂职而来的方龄放到支队长的位置，这对支队的工作以及周时好的成长都是大有好处的。

"小方同志意见提得很好，是我考虑问题不周全。"赵局露出一贯温和的笑容道，然后冲方龄和周时好指了指，"这样，你们调换一下，小周，你负责抓好队里的工作，由小方同志来主办郑文惠被害一案，当然办案中发现什么问题或者有了进展，还是要向马局汇报请示。"

好的领导都善于把握平衡，行走官场多年的赵局自然深谙此道，这样安排不仅给足了方龄面子，也坚持了对马局的信任。当然，这份坚持也是在隐晦地向方龄传递一种姿态，虽然她是来自上级主要单位的干部，但是到了地方就得服从地方的大局。

"行了，局里还有个会，我们先走了，你们留下来再议议人手分配问题。"赵局没有再征求方龄意见，与马局交换了下眼色，随即起身离席。

马局紧跟其后，走到门口时停住脚步，不放心地回头嘱咐一句："都给我理智些，万事好商量，别把情绪带到外面，让下属们笑话。"

周时好和方龄赶紧起身，赔着笑连连点头。

等赵局和马局的身影完全从会议室消失，两人立马坐回到椅子上，脸上的笑容也瞬间消失不见。周时好显然还是气不过自己被踢出郑文惠案，使劲瞪了方龄一眼，疾声厉色地说："你想办这个案子你就直说，干吗让我当炮灰？"

方龄不想再引战，一边收拾着笔记本电脑，一边语气平和地说："既然局里要求低调，选人方面也别大张旗鼓了，你把张川派给我，再加上苗苗，暂时就我们三人办这个案子，有需要再增派人手。"

周时好张张嘴，但没发出声音。他本意是不愿将自己最得力的干将派给方龄，可转念又一想，派个自己的人在方龄身边，可以随时打探那边的办案进展，也挺好的，便把到嘴边的话咽了回去，转而点点头，算是默许。

方龄显然不想过多纠缠，见周时好同意自己的方案，便把笔记本电脑抱在怀中，起身准备离开。只是，刚迈出一步，又突然把身子缩回来，用调侃的语气说："对了，你那个大宝贝骆辛，知道被害人是他母亲，情绪怎么样？"

"和平时差不多，反应没有我想象中那么激烈。"周时好摇摇头，暗暗吸了口气，他心里再清楚不过了，骆辛是不可能善罢甘休的，或许平静的背后正在酝酿着更大的风暴。

"我丑话说前头，这个案子他不能参与，所有的案件信息要对他严格保密。"方龄一脸严肃强调道，"我不管别人，在我的队里你得想好怎么应付他，我不会任他肆意妄为的。"

"别说我了，你把你自己的人看好了，千万不能让骆辛知道，案子与他爸有关。"骆辛是周时好的弱点，即使方龄的话不顺耳，他也强硬不起来，指着身旁的椅子说，"我这边你放心吧，我心里有数，我用别的案子拖住他。对了，你先坐下，我跟你说说刚刚出现场的案子……"

"这个方龄真够张扬的，怪不得来了没几天，总有人在背后议论她。"这边，赵局和马局在走廊里没走多远，赵局忍不住压低声音说，"我听说她平常上班穿着也特别讲究，都是什么国际大牌子，还开着一辆价值七八十万的豪华 SUV，咱体制内的那点工资够她这么花吗？你找总局的熟人打探打探底细，这人不会是有什么问题吧？"

"问过了，说人绝对正直，也是真有钱，主要是家里有钱，她老公家里有些背景，还开着一家大公司，事业做得特别好。"马局回应说，"不过，说是在人家那边这姑娘挺低调的，工作认真勤恳、踏实敬业，走到今天这一步，完全靠自身打拼得来的，没借助过老公家的背景关系。"

"那就好。"赵局点点头，一脸严肃说，"这姑娘也确实挺精明的，考虑问题比较深刻，还真不能小瞧。"

"是啊，她非要参与这个案子，应该是担心咱们玩小圈子，滥用职权包庇浩东。"马局深深叹口气道。

"以后你跟小周接触也要注意下分寸，别让人挑理。"赵局道。

"明白，我心里有数。"马局道。

"哎，对了，这小周和小方之间怎么别别扭扭的，看着不光是因为支队长的位置被顶了，好像还有什么底火似的？"赵局问。

"你看出来了？他俩还真是老相识，在公安大学是同班同学。"马局脸上挂着暧昧的表情说，"我特意拜托公安大学的一个老熟人调查了一下，说这两人在学校的时候谈过一段时间的恋爱。"

"那后来怎么分手了？"赵局追问道。

"说是方龄又攀了高枝，把时好'踹'了。"马局道。

"怪不得小周这小子平时八面玲珑的，刚刚却那么失态。"赵局幸灾乐祸地调侃说，"这回真是旧恨加新仇，够他郁闷一阵子的了。"

"就得弄这么个人好好压压他，要不然这小子嘚瑟得没边了。"马局也笑笑道。

从会议室出来，周时好回到办公室，刚在椅子上坐定，张川手里拿着一份卷宗推门进来。

"被害人身份确定了，就是肖倩。"张川把卷宗夹放到周时好身前说。

"这么快？"周时好有些诧异，"DNA鉴定有结果了？"

"不，是指纹比对出来的，咱们的数据库中先前录入过她的信息。"张川解释说，"这个肖倩，曾经因诽谤他人被行政拘留过，具体笔录都在那卷宗中。"

"行，我知道了，这案子不用你跟了。"周时好并不急着打开卷宗，稍微扬扬手，"待会儿你去隔壁找方队报到，接下来很长一段时间你可能都要跟着她以及苗苗，负责调查'黑石岛抛尸案'。"见张川一脸疑惑，周时好把身子往前凑了凑，压低声音道，"是局里的决定，你不要多想，勤打着点电话。"

"好。"张川重重点下头，他当然明白周时好话里的意思，"那我过去了？"

"对了，郑翔哪儿去了？"周时好又叫住张川问。

"去见肖倩母亲了。"张川答。

肖倩的母亲叫张洁，是医大二院眼科的医生，郑翔通过肖倩手机通讯录找到了她的手机号码，并与她取得联系，约在医院见面。

虽然作为医生比常人有更多机会接触死亡，但当死亡真的降临到自己家人，尤其是唯一的女儿身上时，尽管郑翔已经尽量斟酌着用词向她说明情况，张洁还是情绪崩溃，当场昏厥过去。好在守着医院，经过一番紧急救治，她才慢慢清醒过来，躺在病床上开始接受问话。

"真……真不敢相信，昨天中午我还和倩倩聊过微信，没想到那就是我们娘俩最后一次通话。"张洁抹着眼角的泪水哽咽着说道。

"事情已然发生了，您节哀顺变。"郑翔轻声安慰一句，然后拿出记事本和笔，开始正式做笔录，"你女儿肖倩有仇家吗？她近段时间有没有与什么人发生过比较激烈的争执？"

"仇家？"像是受到启发，张洁眼神中闪过一丝愠怒，"我知道是谁害了我们家倩倩，一定是那个叫沈什么涛的男人！"

"您说的是沈建涛？"郑翔先前在队里匆匆看了一下相关案件笔录，大概了解一些案情，"告您女儿诽谤的那个人？"

"除了他还有谁？"张洁瞪大眼睛，一脸怨气，"那男人太小肚鸡肠了，不就那么点事嘛，这都过去一年多了，还不依不饶、没完没了的。就上个月，他又在网上发文章卖惨，煽动网民网暴倩倩，一些脑子有病的网民又跑到我们家小区闹，搞得那点破事在小区里人尽皆知，不然倩倩也不至于非要搬出去住。"

"这么说，他最近并没有与您女儿直接接触过？"郑翔问，"那您凭什么说他是凶手？"

"就是他，一定是他！"张洁语气坚定地说。

郑翔见张洁有点无理取闹的意思，便转换话题问："肖倩有男朋友吗？"

"没有。"张洁落寞地摇摇头，"之前谈过一个，在三四个月之前分手了，那男孩子家世挺好的，就是长相差点，倩倩觉得不完全称心，所以处了一段时间之后，跟人家提了分手。"

"那您有那男孩的联系方式吗？"郑翔问。

"没有。"张洁说，"倩倩只带他来过家里一次，我们也没好意思问，我给你个倩倩高中同学的电话，你可以找她问问看，据说她是介绍人。"

"行，那麻烦您写一下。"郑翔把手中的记事本和笔递给张洁。

等着张洁写完，将记事本还回来，郑翔才继续发问："她什么时候搬出去单住的？"

"大概两周之前。"张洁稍微斟酌了下说，"倒也不是完全因为邻居说闲话，主要是他舅舅托人帮忙给她找了份行政助理的工作，公司离大华小区比较近，她才搬过去住的。"

"什么公司？"郑翔问。

"天翔服饰公司。"张洁补充说，"主要做女士内衣的。"

"肖倩平时都和什么人来往，朋友多吗？"郑翔问。

"不算多，平时能玩到一起的，主要是小学或者中学时期的同学。"张洁说。

"那新公司呢？"郑翔问，"她有没有认识新的朋友，或者有没有发生不愉快的事情？"

"应该没有。"张洁迟疑着说。

看上去张洁也不太了解肖倩在新公司的情况，郑翔把话题拉回大华小区："那大华小区的房子是租的吗？我们联系了房主，但没有打通电话，您了解房主的情况吗？"

"房子是借我弟弟的。"张洁解释道,"我弟弟条件好,有好几处房产,他目前人在国外探亲,可能我们这边是白天,他们那边是晚上,所以手机关机了。"

郑翔点下头,接着问:"都有谁知道她在那边住?"

"挺多人的吧。"张洁迟疑了一下,才接着说,"出了沈建涛那档子事之后,倩倩被原单位开除了,待在家里做了一阵子微商,在网上卖点面膜和化妆品啥的,结果也没挣到什么钱。这次,好不容易他舅舅给介绍了份不错的工作,我们都特别高兴,她搬过去那天,我和她都发了微信朋友圈。"

郑翔思索了一下,问:"发朋友圈应该没说具体位置吧?"

"没太具体,但是当时单位的几个同事在评论中打趣说我是土豪,有好几处房产,我就跟人家解释房子是借的,在大华小区,然后有个女同事说她也在大华小区有处房产,问我在几号楼,我就回了句 28 号,仅此而已。"张洁说。

"您这个同事叫什么?现在可以找到她吗?"郑翔追问。

"她在骨科,叫郝娜。"张洁顿了下,赶忙又说道,"你们不必打扰郝医生了,她怎么可能害倩倩,一定是那个沈建涛……"

郑翔不想再听张洁胡搅蛮缠发牢骚,便打断她的话说:"据您所知,肖倩住的那房子里有几把刀具?"

"应该只有一把。"张洁未加思索地说,"收拾房子时,我在厨房里找到一把菜刀,但已经破得不成样子,我就把它扔了,又特意到超市给倩倩买了一把,就是那种方形的小切菜刀,毕竟也不能总吃外卖,偶尔还是要自己做饭吃。"

骆辛从大华小区的犯罪现场回到档案科,便一头扎进档案室。

骆辛知道这一次恐怕自己要孤军奋战了。就算情商再低，他也能清晰地感受到所有人在回避向他提及他妈妈的案子的信息。原本对他有求必应的法医沈春华，竟然婉拒了他要求借阅尸检报告的请求。更别提支队的那些人了，张川和郑翔的口风突然都紧了起来，就连周时好也找各种理由敷衍他，但是为了给妈妈讨回公道，他只能一往无前。

尽管骆辛和妈妈相处的时间十分短暂，尽管他的大脑遭受过重创，但是妈妈的音容笑貌在他的脑海里总是异常清晰。他太爱太爱妈妈了。在他童年的时光里，经常是妈妈一个人陪在他身边，爸爸的存在感极低。记忆中，爸爸总是早出晚归，甚至不归，有时候十天半个月也见不到个人影。回家后，也老是阴沉着脸，很不耐烦，从不主动和骆辛交流，从未陪他玩过任何一个游戏，更从未教过他任何一道数学题。那时，在骆辛幼小的心灵中，时常萦绕着一丝困惑——"爸爸不爱我吗？"所以他其实很不喜欢爸爸。但也只是不喜欢而已，并没有太多的怨恨，因为妈妈告诉他，爸爸是最会抓坏人的警察，每天都特别忙碌，特别辛苦，并且，妈妈把她所有能够支配的时间和爱放在了骆辛身上，给了他一个非常快乐的童年。所以，骆辛判断：妈妈的被害一定与妈妈本身没有关系，问题应该出在抓捕过无数罪犯的爸爸身上。

想要突破妈妈被杀一案的瓶颈，就要从爸爸过往的经历方面寻找线索，而最有可能的便是来自罪犯的报复。骆辛首先要做的，是将爸爸从警以来经手过的案件卷宗全部梳理一遍，从中寻找嫌疑对象。当然，这对他来说并不算是一件多么繁重的事情，因为卷宗摆放的位置，乃至上面记载的内容，他都了然于胸，他只是想把它们找出来重温一遍，对着白纸黑字更加立体，也更容易碰撞出灵感。

第三章

社死事件

无人幸免

次日一早，刑侦支队会议室，案情分析会。

会议一开始，周时好先发了一顿邪火。倒也不怪他，这前一天早上刚出的案子，下午消息就在网络上传开了，而且被害人的身份、尸体的惨状都被曝光出去了。再加上被害人肖倩先前编造过"偷情视频"，网民们对她印象颇深，于是添油加醋的，捕风捉影的，说什么的都有，搞得队里特别被动。周时好当着所有人的面特别重申，工作中要严格遵守保密制度。

周时好发过火之后，会议开始进入正题：先是法医汇报尸体解剖情况，结论与现场初检基本一致，需要补充的是，通过比对，确认凶器为一把单刃短刀，刃长约 15 厘米，刃宽约 4 厘米，刃厚约 5 毫米，这样一把匕首在现场并没有找到，应该是被凶手带走了；接着是痕检人员汇报物证鉴定结果，包括被害人手机等物证中，均未找到有价值的线索；再之后便轮到郑翔，他详细介绍了被害人肖倩的背景信息，并重点说明了由肖倩引发的一起造谣诽谤事件。

去年 4 月份，网络上流传着一段很火的视频。视频中一名模样俊朗的青年男子和一名体态丰腴的中年女子，结伴从一座大厦的大堂中穿过。一路上，两人谈笑风生，举止亲密，青年男子一度还挽着中年女子的胳膊，中年女子则面露羞涩，似有避讳。而此时，视频中传出一段画外音，是一个年轻女生的声音，用调侃的语气说道："看到没有，小狼狗和女老板装作在加班的模样，其实是在公司偷情呢！"就是这么一段短视频，加上一句女生的吐槽，令无数网民对青年男子和中年女子的关系产生无限遐想。

但其实，擅长颠覆事实的网络时代，眼见也不一定为实。视频拍摄于位于市中心 CBD 区域的创富大厦，视频中的青年男子叫沈建涛，在大厦中一家广告传媒公司做客户经理，而中年女子叫周怡，在比传媒公司低两个楼层的一家天使投资公司做高管。两人之前并不认识，当晚都是在公司加班到 10 点左右，只是离开的时候恰巧在电梯中碰到。当时，周怡怀里抱着一大堆文件准备带回家看，文件特别重，加上步子走得有些急，没承想在走进电梯门的刹那，脚下跟跄了一下，不仅把怀里的文件全部甩到地上，右脚还轻微崴了一下。好心的沈建涛见状，主动帮忙将地上的文件拾起，并搀扶周怡走出电梯。出了电梯，走了一小段路，周怡觉得自己的脚不太疼了，可以正常走路，便让沈建涛把自己放开。随后，两人一起出了大厦门，各自打车，各回各家。然而，就是这么一个简简单单的事情，却令两个当事人惹上一场无妄之灾。

肖倩是创富大厦前厅服务台的一名接待员，当晚她值夜班，做完了手头上的工作闲得无聊，便拿出手机在大堂里随意拍摄，恰巧录下沈建涛扶着周怡走下电梯穿过大堂的场景。随后，肖倩一时兴起，脑袋里冒出恶搞一番的念头，便召唤正在大堂中巡视的保安部主管李成，帮助其对视频进行剪辑和编辑，最终二人合力编造出一个"小狼狗与女老板借加班偷情"的不伦事件。

"偷情视频"先是被肖倩和李成发到各自微信上的朋友群里，之后视频又从朋友群中被转发到大厦的工友群里，再之后经过层层转发，不仅传遍整个大厦，甚至扩散到了网络社交平台上。由于"剧情香艳"，视频所带来的负面效应迅速在网络上发酵，沈建涛和周怡身边的家人、亲戚和朋友，以及单位同事和领导均被谣言误导，对二人极尽责难和嘲讽，更有无数义愤填膺的吃瓜网民，敲击键盘，挥舞起舆论暴力的铁拳，誓要锤死他们自认为的吃软饭的小白脸和风骚出轨的女老板。

而受尽冤枉的沈建涛和周怡自然是百般解释，他们通过网络社交平台发布公告，详细交代了当晚事情发生的经过，但在这个大多数人只愿相信自己想要相信的，人人争做意见领袖的网络时代，没有人愿意相信他们是受害者，谩骂和中伤并未因此减少，让二人深切感受到了被"社会性死亡"的无奈。

万般彷徨之下，沈建涛和周怡选择报警。警方接到报案后，调阅了大厦的监控录像，并对大厦当夜工作人员进行问话，同时通过技术手段追溯视频发出的源头，很快便揪出"偷情视频"的始作俑者肖倩和李成。二人痛快承认了他们恶意捏造谣言的不法行为，最终被施以"行政拘留7日"的处罚。

只是对找回公道的沈建涛和周怡来说，"偷情视频"对他们的伤害和负面影响却并未终止，两人所在的公司都不希望让人格上存有争议的员工去面对客户，于是沈建涛被公司劝退离职，而周怡则主动向公司递上辞呈。

郑翔发言结束过后，会议室里沉寂了好一会儿。须臾，周时好叹口气，打破沉默道："咱们这些干刑警的，整天忙得跟社会都脱节了，网上炒得这么沸沸扬扬的一件事，咱都没几个人听说过。"

"其实这种事情在网络社交平台上挺多的，见怪不怪。"一个年轻民警感叹道，"现在有些人也不知道怎么想的，总把制作这种恶趣味的东西当成一种成就，还要疯狂地传播，根本不在乎会给别人带来什么样的伤害，真的是非常自私，非常狭隘。"

"有啥稀奇的，流量论呗！"一个年纪稍大点的民警，语气老成地接话道，"肖倩这事还算是临时起意，有些人专门就干这个，先造谣，再辟谣，赚两份流量。还有的人注册俩账号，一个负责造谣，一个负责辟谣，自己和自己吵，左右手互搏，也赚两份流量。有了流量，就可以变现，自己名利双收，然后留给社会一堆负能量。关键是平台方就喜欢这种四处挑拨的用户，毕竟流量收割获益的大头还是在人家平台资本方那里。"

"是啊，就说这个'偷情视频'事件，在各种社交平台上热炒了很长一段时间，几个当事人的隐私都被扒个底朝天，网民在网上轮番谩骂、诅咒，还有的网民跑到人家住的小区里、跑到人家家门口闹，据说那个受害者沈建涛家里的窗户玻璃，都被砸碎过好几次。"

郑翔苦笑着说："很明显，这个事件里的所有人都是输家，只有社交平台赚足了流量。"

"除了刚刚重点介绍的肖倩，其他几个当事人现在都什么情况？"周时好紧接着问。

"我在外围大概调查了一下，肖倩的同伙，那个叫李成的，事发前是创富大厦保安部监控室主管，因为家里和大厦管理方有些关系，所以李成只是从主管降职为保安员，目前还在创富大厦工作。"郑翔回应道，"另一个被传谣中伤的，那个女高管周怡，因为本身有国外绿卡，经历这件事后便和家人移居海外。我去出入境管理局查了记录，她和丈夫以及儿子年初出境，至今未再有入境记录。至于沈建涛，被牵连得还是挺惨的，据他先前工作的广告公司同事说，他离职后面试过几家公司，但最终都因为'偷情视频'事件的负面影响，而未被录用。目前，他只能委身在姐夫开的小机械工厂里帮忙，并且交往了很多年的女朋友，也和他分手了。还有，肖倩的前男友我们也找他问过话了，前天晚上他和一群朋友在KTV里玩了差不多一整晚，有很多时间证人。至于肖倩母亲提到的那个骨科医生郝娜，她和肖倩平时没有任何交集，案发当晚不在现场的证据也相当充分，可以彻底排除嫌疑。"

"就现有信息看，应该可以排除情杀，并且'偷情视频'真相反转之后，肖倩被网友谩骂，躲在家里很长一段时间没出门，和外界的接触应该并不多，不太可能又惹上新的是非。这样看来，她的死或许只能与'偷情视频'事件相关了吧？"说话的是叶小秋，周时好特意让郑翔通知骆辛参与案情分析会，骆辛来，叶小秋自然也得跟着来。

"确实不像是新仇。"郑翔附和说，"肖倩待在父母家时好好的，偏偏在搬出来单住不久后便被杀了，感觉上应该是蓄谋已久的作案。"

"那接下来就重点围绕这个'偷情视频'事件展开调查。"周时好开始布置任务，"首先，那个在国外的女当事人，查查她和国内还有没有什么联系，不排除雇凶杀人的可能；其次，另一个男当事人，要正面接触一下，查查他是否具备作案时间；还有，查一下肖倩父母所住的小区以及周边的监控，看看有没有蹲点或者跟踪的可疑人员；再有，大华小区周边的监控也要继续查。对了，肖倩不是去新公司上班了嘛，也去那里查查，看看有没有导致肖倩被杀的动机。"

周时好话音刚落，始终沉默不言的骆辛，霍地从椅子上站起身来……

"你有话要说？"周时好见状，一脸疑惑地问。

"如果肖倩的死是源于'偷情视频'事件，那么和她一起制作视频的那个家伙，会不会是下一个被报复的目标？"骆辛语气淡淡地说，"我去会会他。"

与此同时，方龄、苗苗和张川的三人办案小组，也在开会。

为了方便案情分析，方龄特意让苗苗弄了块白板摆到办公桌旁。此时，白板上贴着骆辛母亲郑文惠的照片，照片下面则列着几项办案要点。

方龄站在办公桌外侧，身子随意地靠在桌边，用手指点着白板，逐条展开说道："'郑文惠案'，时间跨度超过十年，不用我说你们也知道，取证方面已经相当困难了。我觉得，索性咱们暂时就不考虑证据层面的问题，先把动机搞清楚。所以，第一点，咱们首先要做的工作，就是全面挖掘、研究郑文惠的背景信息以及人生经历，从而找出有可能导致她被杀的因素。

"第二点，对郑文惠的社会关系深入开展走访摸排，搞清楚郑文惠消失的时间点和消失前的行动轨迹，尽可能地精确案发时间。

"第三点，寻找作案凶器，以及第一作案现场。如果作案现场和案发时间都能够确认，会对我们划定嫌疑人范围和寻找物证起到很大帮助。

"第四点，是关于郑文惠丈夫骆浩东的嫌疑问题。难点是他已经去世，案发时间又过于久远，通过他本身遗留的痕迹追查线索基本不可能，只能多询问他身边亲近的人，来寻找有可能的杀人动机。关于这一点，我觉得咱们不妨使用一下反常规的手段，提前预设出几种杀人动机，然后逐条去调查排除。比如，家庭关系长期不和睦导致的冲动犯罪，或是夫妻双方有人出轨导致的报复杀人，又或者是家庭暴力导致的过失杀人，等等。当然，除了骆浩东，咱们也不排除任何别的可能性，案子不破，任何人都有嫌疑。

"第五点，关于那枚在抛尸旅行箱中找到的'刻有樱花图案的女士装饰扣'，说实话，我也没什么头绪，它是属于被害人，还是来自凶手，都不好说，所以咱们在走访调查中要留意询问一下，是否有人见过这枚扣子。"

方龄挂职前任公安部刑侦局犯罪对策研究处副主任，乍一听似乎是那种坐办公室的官老爷，包括周时好在内的支队里的一些人也是这么认为的。但其实，在这个部门工作的警官，需要常年下基层搞调研，并且经常应邀加入公安部派遣的专案组，支援地方办案。所以，方龄并不缺乏一线办案的经历和经验，接手"郑文惠案"后短时间内，便能梳理出上面几个要点，足见其办案思路和逻辑是非常清晰的。

"我觉得您说得特别对路，但只有咱仨办案，人手也太少了吧？"吐槽的是苗苗，队里的行政内勤民警。自打方龄来队里之后，她就一直负责协助方龄熟悉队里的工作，差不多算是方龄的半个助理，很受方龄信赖，说起话来便很随便。

"时间跨度超过十年的悬案，不必急于求成，重要的是找准方向，有针对性地办案。"张川经验老到地接下话，迟疑一下，又斟酌着话语说道，"并且，前期的调查走访，实质上主要在咱们内部进行，不需要太多人手……"

"内部调查？"苗苗一时未反应过来，不等张川把话说完，便急着打断问，"为啥？"

"局里档案科的科长程莉，还有咱们支队的一些老人，尤其是作为骆辛监护人的周队，都与郑文惠和骆浩东共事过，并且有很深厚的交情，咱们的调查首先就从这些人入手，逐步向外围扩散。"方龄回应了苗苗的话，同时向张川投去赞许的一瞥，毕竟是周时好的副手，还是很靠谱的。

第四章

追星一族

无人幸免

骆辛和叶小秋从支队出来，先去了趟创富大厦，结果被告知李成轮休不在单位，两人便要了他家的地址驱车前往。

李成家住在西城区怡海小区，到了地方，两人敲开房门，开门的人正是李成。李成看上去正值中年，身高体壮，表情木然，但听闻二人是警察后，情绪突然激动起来，拽着骆辛和叶小秋一通嚷嚷。

二人一时之间有些发蒙，也听不清楚李成嘴里嚷嚷的是啥，正想追问原委，看见从客厅南侧的屋子里，又蹿出一位头发凌乱、面容憔悴的中年女子。她跌跌撞撞似乎用了很大气力才走到二人身前，喘着粗气说："你们，你们是警察？是不是玥涵有消息了？你们是不是找到玥涵了？"

骆辛和叶小秋更蒙了，两人对视一眼，由叶小秋发声劝说李成和中年女子先平复一下心情，说有什么问题让她和骆辛进屋再谈。就这样，二人进了李成家的客厅。李成扶着中年女子坐在客厅中央的长沙发上，骆辛和叶小秋则坐在两边的单人沙发上。

"这是我老婆刘佳。"李成主动介绍身旁的中年女子，紧接着迫不及待地追问道，"我女儿到底有没有消息？你们查得怎么样了？"

"您女儿出什么事了？"叶小秋反问道。

"她失踪了呀，你们不知道？"李成的爱人刘佳，面无血色，白得像一张纸，有气无力地说道，"那你们来找我们干什么？"

"肖倩死了。"骆辛抬眼望向李成、刘佳夫妇，加重语气说道，"被杀死的！"

夫妻俩猛然一怔，瞬间，脸上的神情变得复杂起来，看上去有些错愕，有些兴奋，还带些狰狞。紧接着，就听李成高声嚷道："我早对你们警察说过，那个沈建涛和周怡一定会报复我和肖倩的，你们偏不信，肖倩肯定是被他俩杀的！"

"我们家玥涵一定也是被他俩拐走的！"刘佳也来了精神，一脸怨气附和道，"我们跟你们警方强调过无数次了，好好调查调查那俩人，你们总是不在意，总是敷衍我们，这回信了吧？"

"你们怀疑是沈建涛和周怡出于报复心理杀了肖倩？"叶小秋迅速整理下思路问，"并且怀疑他们出于同样的动机，掳走了你们的女儿，是这样吗？"

"对，肯定是他们干的。"李成使劲点头说，"尤其那个沈建涛，绝不是什么好人，你们真的很有必要重点调查一下他。"

"如果是这个原因，那你应该也处于危险之中吧？"叶小秋向李成试探着问，"近段时间，在你周围或者你家附近，有没有可疑人员出没？"

"没有。"李成缓缓摇头，一脸沮丧地说，"你们不必担心我会跟肖倩一样被杀，刚刚说过了，我的女儿被拐走了，我已经受到惩罚了。"

"你恨不恨肖倩？"骆辛盯着李成的眼睛，突然插话道，"'偷情视频'事件她是主谋，是她硬把你拉进事件当中的，如果因此导致你女儿失踪，你心里会不会特别怨恨肖倩？"

"恨！"李成不假思索、斩钉截铁地说道，"我太冤了，肖倩不太会用手机进行视频剪辑和编辑，我只是顺手帮了她一下而已，没想到会引火烧身，辛苦多年争取来的主管职位没了，孩子丢了，老婆急得身体也垮了，难道我不应该怨她吗？要不是她搞出来那个破视频，我的生活能像现在这么狼狈不堪吗？"

"7月2日，也就是前天晚上，你在哪里，都做了什么？"叶小秋对骆辛的思路心领神会，立马接话问道。

"在上班，我们倒班，干24（小时）休48（小时），我一整天都待在单位，没外出过。"李成脸上一副坦然的表情，说，"恨归恨，我可没有杀人的胆量。"

客厅里安静了一会儿，骆辛用玩味的眼神打量着李成，须臾，开口问道："你跟肖倩关系很好吧？"

"还可以。"李成干脆地说。

"你们最近还经常联系吗？"骆辛问。

"不联系了，她的微信我早删除了。"李成皱了下眉头，一脸警惕地说，"我和她真的只是一般同事关系。"

"如果只是一般关系的话，你们合力搞出那种充满色情隐喻的视频，不觉得尴尬和难为情吗？"骆辛冷笑一声说。

"不，你什么意思？是说我和肖倩有一腿？你说话怎么能这么不负责任？"有点被骆辛的姿态惹恼，李成高声辩解道，"肖倩本身性格就是大大咧咧的，和谁都爱开玩笑，不信你可以到我们单位问去。"

"是啊，你们做警察的也不能乱说话，这会影响我们家庭和睦的，知不知道？"刘佳也跟着气鼓鼓地说。

"我是警察，提出合理怀疑是我的工作，其余的和我没关系。"骆辛淡淡地回应。

"你……"李成和刘佳夫妇俩被噎得一时语塞，都只说了一个字便说不下去了。

其实骆辛也不是故意针对这夫妻俩，他的性格本就是过于自我，并且情商极低，从来都是心里怎么想的嘴上就怎么说，他觉得这是理所当然的，从来不会考虑别人的感受。可是李成和刘佳不了解他，眼瞅着两人恼羞成怒快要发作，叶小秋赶紧跳出来打圆场，把话题引向他们更在乎的事件上，插话说："你们女儿多大了？失踪多长时间了？能具体说说事件经过吗？"

一听叶小秋提到自己的女儿，刘佳眼里瞬间噙满泪水，胸口起伏的频率也明显加快，看上去呼吸正变得困难。坐在她身旁的李成，赶紧伸手帮忙揉搓胸口，同时低声劝慰道："你不能再激动了，回卧室躺着吧，女儿的事我来说就行。"

刘佳轻轻点头，从沙发上颤颤巍巍地站起身来，未搭理骆辛和叶小秋，便径直走向卧室。

望着妻子羸弱的身子从卧室门口消失，李成叹了口气，喃喃说道："唉，本来就有冠心病，这去了趟南方找孩子，结果还是一无所获，回来就下不来床了。"

"说说孩子情况。"骆辛打断李成的感慨，显然对他女儿失踪一事也有些兴趣。

李成把目光从远处拉回，稍微打量一眼骆辛，没好气地说："还让我说什么？说了有用吗？跟你们说了多少遍了，让你们紧盯着那个沈建涛，你们听了吗？"

"你说你的，对找孩子有没有帮助，交给我们来判断。"骆辛用不算太客气的口吻说。

"对，你冷静点，跟我们说说到底是怎么回事，或许我们真能帮到忙呢。"叶小秋不想把气氛搞得太僵，语气格外温和地说。

李成怔了怔，瞪了骆辛一眼，又斟酌了一会儿，开始说道："我女儿叫李玥涵，今年17岁，过了这个夏天就该读高二了。她学习成绩还不错，平日也挺听话的，就是比较迷恋电视上的那些偶像，没事总拿着手机在社交平台上看那些人的消息，还加入了什么粉丝应援会。

"出事那天是 2 月 16 日，是个周六，我在单位值班，家里只有玥涵和我老婆在。据我老婆说，那天一大早，玥涵冲她要 500 块钱，说是她喜欢的一个偶像来金海参加商业活动，他们粉丝会号召大家集资给偶像买份礼物。我老婆本来对她追星这个事就很反感，再一听说这群孩子要花那么多钱给偶像买礼物，更是气不打一处来，不仅一口回绝了要钱这个事，还让玥涵把过年期间爷爷奶奶给的压岁钱都交出来，省得她乱花。没承想，玥涵顿时一脸慌张。我老婆看出她脸色不对，逼着她立马把钱拿出来。玥涵见实在躲不过去，只好承认压岁钱已经让她花光了。说是前几天她的那个偶像参加了个什么竞赛性质的综艺节目，需要观众在社交网站上投票，他们这些粉丝不仅自己每天上网投票，还集资雇用'水军'来刷票。我老婆一贯性子比较急，玥涵话刚说完，她上去就给了玥涵一耳光，随后没收了她的手机，并勒令她当天不准外出，更不准去见那个什么偶像。

"后来，到了中午，我老婆因为惦记几天前生病的岳母，就说让玥涵好好待在家里看书，她去姥姥家探望一下。玥涵当时答应得好好的，谁知道等我老婆傍晚回来时，她早没影了。因为先前没收了她的手机，没法通过电话联系，我老婆便给玥涵的班主任打了电话，班主任又帮忙联系到玥涵在学校关系比较好的几个同学，结果有两个女生说，她们和玥涵共同喜欢的一个明星，当天下午在文汇大道商业步行街中的一家商场里搞活动，本来约好了几个人在那边会合，但是玥涵并没有去。

"事已至此，我们只能报警。派出所民警首先调看了我们家小区门前那条大马路上的监控录像，发现我老婆前脚刚离开小区，后脚玥涵便从小区里偷跑出来，然后坐上一辆出租车走了。之后，民警根据监控拍下的车牌号码找到那辆出租车，司机师傅说玥涵当时是在文汇大道附近下的车。玥涵应该是没从她妈妈那里要到钱，不好意思去找她的同学，只能自己偷偷跑去围观她喜欢的那个偶像。不过，由于文汇大道那里本来人就特别多，再加上有明星到来，尤其搞活动的那个商场，里里外外都挤满了人，玥涵就算身在其中也很难被发现。总之，我们和民警一道调看那里的监控录像，并没有发现玥涵的影子。好在民警同志还是很有经验的，他给出一个思路，说玥涵有可能在离开文汇大道后，又跑去明星下榻的酒店外围观去了。这个思路还真的非常靠谱，玥涵确实在离开文汇大道后，坐出租车又去了东海岸附近的希柏顿酒店。说是粉丝会内部传的消息，那个大明星当晚将会入住希柏顿酒店，其实那不过是明星团队为避免被打扰放的烟幕弹而已，实际上他们住在了城堡酒店。"

说到此，李成忍不住哼了下鼻子，一脸讪笑着说："你说这些孩子是不是特别傻，人家大明星用你捧场的时候一口一个'家人'地称呼着，用不着的时候把你当个屁放了都是抬举你，什么偶像啊，吸血鬼而已。"

"这么说，你们去的是城堡酒店，那后来怎么知道玥涵去了希柏顿的呢？"叶小秋问。

李成解释说："是这样，我们到城堡酒店扑了个空，彻底没了主张，无奈之下我和我老婆便在微信朋友圈里发了张玥涵的照片，简单说了下她离家出走的情况，希望认识我们的朋友能尽量帮忙转发，以此获得更多线索。很快，这条朋友圈被我的一个朋友看到了，他是出租车替班司机，他那个车所属的公司有个司机微信群，他就帮忙把我的朋友圈内容转到群里。到了当晚9点左右，那司机群里有人发消息，说是下午快到4点钟的时候，曾经在文汇大道拉过一个女孩去希柏顿酒店，看着很像我们家玥涵。朋友把消息转给我，我们立马和派出所的民警一同赶往希柏顿。我们到的时候，还有很多被消息误导的孩子仍然守在酒店大门外，等着一睹偶像的风采，不管酒店方怎么解释，他们也不肯离开，只不过在那些孩子中间我们并没有看到玥涵。

"随后，民警带我们去了附近的派出所，帮忙调看酒店周边道路的监控录像。结果，在距离希柏顿酒店不远的一处街边，有个出租车临时停靠站点，在那里我们看到了玥涵的身影。她站在那里不到两分钟，便有一辆出租车停靠过去，她对着车窗跟司机讲了几句话，接着便拉开车门坐进去，出租车随即开走。那时是晚上9点32分，仅比我们赶到希柏顿酒店的时间早了5分钟。此后，玥涵便彻底失去踪影。"

"这么说，是你女儿主动离家出走的，先前也毫无征兆，怎么会和沈建涛或者周怡产生关联呢？"叶小秋一脸不解地问。

"很有可能是他们一直埋伏在我们身边，伺机报复我们，正好赶上了的。"李成愣了下，又再次强调说，"尤其那个沈建涛，心眼特别多，性格也非常偏激，报复心极强……"

叶小秋听出李成的话有点胡搅蛮缠的意思，忍不住打断他说："你这说的纯属个人猜测，而且我觉得比较牵强，有没有直接一些的事实依据，或者说沈建涛有没有做出什么举动，让你觉得很可疑？"

"当然有！"似乎想让自己的话听起来更有说服力，李成提高音量说，"就说'偷情视频'那个事，我承认自己确实做得不对，事后我特意登门去他家里给他道歉。我是真的带着万分歉意和诚意去的，结果那小子根本没让我进门，直接把我撵出来，还在我背后骂骂咧咧的。关键，我很真切地听到他说了一句话，他说我和肖倩一定会遭到报应的。"

受了冤屈的沈建涛，撂下几句狠话算不上什么证据。叶小秋继续问："还有别的吗？"

"他没有不在现场的证据。"李成干脆地说道，"你们警方找他问过话，他声称当天因为感冒在家里躺了一天，可是没人能证实。"

"既然认定是沈建涛作的案，那你们怎么又去了南方，是在那边发现什么线索了吗？"骆辛插话道。

"别提了，被骗了。"李成哭丧着脸说，"孩子失踪后，我和老婆觉得不能放过任何一种可能性，所以一边督促你们警方深入调查沈建涛和周怡，一边也在网络社交平台上发布寻找孩子的信息，并允诺能帮助找到孩子的，我们会支付五万块钱酬金。这不，上个月20号，有个南方人给我们打电话，说在他们当地一家流水线工厂里看到过玥涵，还发过来一张女孩的照片，我和老婆觉得那女孩确实挺像玥涵的，立马坐飞机赶了过去。谁承想，到了当地，见到打电话的人，那人却在收了我们两万块钱预付金之后，找借口溜走了。后来，我们到当地派出所报警，人家民警通过技术鉴定，证实孩子照片是合成的。原本，为了找孩子已经心力交瘁，这又遇上个挨千刀的骗子，对我老婆打击挺大的，她回来就一病不起，这都在床上躺了半个多月没上班了。"

"那个……"叶小秋还想发问，眼见骆辛已经从椅子上站起身来，便把到嘴边的问题憋了回去，也跟着站起身，冲李成告别道，"今天就到这儿吧，你要再想起什么，可以给我们打电话。"

李成点点头，但没有起身送客的意思，只是微微欠了下身子，算是回应。

骆辛和叶小秋一前一后出了李家的门，在楼道里两人没有过多言语，出了楼道门发现天空中飘起了小雨点，便一起快步跑到车边，拉开车门坐进车里。叶小秋一边从扶手箱中抽出两张面巾纸递给骆辛，一边问道："你刚才怎么不问问关于那个出租车的调查情况？"

"用不着问他，去支队调看卷宗不是更具体？"骆辛用纸巾抹着额头上的雨水，"再说，这个李成一门心思认定是沈建涛作的案，他说的话也不够客观。"

"那咱现在去支队？"叶小秋试探着问。

"再去趟李成单位，核实他不在案发现场的证据。"骆辛回应说。

据先前的调查，沈建涛目前在其姐夫经营的一家小型机械厂中做库管员。工厂在郊外，出了市区还有十来分钟的车程，周时好亲自驾车，载着郑翔，来到这家工厂，如愿见到了肖倩被杀一案中嫌疑最大的沈建涛。

沈建涛将二人带到自己工作的库房，里面充斥着呛人的油污味，门口处摆着一张木桌和一把木椅，沈建涛又从库房里找到一把椅子请二人落座，他自己便只能站着。

周时好坐定，抬眼打量着沈建涛。他个头不高，人长得很白净，瘦削的鼻梁上架着一副黑框眼镜，躲在镜片背后的一双眼睛略显空洞，身子微微弓着，双手放在小腹前轻轻地揉搓，整个人看上去很是拘谨，但并未显示出对警方的到来感到意外的样子。

周时好开门见山说道："看来你已经知道肖倩被杀了。"

"嗯。"沈建涛轻轻点下头，抬手咬了咬指甲，言简意赅地说，"现在网络社交平台很发达。"

"前天，也就是7月2日晚上9点到10点之间，你在哪里，都做了什么？"郑翔见周时好沉吟着不说话，便开腔问道。

"你们来找我，说明发生在我身上的事情你们已经很清楚了。本来，我跟母亲一起住，但是母亲不堪忍受一些网民骚扰，只好住到我姐姐家。前天我母亲过生日，我下班之后直接去了姐姐家吃晚饭，10点多才回的家，回家不久便睡了。"沈建涛语气平静地说。

"这工厂离市区不算近，你平时上下班坐什么车？"周时好紧接着问。

"自己开车。"沈建涛解释说，"厂里有个快报废的小面包车，姐夫让我开着。"

周时好点点头，略作沉吟，抬眼注视着沈建涛问："对于肖倩的被杀，你有什么感受？"

　　沈建涛愣了一下，随即微微垂眸，双眼放空地盯着桌角，库房里便陷入一阵静默。须臾，他又把手放到嘴边，使劲咬了几下，声音略显颤抖地说："你们有过一夜之间失去一切的经历吗？所有你在乎的东西，接二连三地化为乌有，而你并没有做错什么，只是因为有人无聊，随手拍了段视频，这是不是过于荒谬了？这世界到底怎么了？为什么像肖倩这样的人越来越多？是不是应该有人站出来做点什么？杀了她，是阻止堕落，不论是谁，我都会为他鼓掌！"沈建涛说着话，突然抬起头，使劲扬起嘴角，刻意做出一个愉悦的表情，但很快又恢复平静，"你们可以找我姐夫核实，他能给我做证，那天晚上我真的在他家待到很晚，不可能去杀肖倩。"

　　沈建涛如此毫不掩饰自己对肖倩的怨恨，反而令周时好再无从下口，只好顺势说道："那带我们去找你姐夫吧。"

　　沈建涛默然点点头，前头带路出了库房。周时好和郑翔起身跟上。

　　金海市刑侦支队下设多个办案大队，各大队都有各自侧重的办案职能，比如周时好兼任领导的一大队，主要负责侦办重大恶性案件，而未成年以及成年女性失踪案件，则归属刑侦支队二大队的工作范畴，也就是说李玥涵的失踪案，是由二大队负责侦办。不过，对于骆辛借阅卷宗的请求，二大队负责人面露难色，表示新来的支队长方龄三令五申，各大队、各办案小组，不得将办案信息随意外泄，所以他得跟方龄请示一下，让骆辛先回档案科等消息，如果方龄同意了，他派人把卷宗整理一下再交给骆辛。

　　在二大队碰了个软钉子，骆辛心里很不痛快，但也没办法，只得和叶小秋找周时好求援。两人在副支队长办公室坐了半个多小时，才把周时好和郑翔等回来，相互说了下各自掌握的最新情况，接着顺便进行了一番讨论。

"李成不在现场的证据能坐实吗？"周时好问。

"和你们询问沈建涛姐夫的答案一样，很多人都能证明案发当晚，他一直待在单位没离开过。"叶小秋答道。

郑翔心有不甘地接话说："我觉得沈建涛可能还是有问题，虽然有他姐夫做时间证人，但他跟咱们搭话时，似乎在用尽全力克制自己的慌乱。"

"确实，他频繁地抖腿、咬手指，小动作特别多，看上去有些故作镇静。"周时好深有同感地说道。

"频繁咬手指？"骆辛沉吟一下，紧接着一连串发问道，"他是不是比较瘦，脸色看上去也很疲惫，和你们交流时说话语气虽平静，但又带些警惕性？"

"对，你形容得全中。"郑翔使劲点下头，试着问道，"是不是精神创伤留下的后遗症？"

"是那个叫什么PTSD（创伤后应激障碍）的吗？"叶小秋抢着说。

"感觉应该与精神创伤导致的应激性障碍有关，但应该不属于PTSD。"骆辛轻摇下头，解释说，"成人突然出现频繁咬手指的毛病，实质上是人格出现退化的表现，这不难理解，因为只有小孩子才喜欢咬手指。而对创伤当事人来说，这种退化会从心理上传导到生理上，从而引发焦虑、失眠、抑郁等症状，并且会逐渐无法适应正常的工作和生活，我觉得沈建涛有可能罹患了'适应障碍症'。"

"这种症状有可能引发暴力行径吗？"周时好问。

"当情绪积累到一定程度，没有得到正确疏导，是有可能出现极端的宣泄行为的，比如自残，或者伤害他人。"骆辛回答了周时好的疑问，接着建议说，"可以再深入挖掘一下沈建涛身上的信息，他没有作案时间，但是可以雇凶杀人。"

"行，下一步就按照这个方向走。"周时好冲郑翔示意说，顿了下，又对骆辛说，"李成女儿的案子，你和小秋仔细研究一下，看看能不能找到点蛛丝马迹与沈建涛关联上，二大队那边我去打招呼，如果有需要，让他们尽量配合你们。"

听到周时好提到二大队，叶小秋满脸怨气地说："我们刚刚去二大队借阅卷宗资料了，他们领导说要先向方支队长请示，然后才能把卷宗给我们。"

"毛病！"周时好听了叶小秋的说辞，顿时双眉紧蹙，随即冲身边的白墙使劲瞪了一眼，因为方龄的办公室就在隔壁。紧接着，他愤然抄起桌上的座机，似乎要打电话和方龄理论，只是把话筒举在耳边停留了几秒，又缓缓放回了原位。周时好长长吐出一口气，幽幽地说："行吧，那就等着方支队长批准再说。"

眼瞅着原先在队里说一不二的周时好也被方龄整治得很无奈，在场的其余三人也就不好再说什么，一时之间办公室里气氛有些尴尬，好在不多时有人敲门走进来，是二大队的一名民警，手里捧着一个大纸箱，说是二大队领导吩咐他来送调查资料的。

带着一大纸箱资料回到档案科，骆辛和叶小秋先去食堂吃了中饭，回来之后，骆辛便把自己关在他独有的小玻璃屋中开始研读案情。叶小秋也没闲着，纸箱子里还有几个 U 盘，里面拷贝了与案情相关的监控录像，骆辛让她尽可能把所有录像看一遍。

关于案情，大致情况和李成介绍得差不多，但是有一个非常重要的细节他未提及，那就是李玥涵失踪的次日中午，李成曾接到过一个男子打来的电话，该男子在电话中声称他绑架了李玥涵，要求李成准备二十万现金，于当晚 7 点整到文汇大道商业步行街地铁口等候交易。然而，当李成按照警方的指示，拿着赎金在指定时间到达指定地点之后，绑匪却失约了。李成在地铁口旁苦苦等到半夜，也未等到绑匪再次打来电话。随后，这一通索要赎金的电话，被查实是来自一部 2G 手机，所以无法精确定位，只能通过基站交互信息大致判断出，该通电话是从文汇大道周边区域打出来的，除此，该号码未再有过其他通话记录。

确认李玥涵失踪后，其父李成第一时间指出一名叫沈建涛的男人曾与他有很深的过节，有可能对其女儿进行绑架。随后，办案人员对沈建涛进行了问话和背景调查，他自称案发当日因重度感冒在家中昏睡一天一夜未曾出门，但因其独自居住，加之所住小区为开放式老旧小区，所设置的监控探头的数量很有限，小区中盲区比较多，所以无法判断其口供真伪。

"那通绑架电话，这么重要的案件细节，李成为什么不跟我们说？"叶小秋完成了骆辛分配给她的任务，忍不住走进隔断屋中吐槽道。

"可能还没来得及说吧。"骆辛回应说，"或者是在他的意识里，很不愿意相信女儿是被绑架的，认为那通索要赎金的电话只不过是个障眼法而已，他还是更愿意相信案子与那个沈建涛有关。"

"那你觉得呢？绑匪为什么会放弃赎金？"叶小秋问，"是因为他发现警方当时已经在交易地点周围布控了吗？还是什么别的原因？"

"都有可能，但我比较倾向于李成的判断。"骆辛调动大脑中的"数据库"说，"2005 年到 2006 年间，东北地区曾经发生过一起连环虐杀幼童案件，凶手是一名刑满释放人员，有一定的反侦查经验，他在绑架第一个幼童之后，曾经也给孩子家里打过一个索要赎金的电话，同样，最终他并未在指定的交易地点现身。"

"为啥要多此一举啊？"叶小秋问。

"当然是为了隐藏真正的作案动机。"骆辛干脆地说，"所有谋财的绑架案，都是经过充分预谋的，李玥涵的父母一无权势，二无财富，她根本不是一个合格的绑票对象。"

"明明很容易让人识破，连李成都骗不过，更别提咱们这些专业的警察了。"叶小秋一脸不屑地说。

"这跟经验或者性格有关，有些人就是喜欢自作聪明。"骆辛看了叶小秋一眼，问道，"那个载走李玥涵的出租车研究得怎么样了？"

"监控录像显示，车型为2011款的捷达，车牌号码为'宁B3C26D'，但车管所方面证实这个车牌是假的，也就是说涉案车辆是一辆挂着假牌照的冒牌出租车。"叶小秋进一步介绍说，"从车身喷涂的样式以及顶灯上显示的字样看，它应该归属于'通海出租汽车公司'，这个公司是咱们金海市最大的一家出租车公司，旗下有两千多辆出租车，差不多占市区出租车运营总量的四分之一，所使用的车型也是以2011款的捷达为主。"

"故意的？容易造成混淆？"骆辛喃喃自语道，接着又问，"行踪轨迹呢？出租车最后消失的地点锁定在哪里？"

"都没有。"叶小秋咧下嘴，解释说，"其实大街上的监控探头，大多数在晚间很难拍清楚行驶中车辆的车牌号码，拍得特别清楚的，都是因为监控探头旁边有补光灯，例如希柏顿门前那条主路上的监控设备。可是其余地段，大多没有补光设备，所以监控视线时而清楚，时而又很模糊，再加上通海公司的出租车，在大街上几乎随处可见，就像你刚刚说的，那辆冒牌出租车隐身其中极容易造成混淆。所以，二大队多方调看监控录像，最终也没能理出一条具体的行踪轨迹。"

"补光灯应该能照到司机的脸吧？"骆辛问。

"他第一时间用遮阳板把脸遮住了。"叶小秋说,"只能判断出司机是一位男性。"

"这么看,这个冒牌出租车司机绑架李玥涵,应该是经过充分预谋的。"骆辛说。

"与李成积怨最深的恐怕非沈建涛莫属,难不成真是他策划的报复行动?"叶小秋试着推理说。

"有预谋的,也不一定是针对李成的,或许还有别的原因,或许就是针对李玥涵的呢?"骆辛稍微思索了一下,纠正说,"又或许并非针对李玥涵本身,只是因为冒牌出租车司机预谋要绑架一名女孩,恰巧遇上了她而已。"

叶小秋稍微琢磨了下,提示说:"咱们有没有可能想复杂了?开套牌黑出租车的,大街上并不少见,或许是哪个黑出租车司机贪恋李玥涵的年轻貌美,临时起的歹意呢?"

"如果是冲动性犯罪,不会有那通索要赎金的电话,冒牌出租车司机的身份对犯罪人来说已经是一个非常有利的掩护,干吗还要为了区区二十万,将自身置于高度危险的境地呢?"骆辛回应说,"那通索要赎金的电话,虽说很容易被识破,但也反映出犯罪人很认真地琢磨过整个犯罪过程,也更加肯定了案件的预谋性。"

深夜时分,雨下得越来越大,一道闪电划过夜空,照亮了一扇漆黑的窗户,瞬间微弱的光亮,映照出玻璃窗后一个男人的身影。

男人蜷缩在黑暗中的沙发上,贪婪地吮吸着手指,双眼痴痴地盯着放在身前茶几上的物件,若有所思。不知过了多久,男人起身,把物件拎在手中,缓缓走向摆在角落里的冰箱。

男人拉开冰箱门,在把物件放入冷藏室之前,先拎在眼前,微怔了一会儿。借着冰箱中的照明灯光，能看到男人手里拎着的是一个透明塑料袋，装在袋子里面的东西红里透白，感觉有点像那种密封袋装的熟食……

第五章

梦的解析

无人幸免

肃穆阴冷的房间、罩着白布单的躯体、苍白浮肿的面庞、难以瞑闭的双目，再一次成为骆辛梦中的镜像。同样的梦，连续出现，带着幽怨和绝望的气息，让骆辛每次从梦中惊醒，心底都留有一丝挣扎在死亡边缘的余悸。

他从床上坐起身来，用手摸着胸口，大口喘着粗气，突然间瞥见卧室门口出现一个影影绰绰的身影，那人面庞上挂着一副和蔼而又亲切的笑容，感觉是那么熟悉……"妈妈！"骆辛一脸惊喜，脱口而出。而那身影好像受到惊吓似的，忽地消失了。

是幻象！骆辛知道自己产生了幻觉，不由得抬手轻轻拍了两下脑门，面色也瞬间黯淡下来。他双眉紧锁，眼神不安地游移着，似乎开始怀疑自己的脑袋是不是坏得更厉害了？是的，骆辛脑子有病，并且他知道自己脑子有病。

8 岁那年，骆辛经历过一场异常惨烈的车祸。一名反社会的暴徒，借小学放学之际，驾驶车辆疯狂撞进走在人行横道上的孩子堆里，导致前来接骆辛放学的爷爷和奶奶当场身亡，骆辛自己也因脑部冲撞受损成为植物人，在病榻上昏睡了 3 年。而当骆辛奇迹般地苏醒之后，他却意外显现出超凡的阅读和记忆能力，相关医学专家经过诊断，认定其罹患了"后天性学者症候群症"。

所谓后天性学者症候群，顾名思义，重点在于"后天获得了超能力"，而病患原有的对社会和人类的认知，会出现一定程度的退化，但并非如典型的学者症候群患者那样，具有严重的认知障碍，也就是说通过科学合理的矫正和引导，骆辛的社交能力、语言能力、共情能力，以及行动能力，都会逐步得到提升，并且，骆辛的心理健康问题，也需要重点关注。试想一下，当一个 10 来岁的孩子，从植物人的状态中一觉醒来，首先便要面对身边所有亲人离他而去的残酷现实，这对一个幼小的心灵来说，是何等巨大的打击和伤害。所以，多年以来，骆辛一直在接受来自"明光星星希望之家"的训练和心理辅导。

"明光星星希望之家"，是一所无偿为孤独症儿童提供康复训练的民办慈善学校，学校坐落于海滨观景路地带的一座小山脚下，由一栋三层欧式建筑，以及半个足球场大小的院落组成，整体呈灰色基调，周围爬满郁郁葱葱的长藤，可谓古朴中透着盎然，庄严而又充满希冀。

这所学校是现任校长崔鸿菲教授在退休之后创办的，她曾多年在省重点高校从事儿童青少年特殊心理的研究和教学。对"明光星星希望之家"而言，骆辛是这里的第一个学生。同样地，骆辛也是崔教授观察最久的一个病例。早在大学任教时期，她便对骆辛进行了问诊，所以两个人的关系早已超越医护关系，更像是家人。而学校，也让骆辛有家的感觉，每每面对那些患有认知和发育性障碍的学弟的时刻，便是他心情最安定的时刻，因此某些时候他会觉得，他应该是属于这里的。

通常，骆辛的心理辅导日被安排在每周六上午，之后他会与学弟们一起聚餐并且玩耍一会儿，但是这天是周五，他的突然出现令崔教授稍微有些担心。她很清楚骆辛是一个极度墨守成规的人，如果没有出现特别意外的事情，他是不会打破规律的。

"我开始做梦了，不停地做梦，我梦见爷爷、奶奶、爸爸、妈妈和宁雪姐，我还迷迷糊糊地看到妈妈，她站在我的床前冲我微笑。"在意象对话室中，骆辛僵硬地绷直身子，坐在高背沙发上，整个人显得十分恍惚，习惯的"钢琴手"动作，也不自觉地重复出现。

骆辛如此焦虑的状态，显然受到的困扰比想象中还要大，崔教授表面上虽看不出波澜，但心弦却有很深的触动。骆辛先前从不做梦，是因为他的身体本能释放出一种强大的保护机制，主动抑制和拒绝了骆辛潜意识中的各种情绪在梦中呈现，究其原因或许是现实中的某个事件、某段经历、某个人物对骆辛伤害过深，令他本能地拒绝面对、拒绝回忆。

而骆辛现在开始做梦了，是在他认出"无名尸骨颅面复原图"是他妈妈之后，也就是说，从那一刻起，他身体里本能的保护机制开始出现松动，这是不是说明多年前妈妈的突然消失，是摧毁骆辛生存信念的主要原因？加上车祸造成的大脑损伤，从而抑制大脑的中枢神经，导致其无法顺畅传导人类正常的思维和行动能力，才造成发生在骆辛身上的一系列退化呢？

如果说，确实是因为妈妈的突然消失，对心灵产生了桎梏效应，那么先前骆辛如何理解妈妈的消失呢？是死亡还是背叛？这其实涉及的是一个因爱生痛，还是因爱生恨的问题。如果先前骆辛在潜意识里将妈妈的突然消失视为对他的抛弃和背叛，而在时隔多年后发现真相是妈妈遭遇了杀害，于是骆辛在潜意识里"松了一口气"，才让"保护机制"趋缓的话，这说明在潜意识里，骆辛更在意的是妈妈是否对其背叛，而不是妈妈的死活。

默然分析一番，崔教授心底不禁黯然："这样薄情、狭隘的骆辛，就算完全恢复了正常人的模样，又有什么意义呢？"

"崔教授，为什么我最近会噩梦不断？"眼见崔教授沉吟不语，骆辛忍不住追问，"这些梦对我来说有什么意义吗？"

医生的职责是治病救人，有什么资格要求别人做什么样的人？并且，那时他还是个孩子，心思简单、爱恨分明也很正常。骆辛的催促，让崔教授从感性中挣脱出来，恢复了医生的理性，稍作斟酌，换上平日进行意象对话时的口吻道："好吧，让我们从你的意象中找找原因。来，闭上眼睛，开始放松。"骆辛照做，崔教授继续说道，"放松，把注意力集中到两眉之间，想象着你看到一座房子，然后说说是什么样的房子。"

骆辛静默了一小会儿，然后说道："我看到一座很新的房子，以前从来没见到过，外表……是米黄色的。"

"房子"，是内心世界的象征，"新房子"，则对应说明骆辛的自尊程度有所提升，"暖色调"，代表着情绪逐渐愿意外露。然而，意象对话疗法与通常的精神分析疗法，不同之处就在于，医生不需要对访谈者解释意象的象征意义，也不会明确告诉访谈者到底哪里出了问题，而是进入访谈者的潜意识里进行引导和矫正，从而解决访谈者的困扰。

当然，首先得正确分析和解读出病因，崔教授继续问道："你现在可以走进房子吗？看看里面是什么样子。"

"好的，我进来了。里面很干净，有床、沙发、电视、厨房、卫生间。"骆辛喃喃道。

房间中设施齐全，意味着这个房间有"家"的概念，"房间里很干净"，表明骆辛对家的印象是"积极"的。

崔教授又问："里面有人吗？"

"有两个老人。"骆辛答。

"爷爷和奶奶？"一个完整的大家族中，应该有爷爷和奶奶，就像骆辛小时候的家里那样。

"房子里面有电视，电视里演着什么？"崔教授问。

"数字1和9交替出现。"骆辛答。

"1和9"，代表着变量，说明骆辛的心态在发生转变。

"房子里还能看到别的东西吗？"崔教授问。

"噢，墙上挂着一个白色的背包，上面画了一个蜘蛛的图案。"骆辛答。

"背包"，代表女性，"蜘蛛"，代表把孩子牢牢抓在手中、溺爱孩子的母亲，"白色"，意味着纯洁和轻快，说明这一刻母亲的形象在骆辛心中是非常正面的。

"房子里有地下室吗？"崔教授问。

"有，很黑。"骆辛答。

"地下室"，是面临问题的象征，里面很黑，表明了骆辛的迷茫。

"走进去，看看里面有什么。"崔教授说。

"好。"骆辛又静默几秒钟，接着说，"我进来了，地下有很多层，楼梯是盘旋向下的，深不见底。"

地下室有很多层，深不见底，路途坎坷，内心忐忑，表明骆辛内心的紧张。

崔教授觉得自己有可能要接近事情本质了，继续说道："下去看看可以吗？"

"好，我现在下到了第二层……看到一个黑盒子。"骆辛缓缓说道。

"黑盒子"，代表女性的消极成分，是一种具有破坏力、阻碍力的专制形象，如果这名女性是骆辛的母亲，意味着需要重新审视他们母子之间的关系。这样看来，地下室中母亲的形象是消极负面的，而地上的是积极正面的，这似乎印证了崔教授刚刚的分析，骆辛在内心深处果然曾经将母亲视为一个背叛者，而在获悉母亲不辞而别的真相之后，心态发生了积极的转变。

"还能往下走吗？"崔教授问。

"嗯……我现在下到最底层了，看到一支枪，枪上面盘着一条蛇，很吓人。"骆辛说。

"蛇"，代表着男性器官，"枪"，代表着男性和暴力。

崔教授猛然顿悟，倒吸了口凉气："啊，原来，母亲只是骆辛形成心灵桎梏的其中一个原因，真正的杀伤力极有可能来自——父亲！"

市公安局档案科。

张川轻敲下办公间微敞着的门意思一下，然后径直走到科长程莉的办公桌前。程莉是老资格科长，张川说话很客气："程科长，有点事情想跟您咨询一下。"

程莉把视线从电脑上挪开，冲对面的椅子扬扬手："那坐吧。"

张川听话地坐下，扭头冲门边的隔断屋努了下嘴："骆辛不在？"

"一早拉着小秋去崔教授那儿了。"程莉应道。

"这俩人，算是咱局里最自由的人，想干吗就干吗，干脆给他俩单独成立个科室得了。"张川开玩笑说道。

"喀喀，以骆辛的能力，科里这点工作他应付起来太轻松了，出去能远离局里大多数人的视线，没那么多人说闲话；还有小秋，本来就志不在此，跟着骆辛多跑跑，既能帮着照顾骆辛，又能磨炼自己，毕竟她早晚要继承叶队的衣钵去你们刑侦队不是？"程莉打着哈哈，"你现在负责调查骆辛母亲的案子是吧？关于文惠，想从我这儿知道点啥？"

"所有，一切您知道的。"张川脱口而出，既然程莉把话挑明了，他也没必要再客套，顺便又给程莉戴了个高帽，"据说，先前在咱们局里您与郑文惠的关系最好，所以我第一个就找您讨教来了。"

"一下子也不知道从何说起。"程莉爽快地说，"还是看你有什么想问的吧。"

"那也好。"张川从斜挎在胸前的包里摸出记事本和笔，边记录边问，"您还记得最后一次与郑文惠联系是什么时候吗？"

"文惠辞职是在 2007 年 3 月，这个我有印象，但是最后一次联系……具体日子……我是真记不清了。"程莉用力想了一下，摇着头说，"好像，她失踪前，我们有两个多月没联系了。"

"这么说她辞职后，你们来往不多？"张川问。

"也不是，主要那年是我儿子的中考年，所以那段时间我全部心思用在孩子学习上，和她的交流就比较少了。"程莉顿了下，接着又补充道，"在那之前，我们一两周会通一次电话。"

"她也没给你打电话？"张川问。

"没有……"程莉迟疑了一下，吸了口气说，"对啊，你这么一问倒是提醒我了，那段时间她怎么也没给我打电话，确实挺反常的。"

张川微皱了下眉："听您这口气，当年在郑文惠失踪之前，您并没有在她身上感觉到任何异常？"

"没有，一丁点都没有。"程莉一脸伤感地说，"文惠特别要强，当年骆辛出事没多久，她母亲跟着也被诊断出肺癌，她实在没办法，只能把工作辞了，全身心地照顾那一老一少。个中的辛苦，想也能想得到，可她从来没当着我的面表露过。"

"除了您，郑文惠还有其他特别要好的朋友吗？"张川问。

"文惠很内向，据我所知，她的交际圈子很窄，每天围着丈夫和孩子转，除此之外，跟她有接触的就是我们这些同事。"程莉说。

听到程莉提到郑文惠的丈夫，张川又顺势问："她和丈夫骆浩东的关系怎么样？"

"也还可以吧。"程莉模棱两可地说，"可能稍微会有点代沟，毕竟浩东比文惠要大 8 岁。反正我们女人和你们男人不同，同事关系再好也不会把夫妻之间那点事拿出来说，并且当年还是我把文惠介绍给浩东的，算是他们的媒人，她更不会跟我说浩东的不是。"

"这个'樱花扣'您见郑文惠戴过吗？"张川从包里摸出一张照片，上面显示的便是在抛尸旅行箱中找到的那枚装饰扣。

程莉接过照片，仔细看了两眼，又把照片还给张川："从来没见过。"

张川微微点头，合上记事本，沉吟一下，瞬间又想起个问题："对了，当年您是什么时候收到消息说郑文惠失踪了的？"

程莉笑笑，意味深长地看了张川一眼："其实时间不重要，重要的是告诉我消息的那个人。"

"是……周队吗？"不用程莉说，张川已经猜到人选。其实，这么多年来，周时好对骆辛视如己出，甚至无原则地顺从，支队里很多人颇有微词。

"你可能不知道，骆辛躺在医院那几年，你们的周队可比骆辛他爸往医院跑得勤多了，差不多每次我去医院看文惠，都能看到他。"

张川尴尬地笑笑，不知道该如何接话。

程莉念叨周时好的时候，他和郑翔正从沈建涛姐姐家所在小区走出来。沈建涛的姐姐和母亲再一次证实了沈建涛没有作案时间，同时她们还表示近段时间沈建涛表现很正常，没有比较大额的支出，也没向她们借过钱，并且自从"偷情视频"被广泛传播之后，沈建涛原先的朋友都逐渐远离了他，他现在每天的行动轨迹基本上是三点一线，白天在厂里上班，下班回姐姐家吃饭，吃完晚饭后回自己家睡觉。

出了小区，上了车，两人接下来的目的地是肖倩家所在的弘业小区。这弘业小区是封闭式小区，大门口设有保安岗亭，进门需刷卡。郑翔从手机中调出沈建涛的照片，让在岗值班的一高一矮两个保安辨认。

"没见过。"仔细看了几眼照片，高个保安先摇摇头说。旁边的保安也跟着使劲摇了两下头。

"你们这儿一共有几个保安？"周时好问，"班次是怎么排的？"

"岗亭这里就四个保安，两个人一个班，干一天，休一天。"高个保安接下话，随即拿出自己的手机说，"要不然这样，我拍一下你们手机里的照片，明儿交班时我问问那两个保安，如果有线索给你们打电话。"

沈建涛目前只是怀疑对象，如果乱传他的照片造成误会，那是对人家隐私的侵犯。周时好没接茬，转而问道："这里有个叫肖倩的女住户你们认识吧？"

"知道，知道，听说她被人杀了，耳朵都被割掉了，太吓人了。"矮个保安抢着说道，"不过，在这之前有日子没见过她了，以前傍晚的时候总见她牵着只小狗在小区里遛弯。"

"她在小区里跟别人发生过争执吗？"郑翔问，"或者有没有什么人经常骚扰她？"

"可别提了，去年有段时间，说是肖倩在网上传了个什么谣言被人识破了，然后天天都有一些网红主播，像神经病似的在小区周围晃悠，然后直播骂人家那女孩，搞得她都不敢出小区门了。"高个保安吐槽说。

"近段时间呢？"郑翔又问，"有没有人来打听肖倩的？"

"没有。"高个保安不假思索地说。

"不对，怎么没有？"矮个保安突然反驳说，"你忘了那天咱看到的那个'口罩男'？"

"什么情况？"周时好追问。

"是这么个事。"矮个保安解释说，"一个多月前，有天傍晚，几个小孩刷卡开门进小区，然后有个脸上戴口罩的男人跟着混进来了，我当时觉得那男人有点面生，在岗亭里冲他吆喝了一声，问他是哪个楼的，结果那口罩男愣了一下，然后支支吾吾地说什么准备在我们小区里买个二手房，过来看看里面的环境，说完就掉头走了。"

高个保安接着说："然后吧，我俩不放心，把这事汇报给了领导，领导就调监控看，发现那口罩男前一天傍晚也混进来过，还在肖倩住的那栋楼周围转悠了好一阵子。"

"现在能看到那段监控录像吗？"周时好问。

"看不到了，我们这里监控录像只保存两周。"高个保安解释说，"我们以为那男的也是网络主播，进小区可能是想要偷拍肖倩，就没刻意保存那段录像。"

周时好想了想，指着矮个保安说："这样，人是你看到的，你跟我们走一趟，去队里做个画像。"

矮个保安忙不迭地点头，跟高个保安交代了几句，便跟在周时好和郑翔屁股后头出了小区。

坐进车里，周时好吩咐郑翔把他和保安送到队里放下，然后去肖倩新工作单位找找线索。

午后，从"明光星星希望之家"出来，骆辛示意叶小秋把车开到李玥涵先前就读的育明高中，他想跟李玥涵的老师和同学聊聊。李玥涵失踪得不明不白，只能靠这种全方位的走访调查，来寻找有可能的作案动机。

到了学校，两人先跟班主任聊了聊，没问出什么有价值的线索，随后老师又帮忙找来班里与李玥涵平日走得比较近的两个女同学。这两个女孩和李玥涵一样，其实就是时下被定义为热捧偶像明星的"饭圈女

孩"，那饭圈女孩自然就有饭圈思维，听到叶小秋提起李玥涵的失踪，两
个女孩抢着说："说不定是被'黑粉'报复了。"

"黑粉？"骆辛一脸蒙，"什么黑粉、白粉？说的是毒品吗？"

"啥？这你都不知道？"两个女孩掩面而笑，其中一个长头发女孩
说，"小哥哥，你家才通网吗？"

"'黑粉'是网络用语，指的是某些追星的粉丝，喜欢收集传播其他
明星的黑素材，从而突显出自己偶像的优秀。"叶小秋哭笑不得地解释
说，然后冲两名女孩问，"黑粉有那么强的报复心吗？"

"怎么没有？我们还打过架呢！"另一个短发女孩说。

"真的啊，说来听听，什么情况？"叶小秋被成功勾起了好奇心。

两个女孩对视一眼，由长发女孩发声说："就是那两个黑粉，她们
家哥哥唱歌跳舞都没有我们家哥哥好，代言资源也竞争不过我们家哥哥，
就经常跑到我们家哥哥社交账户下面发些抹黑和诅咒的话，还到处说我
们家哥哥拖了他们团队演出的后腿，明明是她们家哥哥不够用心，经常
在台上'划水'好吗？那我们肯定要反击，除了在网上跟她们对骂，有
一次趁粉丝会在线下搞聚会活动时，我们三个狠狠揍了那两个黑粉一顿，
特别解气。"

虽然女孩说得有点乱，但叶小秋大致听明白了，原来所谓的黑粉和
这两个女孩加上李玥涵，是同一个粉丝会的成员，她们喜欢的是由两个
男孩组成的一个组合，只不过各自偏爱不同，所以经常互相谩骂、攻击。
实质上，类似事情在网络社交平台上并不鲜见，叶小秋相信女孩说的是
真话，只不过见女孩说得这么认真，不禁哑然失笑："你们和黑粉打架是
什么时候的事？"

"去年五一放假的时候。"短发女孩回应说，"我们三个人中，玥涵
个子最高，下手也最狠，那两个女孩肯定最记恨玥涵，而且她们当时

还说让我们等着，要找人弄死我们，我觉得搞不好就是她们雇人绑了玥涵。”

“噢，对了，那天在文汇大道看哥哥们演出，有一个黑粉也去了。”长发女孩补充说。

“就是李玥涵失踪的那天？”叶小秋问。

“对，就是那天。”长发女孩点点头。

因为追星发生内讧，于是策划了绑架事件，听起来像天方夜谭，但叶小秋还是没忍住问：“在哪儿能找到那俩女孩？”

“她们在‘劳伦酒吧’上班。”短发女生吸了下鼻子，从兜里掏出手机摆弄一番，将手机屏幕举到叶小秋眼前，“喏，这是她俩在社交网站上发的合照。”

叶小秋仔细看了看，是两个模样也很年轻的女孩，她用手机翻拍了照片，接着问：“除了黑粉的事，李玥涵在学校里有惹过别的麻烦吗？”

“没有，绝对没有！”两个女孩齐刷刷摇头说。

“行了，谢谢你们，回去上课吧。”叶小秋微笑着说，眼瞅着两人从视线中消失，她冲骆辛挥挥手机说，“咱们要去查查‘劳伦酒吧’这俩女孩吗？”

“查查也行。”骆辛低头想了一下，皱着眉说，“不过，感觉不太靠谱。”

“你可别小瞧现在的孩子，路子野着呢！”叶小秋吸着鼻子说。

傍晚，窗外暮色渐沉，办公室里只亮着一盏台灯，周时好坐在灯下，入神地盯着手中的嫌疑人肖像画。

宽脸，深窝眼，双眉稀淡，头发略微带点自来卷，半边脸隐藏在白色口罩下，眼神中流露着些许的不安和疲惫。这就是弘业小区保安在一个多月前看到的，曾在肖倩家楼下转悠的可疑男子的模样。看着像一个中年人，应该不是保安揣测的那种网络主播，做主播需要有热忱和冲劲，还是年轻人居多一些，可是他为什么会对肖倩感兴趣呢？难道会是沈建涛雇用的杀手？不过，这人总体给人感觉是斯文中又带些卑微，在常年与犯罪人打交道的周时好看来，他的犯罪经验应该并不丰富，有可能是个先前没犯过什么大事的小毛贼。

正专心思索着，门外响起几下敲门声，周时好轻声应了句"进"，随即一阵"噔噔噔"的高跟鞋声响，由远至近来到他的桌前。周时好不用抬头，便知来者是谁，把手中的肖像画放到桌上，抿着嘴勉强挤出一丝微笑，戏谑道："哟，这么晚了还不回去，方大支队长是有什么指示吗？"

"你不也一样没走？"方龄哼了下鼻子回应说，接着一屁股坐到周时好对面的椅子上，一脸严肃地说，"这会儿队里该下班的基本走了，没人打扰，咱俩聊聊郑文惠吧。"

方龄这么一说，周时好才注意到她手里握着记事本和水性笔，显然是有备而来。周时好顿时明白，这其实是一场正式的询问。他想过方龄肯定会找他询问郑文惠的情况，但没想到第一个便找上他，心里很是不痛快，不过转念又一想，方龄等着队里大部分人下班了才过来找他，也算给他留些面子，态度便稍微端正些。

见周时好默然不语，方龄把记事本放到桌上摊开，主动打破沉默问道："当年，你是如何获悉郑文惠失踪的消息的？"

"医院给我打的电话。"周时好语气平和地说。

"这么说在郑文惠认识的人当中，你是第一个接到消息的？"方龄问。

"对，那时候骆队特别忙，委托我空闲时去医院帮忙照顾骆辛，我从第一天进队里就跟着骆队学习，算是师徒关系，所以对他的请托自然是尽心尽力。时间长了，医院方面有什么问题，骆队如果联系不上文惠姐，就会联系我。"周时好刻意解释了一大堆话，针对性很明显，他又不傻，队里的传言他怎么可能不知道。

"具体是什么时候？"方龄问。

"2008 年 4 月 9 日。"周时好不假思索地说道。

"你们最后一次联系是什么时间？"方龄问。

"前一天，也就是 2008 年 4 月 8 日。"周时好解释说，"那天中午，我办案路过医院，顺便给郑姐买了碗馄饨送过去。"

"也是你确认了她的失踪吗？"方龄问。

"算是吧。"周时好脸颊微微抽动一下，表情略显不自然，语气低沉地说，"2008 年 4 月 9 日下午 3 点左右，我接到医院打来的电话，说文惠姐在前一天傍晚 7 点左右离开医院，当时她路过护士站时，跟值班护士打招呼说要回家洗个澡换身衣服，很快就会回来，但此后就再也联系不上她了。我接到消息后，试着拨打她的手机，话筒中传来关机的提示音，接着我又给她的好朋友档案科科长程莉打电话，对方表示很长时间没和文惠姐联系过了，再然后我又给师父打电话，师父也说不清楚文惠姐在哪儿，不过他当时没太当回事，以为文惠姐可能太累了，在家睡过头了，让我帮忙先去家里找找看。结果我去了，进了家门……"

"你有他家的钥匙？"方龄皱着眉，打断周时好的话问。

"不，不……"周时好看到方龄的表情突然慎重起来，赶忙解释说，"他们家有把备用钥匙放在门口地垫的下面，早前师父告诉过我。"

方龄眨眨眼睛："噢，那你接着说刚刚的话题。"

周时好深吸一口气："我进了师父家，依然没看到文惠姐，倒是看到家里有被翻动的迹象，文惠姐平常穿的衣服都不见了，而且卧室床头还留有一个信封，上面写着'浩东亲启'四个大字……"

"你看了信？"方龄忍不住又插话道。

"没有，我明白那是我不该看的。"周时好轻摇两下头，顿了下，接着说，"没过多久，师父也赶回来了，我把信交给他，他当着我的面看完，之后站在原地愣了好一会儿，突然一言不发地转头走出家门。"

"那封信的内容你始终没看过？"方龄追问。

"对，师父当天带走了那封信，之后我就再也没有看到过，可能被师父撕碎扔了或者烧了。"周时好说着话，俯下身子，打开镶嵌在办公桌下方的小保险柜，从里面取出一个信封放在桌上，推到方龄身前，"这个是我偷偷保留下来的。"

方龄把信封拿在手上，看到正面写了四个大字"浩东亲启"，想必这就是当年郑文惠留下的信封。

"我找技术队鉴定过，那几个字确是文惠姐亲笔，并且信封上也只有文惠姐一个人的指纹。"周时好补充说道。

方龄正反打量几眼信封，猜测说："我估计这是一封诀别信。"

"可能……算是吧。"周时好迟疑一下，斟酌着话语说，"师父那天离开家时，我也跟着追了出去，我嚷嚷着要把队里的人都撒出去找文惠姐，却被师父很冷淡地拒绝了。之后，过了没多久，有一天半夜，师父突然提着酒菜到宿舍找我，他一言不发地喝下大半瓶白酒，然后突然对我说：'别找了，你文惠姐能挨到现在已经很不容易了，她想要重新开始，想要有自己的新生活，那就随她去吧。'"

"也就是说，那时的种种迹象表明，郑文惠很有可能因为对自身所面临的现实生活感到绝望，于是选择了不辞而别，这也是包括你师父骆浩东在内，刑侦支队里大多数人的共识吧？"方龄总结说。

周时好"嗯"了一声，表情略显苦涩。

"你呢？"方龄直视着周时好的眼睛，"你不相信她是那样的人，所以你独自花大气力找过她，对吧？"

"没那么夸张，我一个人能翻起多大水花？只是做了些常规性的调查罢了。"周时好轻描淡写说道，"当年除了坐飞机，坐火车和长途客运车还不需要实名制购票，再加上大街上以及各种公共场所，没有现在这么多的监控探头，想找到一个活动着的目标人物并没有那么容易，更何况我们现在知道了，文惠姐那时可能已经遇害了。"

"真的一丁点线索也没找到？"方龄语气中带些质疑，"手机通话记录也没有异常吗？"

"文惠姐用手机的时候不多，她怕浪费钱，通话对象也基本上是熟人，没什么异常。不过，中心医院有一名叫张梅的保洁员声称，曾在 4 月 8 日傍晚，在医院大门口，看到文惠姐上了一辆黑色轿车走了，可是随后她又改口说她记错了，说是看到文惠姐被黑色轿车拉走的那一天，是 4 月 7 日。"周时好强调说，"骆辛出事之后，一直住在市中心医院，保洁员提供的线索也是我查到唯一算是有点价值的线索，不过最终我也未能找到与那辆黑色轿车相关的线索。"

方龄思索了一会儿，将信封推回给周时好，接着合上记事本说："这个还是你保存吧，今天先到这里，我回去整理整理思路，有问题再找你。"

周时好无声点头，将视线投射在身前的信封上，不再搭理方龄。

方龄识趣地顾自起身离开，步出门口的刹那，转身冲门里瞄了一眼，便见周时好被一圈黄色光晕罩住，面色阴晴不定，整张脸显得格外落寞和阴郁。方龄突然间觉得这个男人对她来说真是越来越陌生了，想必自己先前太过自我感觉良好，幼稚地认为他性格上的剧烈转变，可能与两次被抛弃的刻骨铭心的情感伤害有关，但其实他的经历和内心的城府，已远远超乎自己的想象。当然，这也更加坚定了先前她把"郑文惠案"牢牢抓在自己手上的抉择是无比正确的。

适逢周末，晚上七八点钟的劳伦酒吧，已经宾客满至。在耀眼夺目的霓虹灯下，几名穿着暴露的美少女，挤在一个圆形小舞台上搔首弄姿。而在舞台下，层层围坐的宾客，频频举杯，身体也不忘跟随动感十足的音乐节拍陶醉地摇晃着。整个酒吧，被一股混杂着香水、汗臭、烟熏、酒味的躁动气息包围着，让人有一种莫名想要放肆宣泄的冲动。

骆辛显然极度不适应这种场合，屏息凝气，竖着耳朵，眼神中充满警惕，就好像一只小猫咪受惊时的模样。他本能地重复着"钢琴手"的动作，紧紧跟在叶小秋身后，从喧闹的人群中穿过，走到一个金色的长条吧台前。

叶小秋掏出警官证，冲站在吧台前一个穿着西装制服、戴着工牌，经理模样的男子亮了一下。"制服男"显然见过世面，并没有太慌乱，只是稍微愣了一下，便赶紧做了个"请"的手势，带着骆辛和叶小秋绕到吧台后，从一扇安全门后进到一段长走廊上。

"外面太吵，说话听不清，二位警官有什么需要我们酒吧协助的？"制服男一脸赔笑说。

叶小秋掏出手机，调出从李玥涵同学手机中翻拍的照片，举到制服男眼前："我们想找一下这两个女孩。"

"陈晓红、张晶晶。"制服男看着手机中的照片随即念出两个名字，紧接着解释说，"她们确实是我们这儿的服务员，不过现在只有陈晓红在，张晶晶早不在了。"

"那麻烦把陈晓红找来。"叶小秋客气地说。

制服男忙不迭地点头，转身出了长走廊，不多时带回一个穿着服务员制服、模样温柔的女孩。

在制服男识趣地离开后，叶小秋从手机相册中调出李玥涵的照片，让陈晓红辨认："这个女孩你有印象吗？"

"知道，是那谁的铁粉呗，我们还打过一次架。"陈晓红一眼认出李玥涵，冲叶小秋亮了亮手上的指甲，"那次她把我刚做的美甲都抓坏了。"

"她失踪了，你知道吗？"叶小秋问。

"失踪了？我咋会知道？你们不会觉得跟我有关吧？"陈晓红一脸惊愕，"她是被人绑架了吗？"

"据说你们要找人弄死她们几个女孩？"叶小秋问。

"我们胡说的，给自己找台阶下而已，我们能认识谁啊？"陈晓红忙摆手说。

"能想起今年 2 月 16 日你在哪里、都做了什么吗？"一般人很难具体想起几个月之前的事，叶小秋只是想看看她的反应。

"说的是过年后那段时间吗？那时我还在外省老家，我是一直待到正月十五之后才回来的。"陈晓红脱口而出说，"我是在元宵节过后第二天夜里上的火车，然后隔天早晨到的金海，这你们可以随便查，现在大数据这么先进，肯定一查就能查到。"

叶小秋看了眼手机日历，元宵节是 2 月 19 日，那按照陈晓红的说法，她就不具备作案时间。

"你那个同伴，和你一起约架的，叫张晶晶的，为什么辞职了？"一直没吭声的骆辛，突然发问。

"她，她不是辞职，她其实……也不见了。"陈晓红磕磕巴巴地说。

"也不见了是什么意思？"骆辛一脸愕然。

"是说她也失踪了？"叶小秋同样惊讶地问。

陈晓红使劲点了点头。

"报警了吗？"叶小秋问。

"报了。"陈晓红说。

"那现在是什么状况，一点消息也没有吗？"叶小秋问。

"嗯，没人在找她。"陈晓红一脸委屈地说，"她爸不管，派出所也不管。"

"怎么会这样？"叶小秋皱着眉头，和骆辛对视一眼，然后说，"你把事情的经过从头到尾仔细跟我们说说。"

"好。"陈晓红稍微回忆了一下，说，"我和晶晶在我们酒吧附近合租了一个房子，去年的10月26日，日子我记得很清楚，因为那天是发工资的日子。傍晚临上班前，晶晶突然说她身子有点不舒服，不想上班了，让我帮她请个假，后来等我凌晨下班回去，她就不见了。"

"那之前她有什么反常表现吗？"叶小秋问。

"嗯，情绪不太好，前一天晚上她男朋友和她分手了。"陈晓红说。

"她男朋友是干吗的？"叶小秋问，"为什么和她分手？"

"是给一个老板开车的司机，老板经常到我们酒吧玩，他就坐在吧台那儿喝水等着，一来二去和晶晶看对眼了，就好上了。"陈晓红表情有些不自然地说，"分手是因为晶晶痴迷网络游戏，整天抱着手机玩个不停，而且会跟一些网游高手搞暧昧。"

"什么意思？"骆辛一脸迷茫，"痴迷网络游戏跟搞暧昧有什么关系？"

"就是……"陈晓红迟疑一下，才嗫嚅着说道，"就是说，在网络游戏中晶晶自己的级别不够高，她又不想花太多的钱，那想要更好的游戏装备和皮肤，只能让一些游戏高手送给她，代价是要陪人家'睡一觉'。"

"她怎么会这样？为了玩个游戏能把自己卖了？"叶小秋一副难以置信的模样，"是经常性的吗？她都是从哪儿认识那些网游高手的？"

"我知道的，有个三四次吧，对方都是她从网上认识的。"陈晓红表情尴尬地说，"好死不死，其中有一个男的认识晶晶的司机男朋友，还拿手机里存的晶晶的照片炫耀，结果自然是她男朋友大发雷霆宣布和她分手，还在酒吧里当着很多人的面狠狠羞辱了她一番，让晶晶特别难堪。"

"你刚刚说她爸不想管她，也是由于这个原因吗？"骆辛问。

"那倒不是。"陈晓红解释说，"我和晶晶是同乡也是同学，她妈早年跟一个卖酒的小老板私奔了，他爸后来又娶了别的女人，之后就没再管过她。她是跟姥姥长大的，高中毕业不久后她姥姥去世了，正好我出来打工，她就跟着来了。我们在金海这边待了三年多，过年她也不回去，这次我给她爸打电话，说她可能失踪了，她爸啥也没说，直接把电话挂了。"

"那也就是说她不可能独自跑回老家。"叶小秋说。

"对。"陈晓红瞪大眼睛，使劲点点头。

叶小秋想了下，接着说："你在哪个派出所报的警？"

"离酒吧不远。"陈晓红说，"民成街道派出所。"

叶小秋把手机递给陈晓红："你给我留个电话号码，以后有事情我直接找你。"

陈晓红接过手机，乖巧地按下自己的手机号。

出了酒吧，上了车，叶小秋一边系着安全带，一边感慨说："唉，像张晶晶身上发生的这种事，直系亲属不出面，又没有任何刑事犯罪的迹象，派出所不可能立案，顶多算作失踪人口登记一下。"叶小秋有过两年基层派出所工作经验，对类似案件的立案程序很在行。

"送我回去，我困了。"骆辛打了个哈欠，意兴阑珊地说。

"咱要不要去民成街道派出所了解一下情况？"叶小秋思维跳跃着说，"两个年轻的女孩都无故失踪了，难不成会有什么关联？"

骆辛把脸别向窗外，似乎懒得回应。

叶小秋不死心："你是不是觉得再调查下去，会离咱们的初衷越来越远？"

"对，你提醒我了。"骆辛打着哈欠说，"明天你做份报告，将咱们对李玥涵失踪案的分析以及调查思路总结一下，然后交到二大队。"

"为啥要给他们，咱自己查不行吗？"叶小秋极为不情愿地说。

"本来就是人家的案子。"骆辛又把脸别向窗外，做出结束话题的姿态。

"你……"叶小秋虽然接触骆辛时间不长，但她很清楚骆辛对于案件调查的狂热和痴迷程度，类似李玥涵和张晶晶这样悬而未决的疑案，本应是他最热忱追逐的案件，眼下的反常表现，只能说明他想要腾出手办他母亲的案子。叶小秋差点把自己刚刚的想法脱口而出，只是担心惹怒骆辛后他不再带着自己办案，便把到嘴边的话咽了回去，改口说："虽然咱们现在还未找到证据，但我总觉得李玥涵和肖倩这俩案子之间，似有似无地存在着某种关联，要不然怎么会这么巧？就像李成说的，编造'偷情视频'的两个当事人，事实上也都遭遇了不幸。"

骆辛不自觉地点点头，显然被叶小秋说到心坎上了，凝神考虑片刻，没头没尾地轻吐出两个字："行吧。"

"好嘞。"叶小秋欢快地应道，心满意足地发动车子开了出去。

汽车驶出去不远，道路左侧出现了门额上镶嵌着国徽的民成街道派出所。叶小秋一边握着方向盘，一边心有不甘地冲里面打量着，直到派出所蓝色的牌匾彻底从视线中消失之后，她用力咬了下嘴唇，做出一副打定主意的模样。

次日是周六，崔教授外出讲学，心理辅导暂停一周。骆辛也不想闲着，便正常到科里上班，通常手里有案子的时候，他和刑侦队的作息一样，没有什么休息日。

叶小秋当然也跟着骆辛的作息走。眼见骆辛走进科里，进了隔断屋，叶小秋便抱着一份卷宗迫不及待地跟了进去。

"张晶晶案子调查卷宗看完了？"骆辛卸下双肩包放到桌角，背对着叶小秋说道。

"你怎么知道我要说这事？"叶小秋走到办公桌旁，从卷宗夹中取出一张大照片，贴到立在桌旁的白板上，"喏，这就是张晶晶的素颜照，社交网站上的是美颜过的，这个看得真切。呵呵，昨晚把你送回去之后，我去了趟民成街道派出所，跟他们借了调查笔录。"

骆辛坐到椅子上，把身子靠在椅背上，仰头冲照片打量着。照片上的张晶晶长相清纯，看着人畜无害，很难想象会是一个为了网络游戏舍身陪睡的女孩。骆辛皱着眉问："你觉得这女孩的失踪有蹊跷？"

"这样，我先给你做个简报，然后咱们再讨论。"叶小秋用手指点点白板上的照片，说，"张晶晶，今年21岁，外省乡下人，三年前来到咱们金海，便一直在劳伦酒吧当服务生。去年10月27日上午，陈晓红赶到民成街道派出所报案，声称张晶晶一夜未归，手机也打不通，有可能遭遇不测。随后，民警调取张晶晶住处周边的道路监控录像，发现10月26日晚7点左右，张晶晶手里拎着一个大购物袋从一家便利店走出来，随后在街边用手机叫了一部网约车离开。按照录像显示的车牌号，民警找到当事网约车司机。经询问，司机表示他在那个时间段确实载过一个年轻的女乘客，该女乘客手里拎着一袋子啤酒，最终在跨海大桥中段下了车。"

"跨海大桥？"骆辛继续盯着白板上的照片说，"这几年发生好多起自杀事件了吧？"

叶小秋明白他是意有所指，便说道："在网约车司机的指引下，派出所人员在桥边发现了十多个空啤酒罐和一堆烟头。经相关鉴定证实，上面遗留的生物痕迹确属张晶晶一人，并且张晶晶所使用的手机，于去年10月26日晚间10点42分关机，当时所处的地理位置也显示在跨海大桥区域，因此派出所给出的意见是，她有可能因酒醉溺亡或者有意寻了短见，并因该案直系亲属始终不露面，故最终不予立案。"

"没毛病。"骆辛语气冷淡地说，"张晶晶被前男友当众抖搂出陪睡的丑事，一时想不开跳海自杀了，这判定有什么问题吗？"

"她那个好闺密陈晓红不认可这个判断。"叶小秋说，"据她说，张晶晶生性乐观，而且在交朋友方面比较开放，应该不会因为那种打击而选择寻短见的，她认为张晶晶有可能是大半夜遇到坏人，被绑架到了什么地方。并且，如果真是意外或者有意溺亡的话，尸体肯定会在某一天上浮的，可这都过去八九个月了，张晶晶的尸体并没有出现。"

"人体的密度约等于水的密度，所以意外出现之后，尸体会先沉入水底，而随着尸体腐败，体内产生气体，尸体愈加膨胀，才会逐渐浮出水面。这个过程因环境、季节、温度不同，需要的周期也略有不同，但总的来说在一到两周之间。"骆辛机械地说道。

"就是说啊！"叶小秋笃定地说，"我查了系统中的大数据，跨海大桥附近海域，近一两年来确实发生过多起自杀事件，但尸体都找到了，并没有身份不明的尸体出现。"

"桥上没有监控探头吗？"骆辛问。

"有，但问题是张晶晶当晚下车的区域没有。"叶小秋解释说，"那也并不是巧合，据网约车司机说，当时他载着张晶晶行驶在大桥上，张晶晶突然说要下车，他就特意找了个没有监控探头的区域才把张晶晶放下来，因为大桥上不让停车，被监控拍到要扣分的。"

"司机的话可信吗？"骆辛问。

"可信，派出所深入调查过，车和司机都没问题。"叶小秋说。

"那你这一大早的兴奋点在哪里？"骆辛开始有些不耐烦。

"如果张晶晶不是跳海自杀，而是像陈晓红说的她是'被失踪'的呢？"叶小秋轻咳一声，清清嗓子，煞有介事地说，"都是年轻的女孩子，都是突然间消失得无影无踪，你觉得有没有可能致使张晶晶和李玥涵消失的，是同一个人？"

"你是说连环犯罪？"骆辛晃晃脑袋，质疑说，"太牵强了，纯属瞎联系。被害人、作案手法、犯罪标记，这是串联连环犯罪的三个要素。尤其，被害人是同类型的这一点，是破案的关键，李玥涵和张晶晶除了性别和年龄有同一性，别的还有什么相同点吗？"

"这个我昨天想了一夜，想到了一种可能性，而且是支持我认为这是连环案件的核心因素。"叶小秋胸有成竹地说，"你看啊，这两人一个是为了追星，又打架，又浪费钱，又离家出走的；另一个呢，为了玩游戏竟然做出卖身陪睡那种事，这应该都算道德有缺憾的人吧，有没有可能成为她们失踪的理由呢？"

骆辛思索了一会儿，微微点下头说："你这个逻辑从经验上还真说得通，一般人听来感觉像天方夜谭，但是对那些变态者来说，多么不可思议的作案动机，都可能被他们合理化。"

"你认可我的观点？"叶小秋兴奋地说。

"逻辑上存在可能性，但以目前掌握的信息来看，臆想的成分更大。"骆辛仍保持一贯的说话风格，丝毫不给叶小秋留面子。

"如果我能查到更多类似的失踪悬案呢？"叶小秋不气馁。

"就凭你？"骆辛颇为不屑地瞄了叶小秋一眼，"那得包括立案与没立案的，你知不知道工作量有多大，你确定你能应付得来？"

"没问题。"叶小秋听出骆辛话里的意思，并未对她的尝试表示反对，便很愉快地说，"其实工作量也不是很大，现在信息都是联网的，只要派出所受理过，或者登记为失踪人口的，内部系统中都能查到。"

骆辛点点头，不再言语。

"放心，我会合理分配时间去做这个事，眼下咱们重点还是要先搞清楚肖倩和李玥涵两个案子之间是否存在关联，对不对？"叶小秋问。

骆辛再次无声地点点头。

周时好现在桌上有两张嫌疑人的肖像画，一张是根据弘业小区保安口供描绘出的口罩男，另一张也是个戴口罩的，不过是名女性。

这个口罩女的出现，跟郑翔走访肖倩新近工作的服装公司有关。据这家公司的一个前台工作人员反映：在肖倩遇害的前一天中午，她和肖倩结伴到公司楼下的快餐店吃午饭。吃完出来时，正好撞见一个戴口罩的女人从一辆轿车上下来。那口罩女一见肖倩，便凶神恶煞地把肖倩往车里头拽，肖倩当时有点尴尬，强作笑颜挥手让她先回去，接着便被拽进车里。她见肖倩没太抗拒，觉得两人应该是认识的，但走进公司大楼时，她回头冲车里望了一眼，似乎看到口罩女把什么东西摔到了肖倩脸上。后来，肖倩返回公司，脸色很不好，看上去有些失魂落魄的样子。

"短发、细长脸，眼睛看着很年轻，感觉年龄应该和肖倩相仿。"周时好向前凑了凑身子，双目打量着桌上的肖像画，口中念念有词，冲郑翔吩咐道，"接下来的工作重点，就是试着找出这个戴口罩的女的，以及这个私闯弘业小区的口罩男。"

"那我先让肖倩母亲辨认一下，看看她对这两人有没有印象。"郑翔用手机拍下两幅肖像画说。

"行，你带人去问问。"周时好点点头说。

第六章

疑云密布

无人幸免

怡海小区，李成家中，二次回访。

夫妻俩都在，妻子的冠心病加重，不能长时间离人，李成索性申请了年假在家里照顾一阵子。

叶小秋客套问候了一番，李成扶着面色煞白的妻子刘佳，坐到沙发上做出如上解释。叶小秋接着把话题引向案子，直来直去地问道："你们说沈建涛有可能一直在关注你们，伺机进行报复，那你们在女儿失踪前有感觉到被跟踪了吗？"

李成忽然面色一沉，不耐烦地说："没有，但也不能证明沈建涛没做过，你们为什么总在为他开脱？"

"你别激动，我们不会放过他的。"叶小秋安慰道，"是这样的，从目前调查的情况看，你女儿的失踪有一定的偶然性，但也存在相当的预谋性，所以但凡与你们一家人有过纠纷的，我们都需要做深入的调查，沈建涛当然也包括在内，这个你们不必担心。"

"听你这话里的意思，你们现在也同意我的观点，认为玥涵遭遇绑架跟钱财没有关系，对吧？"李成面色稍微缓和了些。

"对，我们排除了图财的可能性。"叶小秋觉得来句痛快的，能够缓和一些对立的情绪。

"可是，除了沈建涛，我实在想不出还有什么人会跟我们家或者玥涵有那么大的仇恨。"李成皱着眉头说。

"你呢？"叶小秋把视线投向李成的妻子刘佳，"生活中或者工作中有没有与人结过怨？或者……"对于刘佳，叶小秋见她的第一眼，便有一种城府极深的感觉，总觉得在她那张病恹恹的面孔背后，似乎隐藏着某件不可告人的心事，可能连李成也蒙在鼓里，所以叶小秋话说到一半收住嘴，斟酌了一下，才又说道，"我希望你能知无不言，哪怕是难以启齿的、比较私密的事情，也不妨说说看。"

"你，你什么意思？是说我在外面招惹了感情是非吗？"刘佳费力咽了下口水，情绪激动地说，"你们警察有没有搞错，先前怀疑我丈夫和肖倩有一腿，现在竟然又往我身上泼脏水？"

"你别多想，我只是照常规询问而已。"叶小秋意识到自己的问题倾向性确实比较强，便给自己找台阶下，"干我们这行的都这样，怀疑一切可以怀疑的，有时候我们自己也被怀疑。"

刘佳没言语，狠狠瞪了叶小秋一眼。

"你还是冷静地想一想，有没有可能是你惹了什么纷争，报复到你女儿身上？"叶小秋又把问题绕回来，接着转向李成说，"你也帮着回忆回忆，关于李玥涵当时身在希柏顿酒店附近的这个消息，除了把消息转给你的那位朋友，还有谁知道？你的那位朋友有没有把消息告诉别的什么人？"

"我微信朋友圈中的人应该都知道。"李成解释说，"那晚，我在微信朋友圈里发了找孩子的消息之后，好多亲戚、朋友和同事都很关注，不断留言追问进展，所以我第一时间把孩子在希柏顿酒店附近逗留的消息分享了出去。至于，那个告诉我消息的朋友……"李成说着话，把视线转向身旁的妻子。

"那……那个人其实，是我的'朋友'。"刘佳迟疑了一下，吞吞吐吐地接话说，"他……他叫陈大力，是我的前男友，当年我们分手分得很不愉快。我们很多年都没联系了，去年我偶然坐上他开的出租车，出于礼貌互加了微信，他……他应该不会对玥涵做那种事的。"

"能把他的手机号给我吗？"叶小秋问。

"嗯。"刘佳轻轻点下头。

除了叶小秋，此时骆辛也来了，只不过他没有参与问话，而是在李玥涵的房间中四处审视，试着找寻出一些蛛丝马迹，还原发生在李玥涵这个女孩身上的真相。

李玥涵的房间异常干净整洁，相信这都是出自妈妈周而复始的付出，骆辛办案时见过几次高中生的房间，给他最大的感觉便是无处下脚。当然，这也不能全怪孩子，现如今几乎所有的孩子都面临着精力被高度占用的问题，除了要应对繁重的功课，还要被社会上各种让人无法抵挡的诱惑牵扯着，所以无论是主观上还是客观上，家务劳动可能是他们唯一有理由逃避掉的选项。

房间中最醒目的，当数那些明星的大头照海报，并且看上去都是同一个人，只是场景、造型不同而已。看来李玥涵还真是很专一，不，应该说是绝对痴心，不然也不会为了这么个虚幻的偶像，不惜跟父母闹翻，离家出走。

骆辛拉开床旁的衣橱，一件件校服式样的运动装和生活休闲服，整整齐齐地挂在衣橱的最上层，衣服上还留有洗衣液的余香，味道很清新；中层有几个透明的收纳箱，里面叠着女孩的贴身衣物和袜子等等；最下层放的是过季衣物，主要是一些冬季的被子、毛衣和棉服。妈妈真的很会持家，那些过季衣物都被装在大小规格不等的真空压缩的收纳袋中，既避免了落尘，又省下了空间。袋子正面还印着一个小兔子模样的卡通图案，看着十分乖巧可爱。

写字桌与衣橱平行而立，桌面一尘不染，台灯、文具盒、习题册、大词典，摆放有序。骆辛拉开桌下的抽屉，看见女生喜欢的一些小玩意儿和几本日记本。骆辛随便拿起一本，翻了翻，大概是学校老师或者父母的要求，李玥涵保持着写日记的习惯，但粗略一看便知，内容浮皮潦草、敷衍了事，没啥实质内容。骆辛没兴趣再接着翻另外几本，办过几个与学生有关的案子，他感觉得到现在的孩子都精明得很，能写出来的东西，都不是他们最在乎的。

骆辛开始觉得索然无味，正准备退出房间，走到门口时心有不甘地又回头打量一眼，便看到对面的玻璃窗旁杵着一个木制的挂衣架，上面孤零零地挂着一个米白色的双肩书包，拉链上还挂着一个可爱的小熊布偶，似乎在期待着主人的回归。骆辛脑海里突然冒出一个念头——无论李玥涵的失踪与肖倩被杀有无关联，他都会尽全力把这个女孩安全地带回家。

既而，当他意识到自己刚刚冒出那个念头后，心里又是一惊——自己什么时候开始有恻隐心了？他喜欢追查罪案，但也仅仅只是因为擅长罢了，从未怀有过所谓的匡扶正义、除暴安良之心，也从未在乎过受害方的感受，因为除了宁雪，他还没学会与其他任何"好人"共情。骆辛心里的焦虑感，再次油然而生，他不知道自己该不该相信崔教授的话。按照崔教授的解释，他的梦，他的焦虑，并不是他的大脑变得更坏了，反而是认知能力逐渐得到治愈的一个体现，只是治愈的过程打破了他旧有习惯的思维方式，让他一时之间感到无法适应而已。

正感到茫然之时，客厅中传出道别的声音，骆辛便走出房间，和叶小秋一同离开。

在肖倩家，对着郑翔举在眼前的手机屏幕，肖倩母亲张洁一眼便认出肖像画中的口罩女来。随即她指出口罩女叫姜亚萍，是女儿肖倩的高中同学，这个姜亚萍曾多次拜托肖倩打招呼找张洁给她老父亲看病，所以张洁对她印象深刻。张洁把她的手机号抄给了郑翔，顺便又说，据她所知，姜亚萍目前在华阳贸易公司的市场营销部门工作。

由于是周六，估计在工作单位找不到姜亚萍，郑翔便先给她打了电话。姜亚萍表示自己在家休息，并跟郑翔说了自己家所在的位置，约在她家楼下的一个咖啡厅见面。

郑翔如约前往，顺利见到姜亚萍，随即开门见山把手机屏幕冲向她说："这个戴口罩的人是你吧？"

"对，那阵子脸上过敏了，起了一些小痘痘和红斑，所以戴了口罩。"姜亚萍摸着脸颊说。

"你知道肖倩被杀了吧？"郑翔问。

姜亚萍点点头，"嗯"了一声，一脸悲痛。

"据我们了解，在她被杀的前一天，你们曾在她公司的楼下发生过争执，有这回事吗？"郑翔问。

"没有啊，噢，是她的那个同事说的吧？"姜亚萍解释说，"我们只是太长时间没见面，那天正好碰见，感觉特别惊喜，我就把她拽到车里打闹了一会儿，可能当时我表现得比较夸张，让她的同事产生误会了。"

"可是据我们所知，她和你叙完旧之后，整个人的情绪特别不好，好像受到了什么打击？"郑翔说。

"那是因为我向她透露了一个跟她有关的坏消息。"姜亚萍爽快地说，"我们公司是做进出口贸易的，前阵子部门接待了一个海外客户，是个女的，她跟我们部长关系很好，那天我去部长房间送资料时，偶然听到了她跟部长的几句对话。她让部长帮忙介绍个律师，说是要打什么刑事自诉官司，我隐约听到她提到'肖倩'的名字，心里便咯噔一下，于是送完资料后并没有马上离开，而是贴在部长办公室的门上偷听了一会儿。结果，搞明白了她嘴里说的肖倩，就是我高中的同学肖倩，她是那个被肖倩拍到视频的富婆的妹妹，好像是受富婆委托要跟肖倩和她的那个同谋打官司。"

"这是什么时候的事？"郑翔问。

"应该是在我跟肖倩碰面的三天前。"姜亚萍说，"我当时还琢磨要不要打电话跟肖倩说说，后来觉得把顶头上司和客户的谈话传出去也不太好，就没打。谁知道，那天意外碰见肖倩，一激动没忍住，还是跟她说了。"

几个问题姜亚萍应对得都很得体，逻辑上也站得住脚，但郑翔还是例行公事问道："7月2日晚上你都做了什么？"

"按你的说法，就是我见到肖倩的隔天晚上呗？"姜亚萍稍微想了下，"那天晚上我应该是整晚待在家里没出去过，我爸妈都能给我做证。"

郑翔点点头，语气变得温和，说："你能不能帮我一个忙，帮我把你们那个女客户的联系方式搞到手？"

"这好办，公司和她合作的合同还在我们部门走流程，只是……"姜亚萍顿了下，咬咬嘴唇，下定决心说道，"行吧，反正我已经背叛过我们老大一次了，等我搞到她手机号码给你打电话，不过你不能告诉别人是从我这里知道的。"

"这是当然。"郑翔点点头说。

第七章

医院之行

无人幸免

进入 7 月中旬，位于北纬 40 度以南的金海市，天气才算刚刚有点热，大街上的人群中，还可以看到很多穿长袖衣衫的，阳光照在身上依然是暖暖的感觉，而不是炙热，让人通身都觉得舒畅。

　　方龄和张川眉眼中带着轻松的神情，走进市中心医院一楼门诊大厅。迎面扑来的是熙熙攘攘的人流，各个窗口前都排着长龙，嘈杂声此起彼伏，几乎每一张脸上都写满忧虑和焦灼。方龄的好心情瞬间熄火，不禁吐槽说："这医院还真是唯一不存在淡季和旺季，一年四季都人满为患的地方。"

　　方龄和张川此次出行，是来拜访医院的业务副院长邓怀杰。十几年前，他在神经外科做主任医师时，骆辛遭遇车祸后的脑部开颅手术，便是由他主刀，并且，骆辛最终能够奇迹般苏醒，也得益于他悉心的医治和照顾。

　　方龄和张川在分别对程莉和周时好进行问话后，这几天又分别找了支队里的一些老同志了解情况。有个女同志提到了邓怀杰，据说当年他作为骆辛的主治医生，对郑文惠非常照顾，两人走动也比较频繁，并且有人撞到过他们一起在一家高档酒店用餐。总之，无论这中间有什么暗示，作为全程见证了骆辛由深度昏迷到奇迹般苏醒的人，本就应该是一个非常值得询问的对象。

　　因为提前有过预约，方龄和张川没费任何周折，便在副院长办公室里见到了邓怀杰。这个邓怀杰，瘦高个，皮肤白而有光泽，戴着金丝边眼镜，快50岁的人，看着也就40出头，穿着白色衬衫，系蓝领带，外罩医生长袍，周身散发着一股儒雅而又从容的气度，就跟电视剧里那种具有完美人设的大叔形象差不多。

简单寒暄几句，方龄便把谈话引向正题："据说当年您和骆辛的母亲郑文惠的关系很不错？"

"对，我们沟通比较多，文惠对儿子特别用心，除了交流病情，她也经常找我请教一些常识性问题，希望能把长年昏睡在病床上的儿子照顾得更好。"邓怀杰不避讳他对郑文惠的亲切称呼，"文惠是我见过所有此类病患中最乐观积极的妈妈，她一直坚信孩子有一天会醒过来，我相信骆辛最终能够奇迹般苏醒，与她的照顾和鼓励是分不开的。"

"除了骆辛的病情，她有没有和您交流一些私生活方面的事情？"方龄问。

"这方面聊得不多，大概只有那么一次，我俩在医院外面吃饭，我顺嘴问了一下她爱人的情况，她也只是简单地应了几句，没说太多。"邓怀杰说完，接着又解释，"骆辛伤得很重，他爸爸总也不来医院看他，我觉得很不合乎常理才问的。"

不知是有意还是无意，邓怀杰主动提到他私下与郑文惠外出吃过饭，张川便顺着话题问："你们经常一起出去吃饭？"

"就一次。"邓怀杰伸出食指示意，紧接着一脸感慨地说，"实话实说，在医院里人情世故方面的事情我们会经常遇到，有的人，就是想拉关系、套近乎，寻求多一些照顾；有的人，则发自真心，想对我们尽心尽力的付出表达感谢。文惠是后者，她提过很多次想要请我吃饭，每次都特别真诚，而对我来说其实只是做了医生的分内事，所以断然不会接受她的好意。不过，拒绝的次数多了，我心里也很不落忍，所以跟她一起吃了一顿饭。我想你们应该能理解，我不可能差那一顿饭，我只是想让文惠可以更安心些。"

这一番解释入情入理，确实让人挑不出毛病，方龄略微想了下，问道："当年，对于郑文惠突然的不辞而别，您是怎么看的？"

"想不通，以我对她的了解，她是绝不可能放弃骆辛的。"邓怀杰干脆地说，"对了，时隔这么多年，你们怎么又问起她的事来了，是有什么新消息吗？"

黑石岛无名尸骨身份被确认为郑文惠的案件情节，至今并未对外界公布过，方龄当然也不可能向邓怀杰透露，便含糊地应付道："她失踪的事件，目前已经被定性为'刑事案件'，我们正重新开启调查。"方龄刻意提到刑事案件，一方面是想试探下邓怀杰的反应，另一方面也是想引起邓怀杰的重视，希望他尽可能地提供一些线索。

邓怀杰"噢"了一声，便闭紧嘴巴，陷入沉思。

"郑文惠在医院照顾儿子期间，除了你们医护人员，还有没有别的什么人和她经常接触？"张川接着问道。

"那个年轻刑警啊，叫'小好'的那个，隔三岔五来，有时候半夜下班后也来看一眼。"邓怀杰脱口而出道。

方龄知道他说的"小好"指的是周时好，便又问："除了他，还有没有其他人？"

邓怀杰凝神想了下，摊开双手说："其余的不太清楚。对了，你们可以找那个小好刑警问问，当年文惠突然不见了，他来我们医院调查过很多人，他知道的应该比我多。"

周时好的名字又被邓怀杰提到，方龄想起他先前提到过的那个保洁员，于是问道："当年，你们医院有个叫张梅的保洁员，您还有印象吗？"

"你说张姐？"邓怀杰不假思索地说，"她在我们神经外科住院部做了很多年保洁工作，现在应该还在做。"

"那麻烦您帮我们找一下她，待会儿我们想和她聊聊。"方龄客气地说。

"这没问题。"邓怀杰抄起桌上的电话，一边拨号码，一边轻声说，"你们找她应该可以，当年她总在病房区晃悠，和文惠也挺熟的。"

不多时，邓怀杰放下电话，表示张梅今天正好当班，到住院部二楼保洁房可以找到她，接着又周到地表示他可以把张梅叫到自己的办公室接受问话。方龄不想再打扰，便礼貌谢绝，起身道别后，和张川一同离开。

所谓的保洁房，其实只是住院部二楼消防通道旁的一个小凹洞，里面放了一些清扫工具和一张供保洁员临时休憩的小木凳。由于邓怀杰提前打了招呼，张梅早早便坐在小木凳上等着，一边机械地抖着腿，一边转着脑袋东张西望，似乎有些心神不宁。

当然，对普通老百姓来说，冷不丁有警察找上门来问话，心里多少都会有些打鼓。不过，当听闻方龄和张川是为郑文惠而来，张梅身上的拘谨瞬间没了，一脸惋惜地说："怎么找了这么多年，文惠妹子还没个人影？"

"听说您当年曾看到过她被一辆黑色轿车接走？"张川问。

"对。"张梅轻轻点下头，"是我跟那个小好刑警说的，不过我一时心急，把日子搞混了，把日期记成文惠不见了的那一天，其实我是在前一天看到的。"

"您能再稍微描述一下那辆黑色轿车吗？"张川说。

"我不懂车，也说不出来啥，当时只是大概瞥了眼，感觉比一般的小轿车要长，油漆也特别亮，应该挺高级的。"张梅稍微回忆了下说。

"您刚刚提到的小好刑警，那时候他经常来医院帮着照顾骆辛吧？"方龄别有意味地问，"他跟郑文惠的关系是不是很亲近？"

张梅听出弦外之音，连连摆手说："不是，不是，他们怎么可能是那种关系？小好那小伙子仁义，据说骆辛他爸是他师父，在公安局里当着一个小官，工作特别忙，小好是代替师父过来照顾孩子。再说，那会儿他和林医生正谈着呢。人家林医生大高个，杨柳细腰，长得特别像模特，漂亮得不得了，小好怎么会不要她而去勾搭师父的老婆？"

"林医生？"张川突然插话，"是林悦吗？"

"对，全名叫林悦。"张梅肯定地说道，"她那时刚到医院神经外科当医生不久，挺同情文惠妹子的遭遇，对骆辛那孩子的状况也很关注，时不时地来病房转转，一来二去和小好互相有好感，就谈上恋爱了。"

对于周时好和林悦之间的故事，张川在队里也偶有耳闻，但个中细节似乎没人能说得清楚，此时听张梅这么一说，忍不住追问道："他俩后来为什么分手？"担心方龄笑他一个大男人还这么八卦，紧接着又找补说，"是跟郑文惠有关系吗？"

"跟文惠妹子有啥关系？是林医生的爸妈说啥也不同意她找个刑警当对象，再加上那时候我们院长的儿子也看上了林医生，她爸妈的态度自然也就更加坚决。不过，林医生表面看起来总是一副笑呵呵的模样，其实性子刚烈得很，一度为了和小好在一起，连医生的工作都辞了，只不过后来还是没能招架住她爸妈一天天要死要活的苦苦相逼，最终还是和小好分了手。"张梅撇下嘴，一脸鄙夷地说，"再后来，林医生还真和院长的儿子结了婚，不过据说过得很不好，没多久便离了。"

这后面的故事，方龄先前听苗苗讲过，但没想到周时好和林悦是在照顾骆辛的过程中，也是在郑文惠的见证下好上的。如此看来，他和郑文惠之间的关系可能确实是清白的，方龄无意将话题再继续下去，转而问道："您最后一次见到郑文惠是什么时候？"

"哎呀，这个真记不起来了，时间过得太久了。"张梅一脸诚恳地说，"反正，是我听小韩跟我说联系不上文惠妹子的前一天。"

"小韩又是谁？"张川追问道。

"也是个病号家属，叫韩方园，她儿子上初中，查出了白血病，那几年也是反复住院。"张梅介绍说，"咱这住院部二楼分两个区，北区是神经外科病房，南区是血液科病房，所以文惠和小韩这两个妈妈经常能在二楼碰见，慢慢便熟络起来，成了好朋友。"

"听您刚刚的意思，是这个韩方园第一个发现郑文惠行迹反常的，是吗？"方龄问。

"对，自打骆辛那孩子住院，文惠妹子每天都来医院，从未缺席过一天，所以那天小韩从上午，到中午，再到下午，三次去神经外科病房，都没看到文惠妹子，便觉得有些反常。打她手机又总打不通，她怀疑文惠妹子有可能出事了，便让医院赶紧联系家属问问情况。"张梅说。

"您有韩方园的联系方式吗？"张川问。

"没有，我跟她关系一般，不过院里肯定有。"张梅说。

"那在骆辛住院期间，您见过有陌生的面孔来找郑文惠吗？"方龄问。

"她男人算不算？"张梅讥笑着说，"这老爷们，真不是个负责任的男人，孩子住院两三年，他来医院的次数一个巴掌都能数过来，文惠妹子那么好看，喜欢她的人多的是，我要是她，早考虑换个男人了。"

方龄听出话里有话，赶忙问："当年曾有别的男人接近过郑文惠？"

张梅愣了下，眼神中闪过一丝犹疑。

张川跟着开导说："无论您知道什么，哪怕是道听途说，都一定要跟我们说说，这对我们和郑文惠都有帮助。"

张梅又斟酌了一会儿，才不情愿地说道："不是我不想说，只是我也不太确定，文惠妹子太不容易了，我不想往她身上泼脏水。"

"没事，您说说看。"方龄温和地说。

张梅凝下神，语气慎重地说："在文惠妹子突然消失的一两个月前，有一天傍晚，我在厕所方便的时候，听到文惠妹子在外面讲电话。她当时故意把水龙头打开，具体说了什么我没听清，但她在挂掉电话前说了句'让我再考虑考虑，你别逼我太紧了'，这句话我听得很真切。关键是，当时感觉她说这话的语气并不像是在生气。可是我没弄明白的是，随后她哭了，就是那种小声抽泣，至少哭了有那么两三分钟后才出去。"

"这档子事您跟别人提过吗？"方龄问。

张梅叹口气："唉，文惠消失之后，小好刑警整天在医院里瞎转悠，脾气暴躁得很，还蛮不讲理；再有，骆辛他爸那会儿还活着，我怕节外生枝，没敢乱说话。"

"好，我们知道了，感谢您的配合。"方龄道声谢后，又特别强调，"今天我们之间的谈话，希望您能严格保密。还有，血液科怎么走？麻烦您给我们指下路。"

"我明白，明白。"张梅连连点头，冲斜对面电梯旁的走廊指了指，"走，我带你们过去。"

很快，在张梅的指引下，方龄和张川又来到血液科。只是时间太过久远了，虽然血液科有个别医生对韩方园母子有些印象，但都提供不出韩方园的联系方式，最后还是在医院档案科的协助下，找到韩方园儿子的病历，才从中获取到母子俩的一些背景信息。遗憾的是，病历资料显示，她儿子当年的骨髓移植手术并没有成功，最终在医院去世了。

不知道是不是因为同情韩方园的儿子，出了医院大门，自打坐上车之后，方龄便双眉紧锁，一言不发，看着有些心事重重的样子。直到张川把车开进支队大院，把车停稳，坐在后排的方龄才没头没尾地问了句："你觉得电话那头的人会是什么人？"

"什么电话？"张川愣了下，随即反应过来，侧着身子说，"您是说当年郑文惠在卫生间中打的那通电话？"

"对。"方龄轻声说。

"我，我觉得……"张川思索着说，"我没什么根据，只是一种直觉，那个人应该不是会经常出现在郑文惠身边的那种人。"

"我懂你的意思。"方龄点点头，"你想说郑文惠身边亲近的人，应该都不知道这个人的存在，对吗？"

张川"嗯"了一声。

方龄踌躇了一下，问话的声音略微大了些："你猜你们周队知不知道？"

张川扭着脖子，不自觉地盯了方龄一眼，犹豫片刻说："'通话记录'，周队肯定会查郑文惠手机里的通话记录，如果对他来说是陌生的号码，他一定会追查下去。"

这也是方龄心中的答案，也是令方龄对周时好的信任度再度降低的一个答案。想想几天前两人的对话，周时好一副轻描淡写的模样，显然对她有所保留。她实在想不通周时好为什么要隐瞒如此重要的线索，想不通周时好在整个案件中到底扮演着何种角色，于是，越是想不通，心里越是害怕……

第八章

节外生枝

无人幸免

骆辛和叶小秋这段时间主要把目光集中在李玥涵的失踪案上。

李玥涵失踪当晚，大约在 9 点，其家人获悉了她在希柏顿酒店附近逗留的消息，紧接着她的父亲李成便把消息在微信朋友圈中分享出去。约半个小时后，9 点 32 分，李玥涵在街边坐上一辆挂着假车牌的冒牌出租车扬长而去，此后便销声匿迹。

种种迹象表明，李玥涵遭遇了绑架，而且大概率是有预谋的，如果犯罪动机与李玥涵或者其家人有关，那么就有一个很大的疑问：犯罪人怎么知道李玥涵会在那个时间点出现在希柏顿酒店附近呢？是对她进行了跟踪，还是从什么渠道获得了消息？莫不是从李成的朋友圈中得知的消息？

李成的朋友圈中有亲戚、朋友和同事，所谓的同事自然就是在创富大厦工作的工友。而沈建涛先前就职的公司也在创富大厦中，那么李成的工友有没有可能认识沈建涛的那些前同事呢？会不会是这样的：李成把消息扩散到工友当中，工友把消息扩散到沈建涛的前同事当中，前同事随即把消息扩散到朋友圈中，进而进入沈建涛的视线。

按照上述思路走访求证，结果竟然分毫不差，如此一来，失踪事件与沈建涛的联结关系终于得以确立。随后，骆辛和叶小秋又亲自做了验证，沈建涛家住在东城区，距离东海岸的希柏顿酒店并不太远，如果当晚他第一时间在同事朋友圈中看到消息，那么他是完全有可能比李成早

5分钟驾车赶到希柏顿酒店的。问题是那辆冒牌出租车他是怎么弄到的？他又会把李玥涵带去哪里？他有拘禁或者处置李玥涵的场所吗？遗憾的是，距离案发时间已经过去近半年了，可利用的调查素材早已荒废，只能采取常规的调查手段，围绕沈建涛的社会关系深入挖掘，看看能不能找到一些关联线索。另外，二大队那边把调查重点放在排查冒牌出租车的捷达车源头上面，这不失为一条好路子，但面临的情况也很复杂，如果不是本地注册的车，或者是失窃赃车，又或者是报废的黑车，那查到最后恐怕也是在做无用功。

调查的方向有了，需要的是人海战术，密集走访，这样的脏活、累活，骆辛和叶小秋没必要参与，交给周时好安排就可以了。接着，两人又把视线转向出租车替班司机陈大力身上。正是这个陈大力，把李玥涵在希柏顿酒店逗留的消息，转达给李玥涵的妈妈刘佳，同时他也是刘佳的前男友。据刘佳介绍，当年她和陈大力分手时闹得很不愉快，陈大力还一度对她百般纠缠、以死相逼，会不会是陈大力出于报复心理绑架了李玥涵？这条线索也是值得追查一番的。

对陈大力做了进一步的背景调查后，骆辛和叶小秋更加确认他是一个值得重视的嫌疑对象。原来，陈大力曾因与未成年少女发生性关系而坐过牢，当然单凭这一条很难说他的道德品质有多坏，当时陈大力很年轻，而且女生也年满十四周岁了，两人系自愿发生性关系，按照现行法律，他就不需要承担法律责任。不过，从他父母那里了解到，陈大力至今单身，与父母同住，差不多在2月底的时候，也就是李玥涵失踪后不久，他突然辞去出租车替班司机的工作，转而去了一个朋友开的公司里帮忙。然而，这份工作没做多久，他就被警察抓走了，据说跟一个女大学生的失踪有关。后来不知为何，他又被警察放了，之后就不怎么回家住了。他父母也不清楚他具体做的是什么工作，只能提供一张他的名片。从名片上看，陈大力在一家财务公司工作，公司在天龙大厦。

从陈大力家中出来，叶小秋载着骆辛直奔天龙大厦，想面对面会会陈大力。行至半路，路过数码广场，汽车被红灯截停。骆辛不经意冲窗外望去，突然间看到一个男人拖着一个女孩，从一间数码门店中走出来。随后，男人摁着女孩的头，用力将她塞进停在街边的一辆轿车中。

"是陈大力！"骆辛看过陈大力的照片，对他的印象颇深，骆辛指着街对面一辆正在发动的白色轿车说，"刚刚他好像把一个女孩强行塞进了车里。"

叶小秋闻言顿时来了精神，未等绿灯亮起，便迅速左转方向盘，接着狠踩一脚油门，带着轮胎摩擦地面发出的刺耳声响，汽车猛地冲向反向车道。大概是被叶小秋驾车的气势惊扰到，陈大力似乎感觉到危机，白色轿车在他的驾驶下也迅速提速，随即疾驶而去。于是，众目睽睽下，在繁华的街道上，一黑一白两辆车，展开了追逐大战。

叶小秋在大学期间利用业余时间考了驾照，一毕业便拥有了自己人生中的第一辆车。家里经济条件好是一方面，主要还是因为她特别喜欢开车，喜欢汽车高速行驶时那种风驰电掣、自由奔放的感觉，甚至，早在她还是个初中生的时候，就曾把他爸的警车偷开出去，在大街上晃悠了半天，可想而知她的车技差不了。不过，现实中警察追捕犯罪嫌疑人时，不可能像影视剧里演的那样横冲直撞、不管不顾，必须在保证人民群众生命和财产利益不遭受损失的前提下才能行动。所以，一路追下去，叶小秋并不急于超车，只是稳稳地与白色轿车保持着不远不近的距离，等待时机，一招制敌。

两辆车一前一后，在车流和人流中高速穿行着，路边的行人无不驻足观望。而当前面的白色轿车行至一个十字路口时，突然来了个无预警的右转，随即拐进了一条巷道。追在后面的叶小秋，迅速轻踩刹车，也跟着来了一个急转弯，汽车便甩着尾巴追进巷道中。

一进入巷道，叶小秋顿觉机会来了。因为巷道行人稀少，路也比较窄，只有两排车道，而且此时反向车道并没有车辆行驶，她便猛地一脚把油门踩到底，将车行驶上反向车道，开始强行超车。叶小秋驾驶的是一辆新款 SUV，本身就有提速快、马力足的优点，何况陈大力驾驶的白色轿车都快成老爷车了，所以很快便被叶小秋的 SUV 超过。当然，叶小秋也不敢贸然做出拦停动作，超车之后给白色轿车留足了刹车反应距离，才向右打了半圈方向盘，然后一个急刹车将车斜停至巷道中央。

这车刚停稳，就见骆辛一个箭步冲下车，然后蹲到路边开始"哇哇"吐酸水。叶小秋可是很少看到骆辛如此狼狈的模样，心底不禁有些暗爽。伴随着一阵凄厉的刹车声，白色轿车在距离 SUV 约两米远处停住，隔着汽车前窗玻璃，能看到陈大力呆若木鸡地坐在车里。

叶小秋下车，快步走到白色轿车驾驶室旁，掏出警官证贴在车窗玻璃上，嘴里嚷着："警察！下车！"

"噢，噢，是警察啊！"陈大力忙不迭地打开车门走下车，长出了一口气，表情放松下来。

"那你以为我们是干吗的？"叶小秋没好气地说。

"那个……那个……"陈大力欲语还休，支吾几句没说出个所以来，便换成一副泼皮嘴脸说，"小妹妹车技真棒，有机会教教我呗？"

"我揍人技术更好，你要不要也试试？"叶小秋绷着脸，冲车后排指指，"车里那女孩是你什么人？"

陈大力正欲回应，反向车道来了辆车，被叶小秋的 SUV 挡着过不来，急得直鸣喇叭。叶小秋只得先返回车上，把车挪到一侧路边，才又下车，继续问："说，那女孩是谁？"

"是……是我的一个客户。"陈大力吞吞吐吐地说。

"客户？你是干吗的？"叶小秋追问。

"财务公司的，受金融平台委托，催要一笔欠款。"陈大力犹豫了一下说。

"你直说你们是第三方要债公司不就完了？"叶小秋冷笑着说道。

"对，但我们是完全合法的公司，那个委托方也是一家非常正规的网络借贷平台。"陈大力强调道。

"还正规公司？"叶小秋白了他一眼，"正规公司会把人强行塞进车里？你知不知道这属于非法限制公民人身自由？"

"唉，我跟您说我们也真是没办法，好要的账人家公司也不会外包给我们。"陈大力使劲叹口气，苦着脸说，"就这姑奶奶，欠了借贷平台十多万，逾期快半年了，什么催款短信、警告信、律师函，人家通通不理。我这也是在她学校外面猫了好几天才把她等出来，结果这姑奶奶一出来，直奔数码广场买最新款的苹果手机去了，你们说来不来气？我把她摁到车里，就是想把她带回公司吓唬吓唬，让她先还一部分钱而已，也不敢把她怎么样。"

"她是学生？"骆辛这会儿已经把自己收拾干净，凑过来问道。

"财贸专科的。"陈大力一脸无奈，"要说这学财经的脑子就是活泛，本来也贷不出那么多钱，结果她弄个假网店，刷了几笔单子，把贷款额度生生提高了好几倍。并且，这姑奶奶还不止欠一家，我刚才以为你们是别家催账的跟我抢人来了，才拼命地逃。"

"那她这属于欺诈了，平台完全可以起诉她。"叶小秋说。

"起诉好办，可是又费时又费力，关键她到时候该没钱还是没钱，不如我们这样先要一点是一点，最后实在不行再走司法程序。"陈大力说。

"你认识李玥涵吧？"骆辛突然把话题跳到失踪案上。

"谁？不认识啊！"陈大力眨巴着眼睛说，"不过，这名字好像在哪儿听过。"

"刘佳，你前女友的女儿。"叶小秋盯着陈大力提示说，"这孩子那天离家出走，你不还帮忙打探消息了吗？"

"噢，是，想起来了。"陈大力拍了拍后脑勺，"对了，孩子找到了吗，听说被人绑了？"

"你那晚都干吗了？"叶小秋问，"把孩子在希柏顿的消息转给刘佳后，你还跟别的什么人说了吗？"

"再没跟别人说。"陈大力摇摇头，不假思索地说，"我当时正拉乘客到机场，然后在机场里排队等客，出来的时候快 11 点了，把乘客送到市中心的一家快捷酒店，之后我就收车了。"

"这辆出租车你见过吗？"叶小秋从手机相册中调出嫌疑车辆照片，举到陈大力眼前。

陈大力盯着手机屏幕看了一小会儿，说："这是通海公司的车，我原先开的那个车是四方公司的，我倒是认识几个在通海开车的司机，不过这个车牌号的车我没印象。"

"你认识的司机里面，有开过假牌黑出租车的吗？"叶小秋问。

"没有。"陈大力干脆地说。

"那你怎么突然改行了？"叶小秋又问。

"开出租车不好干呗，活都被网约车抢走了。"陈大力苦笑一下，紧鼻皱眉说，"你们是不是怀疑绑架案跟我有关系？怎么可能？我跟刘佳那点事都过去多少年了，我早放下了，绑人家孩子做什么？"

从行动轨迹上看，陈大力确实不具备作案时间，说话也挺自然，看着不像是在说谎，骆辛顺着他的话说："那个女大学生的失踪，总跟你有关系吧？"

陈大力微微怔了下，表情开始有些不淡定，心虚似的下意识放低声音说："你说的是海洋大学的田丽颖吗？"

"你说呢？"骆辛根本不了解内情，故意诈唬他说，"怎么，跟你有关的失踪案还不少？"

"不，不，不……"陈大力连连摆手，撇清自己说，"我承认我威胁过她，也跟踪过她，但她突然失踪真跟我没什么关系。你们警察当初不都调查过嘛，折腾了好一阵子，不也啥也没找到吗？叫我说，她就是吃不了陪酒小姐的苦，包车躲到外地去了。"

大学生？陪酒小姐？什么乱七八糟的？叶小秋在心中暗念，随即与骆辛对视一眼，故弄玄虚说道："我们是市局的，前面怎么调查的我们不管，我们现在想听你把整件事情原原本本再说一遍，能不能行？"

"能行，能行。"陈大力忙不迭地点头说，"田丽颖也是我的客户，她欠平台三万多块钱，逾期四个月。一般来说，我们不敢进学校要债，主要通过电话和短信轮番轰炸。反正就是先礼后兵，然后不断地放狠话，吓唬她。相对来说，田丽颖比车里这姑奶奶好摆弄，她确实害怕我们骚扰她的家人，更怕我们跟她打官司，影响她个人征信，以后不好找工作。不过，她能筹到钱的渠道不多，老家是在北方临近边境的一个小村子里，家里还有弟弟妹妹，生活不是那么宽裕。据她说先前偿还的一笔钱，还是骗了妈妈看病的钱。

"然后，到了 4 月上旬，她主动给我打电话，说她已经在蓝天 KTV 兼职当陪酒小姐了，承诺月底一定会还钱，央求我千万不要骚扰她的家人。挂了电话，我怕她又是在敷衍，开车去了趟蓝天 KTV，想亲眼验证一下。我坐在车里等到下半夜，看到陪酒小姐陆陆续续从 KTV 里下班出来，其中就有她。我看着她打了一辆出租车，然后悄悄跟在后面，一直跟踪到'青年旅社'门前，看着她下车走进旅社，估摸着她应该是住在短租房里，便开车走了。"

“她就是那天晚上失踪的？”叶小秋插话道。

“不是，不是。”陈大力使劲摇摇头，“中间具体过程我不太清楚，反正快到月底的时候，还没等我找她，几个警察突然跑到我家把我抓走了。说是知道我威胁过田丽颖，还说调监控看到我曾跟踪过她，认定是我把人绑了。”

陈大力在讲述这一番经历的过程中，叶小秋特意瞥了骆辛好几眼，见他听得很专注，便知他对这个案子也有些兴趣，紧跟着追问道：“哪个派出所传唤你的？”

“高新区派出所。”陈大力说，“应该是海洋大学的人报的警。”

陈大力话音刚落，骆辛便顾自转身向叶小秋的 SUV 走去，叶小秋也觉得问得差不多了，冲坐在轿车后排的女孩招招手：“你，出来，跟我走。”

女孩子迟疑着从车上下来，瞅瞅陈大力，见他没有任何反应，才放心大胆地向 SUV 走去。

三人上车，一路无话。到了财贸专科学校大门口，叶小秋把车停稳，冲女孩说道：“回去吧，以后别总惦记着买苹果手机了。”

“怎么？不买苹果手机，买国产的呗？”女孩一脸鄙夷，“买苹果手机就是不爱国了呗？”

“不是爱不爱国的问题。”叶小秋很清楚女孩的这种逆反心理，是源于各手机厂商之间的明争暗斗，尤其有一些厂商故意把这种争斗放大至国家意识形态层面，从而希望引发国人对本国产品的逆反心理，以达到打击本土优秀品牌的目的，便苦笑着说，“买啥手机是你的自由，但前提是你要量力而行，那苹果手机多贵啊，你一个学生没必要打肿脸充胖子，这个时代没人会因为一部手机高看你一眼。”

女孩噘噘嘴，没吭声，带着一丝郁闷的表情，开门，下车，头也不回地走进学校大门。

叶小秋冲着她的背影无奈地摇了摇头，正准备发动车子，便听见骆辛在后面轻声嘟哝了句："脑子有病！"

周怡的妹妹叫周芸，出入境管理局信息显示其入境日期为6月16日，也就是说，早在肖倩遇害的半个多月之前，她已经从国外入境金海了。

据姜亚萍先前提供的消息，周芸此次回金海，一方面，是处理生意上的事；另一方面，则是受姐姐委托，要对肖倩和李成发起刑事自诉。而姜亚萍最新打探到的消息是，周芸已经获悉肖倩被杀的消息，原定计划只得暂时搁置，她必须和姐姐商议之后，再决定下一步是否继续起诉李成。不过，只起诉李成，需要周怡从海外重新邮寄一份委托书，并且要经过当地使馆的认证，所以即使要继续打官司，也需要一定的时间才能实施。另外，周芸目前已经去了南方，她要在那边参加一个国际贸易商品的展销会，得在那边待一到两周的时间。

理论上说，作为被肖倩害得远走他乡的周怡的妹妹，周芸具备杀人动机和作案时间，所以周时好吩咐手下密切关注周芸的动向，一旦她回到金海，争取在第一时间将其传唤至刑侦支队进行问话。

周芸这条线暂时不用跟，接下来的办案重点便转向"口罩男"。在之前的调查中，从沈建涛身上并未找到他与"口罩男"之间的连接因素，包括他的日常行踪、手机通话记录、财务支出状况，都未查出有什么反常之处。即便如此，周时好仍倾向于认定"口罩男"与肖倩被杀案存在某种交集，他有可能受雇于沈建涛或者周芸，当然也有可能有别的隐藏的、警方至今还未掌握到的杀人动机。于是，他把一大队民警分成两组，围绕着肖倩生前的社会关系，以及嫌疑人沈建涛的社会交往，展开更彻底的走访问话，期望有人能够把"口罩男"指认出来。

队里的人都出去了，作为刑侦内勤民警的苗苗自然清闲了许多，眼瞅着领导都不在，便拿出手机打开"短视频应用软件"，悠然自得地看了起来。所谓的"短视频应用软件"，是一款通过影像建立社交关系的软件，相比较文字加图片的模式，视频显然更具有感染力。并且，凭借其独特的算法技术，能够精准识别出用户个人喜好，从而源源不断地向用户推送相同类型的短视频。用户在一次次得到满足之后，会逐渐形成依赖性，以至于一看起短视频来，就会没完没了。

苗苗也一样，这一看便不舍得放下手机。也不知道过了多久，突然间她隐隐感觉到自己身边好像突然多了堵墙，转头一看，是一张大长脸。她"嗷"地叫了一嗓子，下意识将手机甩到办公桌上，接着噌的一下从椅子上蹿起来。

看着苗苗被吓得花枝乱颤，"大长脸"笑得前仰后合。苗苗这才看清那人是周时好，也顾不上他是领导，咬牙切齿地挥起拳头就捶了过去。周时好向后退了一步，避过拳头，继续大笑不止，完全没有当领导的包袱。这要换成别的单位，领导和女下属如此开玩笑，肯定会被传桃色新闻的，但在刑侦支队里大家早已见怪不怪了。周时好就是这样的一个人，对待队里老同志，无论职位高低，从来都是客客气气，尊敬有加。跟年轻下属相处，也从来不摆架子，而且乐意和年轻人一起互动，参与年轻人的话题和活动，甚至有时候他自己比年轻人还要感性。做领导的，不摆官架子，平易近人，又护犊子，哪个下属能不喜欢？

"你这啥领导啊，一点正形都没有，人吓人能吓死人知道不？"苗苗从桌上拾起手机，前后翻看检查着，"告诉你，我这手机要是摔坏了，你得赔我。"

"呵呵，你上班时间看手机短视频还有理了？"周时好继续开玩笑，随即冲方龄办公室方向努努嘴，恢复正色说："她出去了？"

苗苗四下看看，压低声音说："说是在找一个重要的嫌疑人，是个女的，儿子当年因为白血病长期住在中心医院，和骆辛的妈妈很熟。"

周时好若有所思地点点头，转瞬又一脸坏笑说："刚刚是不是在用手机看帅哥呢？看得那么投入，哈喇子都流出来了。"

"哪有，我只是随便看看。"苗苗脸上多了一抹绯红。

"你看，脸都红了，还说没看？"周时好继续逗苗苗，"是不是看了一圈，都没有比我这张长脸更帅的？"

"你可拉倒吧。"苗苗把手机屏幕举到周时好眼前，哭笑不得地说，"我真是翻到啥看啥，不信，你自己看。"

周时好装模作样地凑近屏幕瞅了眼，看到短视频中正播放着一段有关职业规划方面的演讲，便揶揄道："看这个干啥？怎么？要换工作……"周时好话未说完，猛然愣住，随即从苗苗手中夺过手机，返身快步走进自己的办公室。

周时好突然的情绪变化，搞得苗苗有些丈二和尚摸不着头脑，赶紧跟了过去。只见周时好将手机放到办公桌上，从抽屉里拿出一张嫌疑人画像，俯下身子，在手机和画像上来回审视着。

片刻之后，周时好微微抬头，一脸欣喜，冲苗苗说："'口罩男'找到了。"

第九章

透支未来

无人幸免

本年 3 月 26 日，海洋大学三年级的学生田丽颖，将一份盖有某单位公章的证明书交给辅导员，声称自己找到一份实习工作，需要请一个月的假。这对大三学生来说是很平常的操作，因为通常 4 月份课业比较轻松，也没有什么重要的考试，很多学生都会选择在这个节点找单位实习。

　　到了 4 月底，辅导员打田丽颖手机，想问她何时复课，结果连续打了两天，对方手机始终处于关机状态。辅导员不放心，找到学校里跟田丽颖关系最好的一位女同学了解情况。这位女同学一开始还想守口如瓶，但架不住辅导员再三逼问，只好如实告知辅导员，说田丽颖因为沉迷电商购物，多次从网络借贷平台贷款，结果欠了很多债，只好被迫出去打工挣钱还债，根本没有去什么单位实习。那份所谓的实习证明，是她从某电商平台上买的，只是田丽颖到底在什么地方打工，这位女同学也说不清楚。

　　一个女学生，没有什么社会经验，外出打工，又处于失联状态，辅导员意识到事态的严重性，赶紧将情况向学校做了汇报，学校随即到当地街道派出所报案。接警之后，派出所方面第一时间调取了田丽颖居民身份证的使用信息，发现她曾于 3 月 28 日入住过位于友好街的青年旅社。随后，民警赶到青年旅社，了解到田丽颖在旅社里租了一个床位，最后一次入住的时间是 4 月 9 日凌晨。紧接着，民警又调取了青年旅社门前和周边道路的监控录像，发现田丽颖最后出现在监控画面的时间是

4月9日下午4时许，她当时走出青年旅社，在街边打了辆出租车离开。而在两天前的监控画面中，民警发现她曾被一辆挂着本市牌照的白色轿车跟踪过，车管所通过查阅该汽车的注册信息，最终锁定一个叫陈大力的嫌疑男子。

通过对学校师生的走访，以及对"白色跟踪车辆"的调查，派出所了解到田丽颖欠债与被催债的事件经过，并对白色轿车的车主——某财务公司的收债员陈大力，进行了细致深入的调查，结果未找到任何痕迹和物证能证明陈大力以及其所在公司对田丽颖实施过侵害行为。而后，通过陈大力的口供，派出所追查到田丽颖兼职的蓝天KTV。据KTV经理介绍，田丽颖是主动前来应聘陪酒小姐的，从3月底到失踪前总共做了12天，这期间未与同事以及顾客发生任何争执，不存在因KTV陪酒的经历而遭到绑架和侵害的可能。田丽颖最后被目击的时间，是4月10日凌晨2点，有同事看到她在KTV门前搭乘一辆出租车离开，此后便未再出现过。由于晚间监控探头很难完全拍清楚车牌号码，再加上前半夜下了场雨，出租车车身溅满泥渍，所以即使经过了技术处理，仍然无法看清车牌号码，但从汽车顶灯显示的字样看，它应该归属于通海出租汽车公司。另外，通过技术追踪，派出所发现田丽颖的手机关机时间为4月10日凌晨5时许，当时的定位信息，显示在距离蓝天KTV18千米以外的金海北高铁站区域。

综合以上信息，派出所认为田丽颖很有可能为了躲债而逃去外地。当然，还有一些疑点派出所方面还未完全搞清楚：从田丽颖的身份证使用信息中，并未发现她购买火车票或者长途汽车票的记录，大范围地调取高铁站周边的监控，也未发现她的身影。所以，目前田丽颖的失踪，虽未被正式立案调查，但派出所方面仍然在积极寻找线索，希望能够最终追查到田丽颖的下落，给学校和她的家人一个满意的答复。

骆辛和叶小秋从陈大力口中打探到有关田丽颖的案子，接着将财贸专科那女孩送回学校后，两人便去高新区派出所借到了相关案件的调查卷宗，带回档案科查阅。

"田丽颖贪图物质享受，不断在网贷平台借贷，搞得自己债台高筑，不仅骗她妈妈看病的医药费，还不惜当陪酒小姐来还债，应该也算是有道德缺憾的人，并且她最后同样是坐着通海公司的出租车消失的，与李玥涵失踪案的特征基本相似。"在自己工位上看完卷宗后，叶小秋走进隔断屋，一脸纠结地说，"不过，与李玥涵相比较，她确实有让自己悄无声息消失的动机，她可以事先购买假的身份证，并乔装打扮坐上火车或者长途客车，又或者在火车站附近包辆黑出租车离开金海，都是有可能的。"

"李玥涵的家人接到过索要赎金的电话，但绑匪最终并未在指定交易地点出现；田丽颖在高铁站关掉手机，区域内监控探头同样未拍到她的身影，你觉得这仅仅是巧合吗？"骆辛侧着身子，看向叶小秋，语气淡淡地说。

"你的意思是说，是犯罪人故意拿了田丽颖的手机，到高铁站执行了关机动作？"叶小秋挑着眉毛说，"目的和打给李玥涵家人的那通索要赎金的电话一样，想要隐藏自己的犯罪事实，乃至真正的作案动机？"

骆辛瞄了叶小秋一眼，不置可否，反问道："从推理的角度说，什么样的犯罪人最受我们警察欢迎？"

"这，这……"叶小秋一时想不出答案。

"善于伪装，企图通过一些不必要的手段和行径，来误导案件的侦查方向。"骆辛公布答案说。

"这对我们有利？"叶小秋一脸疑惑地问。

"当然，犯罪人自己不会意识到，其实越是这样，越是容易留下痕迹，而类似的行为痕迹，接二连三出现在相同类型的案件中，就不是巧合能解释的了。"骆辛说。

"你是说我先前提到的那个理论正在被印证？几个年轻的女孩，真的是因为具有道德缺憾，而遭遇变态连环绑架了？"叶小秋没料到骆辛会一反常态，改口认可自己先前的观点，心里一阵兴奋，但稍微琢磨了下，又带些遗憾说，"不过张晶晶的案子没涉及通海公司的出租车，而且没出现故意误导办案方向的行为痕迹，是不是她就被排除了？"

"不一定，我们不能忽视一种可能性存在，她或许是犯罪人选中的'第一个猎物'，而且从时间线上看，她也确实是第一个失踪的，所以犯罪人手法没那么复杂也在情理之中。"骆辛稍微思索下说，"在连环犯罪中，这种有着相同目的的行为痕迹，被称为犯罪惯技，它本身就存在着不断完善的过程。"

"那你觉得她们三个现在还活着吗？"叶小秋紧接着问。

骆辛微微垂眸，沉声说："以往的案例表明，如果非拐卖和绑票性质的，失踪者在 72 小时之后，基本上很少有生还的。当然，也有个别被囚禁的特例。"

"唉，那也好不到哪儿去。"叶小秋叹息一声，随即又瞪大眼睛鼓励道，"不过，活着就有希望，咱们来做带给她们希望的人好不好？"

"如果以你的认知理论，犯罪人选择这三个女孩，是因为她们身上都有着'具有道德缺憾'的标签，那她们就不在特例案件中。"骆辛面无表情地说。

叶小秋刚刚燃起的斗志，瞬间又被浇灭，心有不甘地争辩说："特例之中也许还有特例呢？也许还有更隐秘的动机未被发掘呢？你想想，就算不为那些失踪者和家属考虑，单单是咱们把这个案子破了，也是很过瘾的吧？"

叶小秋现在可以说越来越懂得如何与骆辛相处，她很清楚骆辛性格上的缺陷，很多事情你跟他动之以情、晓之以理都没用，还不如从他的角度出发，直接指出最简单的生理感受，哪怕冷血一点，反而让骆辛更愿意接受。

骆辛没有立即回应叶小秋的提议，沉默半晌，站起身来，走到桌旁的白板前，拿起白板笔将三个女孩的名字写在白板上，又在李玥涵和张晶晶名字之间画了一个双向箭头，并标记出"追星"两个字，然后说道："三个女孩的相貌特质、成长经历、生活环境各不相同，看似没有任何交集，犯罪人是如何选中她们……"

"怎么没有交集？"叶小秋打断骆辛的话说，"你不都标记出'追星'了吗？"

"这应该只是巧合而已，不必作为侦查方向。"骆辛不容置疑地说，"对了，你查大数据了吗？还有类似的失踪案吗？"

"查了，这几天没事的时候我都在查这个。"叶小秋皱着眉说，"女性失踪案和失踪人口其实比我想象中多，我目前也只是筛查了一部分，基本上有比较明确的办案和侦查方向，像白板上这仨，就跟原地爆炸似的，突然间灰飞烟灭，甚至连一块碎片都找不到的还真没有。等稍后，我把资料整理出来，你再捋捋看。"

骆辛点点头，沉吟一下，说："咱们现在掌握的失踪者，年龄跨度不是很大，我想犯罪人应该还是以年轻女性为主要目标。"骆辛顿了下，又解释说，"通常连环案件的发生，多是犯罪人将个人的受挫经历投射到社会之中，妄图通过扮演所谓的城市清道夫之类的角色，来美化自我的杀人行径和变态心理，毁灭掉富有朝气的年轻人，无论对社会，还是对犯罪人的内心，显然都更具有冲击力。"

"明白了，这样一来，可以把年龄区间设定得小一点，筛查数据的范围相对便会缩小一些。"叶小秋连连点头。她必须承认，骆辛一旦全身心投入案件当中去，必能看到别人看不到的细节。

明洋咖啡厅，午后两点一刻。

周时好坐在落地玻璃窗前，手中端着咖啡杯，频频望向窗外。在他身后的一张桌子旁，坐着郑翔和队里的另一名民警，两人故作悠闲地玩着手机。

几分钟之后，一辆灰色轿车缓缓停在咖啡厅门前的停车位上，继而从车里走出一名个子不高的中年男子。他头发微微弯曲，面庞饱满圆润，身着一件白色短袖衬衫，衬衫下摆掖在藏蓝色西裤中，走路时腰身挺拔，看着一副国家机关干部的派头。这个人就是周时好和郑翔一直在寻找的"口罩男"。

"口罩男"在短视频软件上的注册信息显示，他真名叫徐江，自称一名互联网行业观察员以及职业规划师。他在个人主页上留有一个微信号，作为工作邀约的联络方式。周时好从短视频软件中发现他之后，便让苗苗加了他的微信，以洽谈合作的名义，将他约到了明洋咖啡厅。

周时好眼瞅着徐江推开玻璃门走进咖啡厅，便冲他招了招手。徐江迟疑一下，一脸狐疑地走了过来，语气委婉地说："是您约我来谈合作的吗？我还以为是一名女士呢。"

"对，约您的是我们队里的内勤女警。"周时好微微一笑，指着对面的椅子，"您请坐。"

"女警？您……您是警察？"徐江满脸诧异，样子有些拘谨，愣着不肯坐下。

"您还是先请坐下吧。"周时好又扬了下手，接着从手包中掏出证件放到桌上，"我叫周时好，是刑侦支队的，约您来是想跟您核实一些情况。"

"那……那您说说看吧，我也不知道能不能帮到你们。"徐江慢吞吞地坐到椅子上说。

"要不要喝点东西？"周时好客气地说。

"不需要，不需要。"徐江连连摆手。

"大概一个半月之前，您去过弘业小区吗？"周时好转到正题问。

"弘业小区？我去了吗？"徐江先是略显茫然，随即又忙不迭地点头，"噢，对，我去过。"

"去过几次？"周时好问。

"一两次吧。"徐江含糊应道。

"一次还是两次？"周时好追问。

"嗯，两次。"徐江想了下说。

"您去那里做什么？"周时好问。

"想买个二手房，过去转悠转悠，观察下环境和住户素质。"徐江面色从容地解释说，"为了买个二手房，逛了好几个小区，所以你刚刚问我，我有点没反应过来。对了，是那小区最近出了什么麻烦事吗？这您得好好跟我说说，我还真打算在那儿买个房子。"

"有个叫肖倩的住户最近被杀了。"周时好盯着徐江直言道。

"出了命案？"徐江不自觉地摇着头说，"那这房子不能在那里买了。"

"这个叫肖倩的，您以前从未听说过？"周时好问。

"没有，一点印象也没有。"徐江干脆地说。

"您不是互联网观察员吗？怎么会没听说过这个人？"周时好皮笑肉不笑地说，"虽然是负面的，但也算网络红人。"

"噢，我主要关注互联网企业的生态和发展，对那些网红、八卦之类的东西不感兴趣。"徐江也笑笑说。

"听您刚才说话这意思，研究了几个月，还没决定房子在哪里买是不是？"周时好问。

"是啊！"徐江叹口气说，"前段时间，老母亲病危，我赶回老家见老人家最后一面，接着又忙着打理后事，在老家待了两周多，买房子的事就耽搁了。"

"您老家哪儿的？"周时好问，"具体哪天走的、哪天回来的？"

"是……"徐江说了一个南方城市的名字，接着说时间，"应该是 6 月 19 日走的，然后 7 月 4 日晚上回来的。"

"这么说 7 月 2 日您在老家喽？"周时好问。

"对，当然。"徐江反问，"那女孩就是那天被杀的吗？"

周时好没理会他的问话，从手包中拿出记事本和笔，推到他面前："把您 7 月 2 日的活动轨迹写下来，都去了哪里、做了什么，写具体点。"

"好吧，我可以配合你们，但我必须严正申明：你们将那个女孩的被杀跟我扯上关系，非常莫名其妙，简直是太荒谬了。"徐江把笔握在手中，不卑不亢地说。

徐江低头落笔开始书写，周时好坐在对面若有所思地注视着他，直到徐江把记事本和笔又推回来，便似笑非笑地点点头，表示他可以离开了。

徐江走了之后，坐在背后不远处的郑翔第一时间凑过来，周时好将记事本递给他，吩咐他找徐江老家的警方协助调查一下，确认徐江写在记事本上的口供是否属实。当然，尽管结果出来仍需时日，但从徐江的姿态和表现来看，周时好判断他的口供应该不会有什么问题，意味着"口罩男"这条原本认为很有可能给案件侦破带来突破性进展的线索，也失去价值了。

周时好从桌上端起咖啡杯，将里面的咖啡一饮而尽，咖啡早已冷掉了，和他此时的心境一样，散着一股怅然若失的滋味。

回到支队，已将近下午 3 点半，周时好的心绪仍陷在郁闷之中。走进大办公间，看到苗苗和几个民警正在说笑，见他出现之后，几个民警便一人手里举着一支雪糕，回到自己的工位上，再看苗苗桌上堆着一大摊五花八门的零食，还一个劲儿地冲他使眼色，他就知道一定是林悦来了。

果然，踏进自己的办公室，便见林悦穿着黑色蕾丝短裙，跷着二郎腿，懒散地坐在沙发上玩着手机，一双纤细修长的大长腿白晃晃的。周时好不由得怔了一下，视线禁不住被大长腿锁住一小会儿，随即赶紧轻咳两声，掩饰着窘态，一边走向自己的办公桌，一边故作随意地说："哟，林老板今儿怎么这么闲呢？是又有啥新指示了吗？"

林悦放下手机，一脸媚态，娇嗔道："没事就不能来了，我想你了行不行？"

"你可拉倒吧，受不起。"周时好紧鼻眨眼开玩笑说，"怎么样，最近生意咋样，挣了几个亿？"

"反正包养你这辈子和下辈子都没啥问题，嘻嘻。"林悦挤眉弄眼说道，"要不要考虑考虑这个提议？"

"得，得，咱俩的关系就跟有首歌唱的一样，'一旦错过就不在'，您还是换个人撩扯吧。"周时好摆摆手，求饶式地说，"说吧，到底有什么事？"

"今晚再装一次我的男朋友，跟我回爸妈家吃个饭。"林悦直接摊牌说，"今天我哥生日，我妈张罗着一起吃个饭，还特意让我叫上你。"

"咱不说好了吗？就装一次，怎么又来？"周时好一脸苦笑，委屈巴巴地说，"我说林悦，你不觉得这事特别荒谬吗？十几年前咱俩正经谈朋友，结果你爸妈死活看不上我，非得拆散咱俩。好啦，你把我甩了，跟别人结婚，然后又离婚，你爸妈现在又担心你嫁不出去，催着你找对象，结果你来拉我假装你的男朋友，你有没有想过我面对你爸妈时，心里是什么样的感受？"

"别废话，就说去不去吧？"林悦倏地沉下脸，先前的千娇百媚，瞬间消失得无影无踪。

周时好其实心里还是很在意林悦的，不想让她太难堪，但他知道这一次不能心软，否则肯定还会有下一次，便咬咬牙说："今天晚上确实没时间，手头上的案子，线索刚刚断了，今晚我们恐怕得熬个通宵，研究研究新的调查方向。"

周时好话音刚落，林悦霍地从沙发上站起身来，踩着超细跟的高跟鞋，头也不回地走出办公室，出门后狠狠摔了下门。周时好无奈地摇摇头，心里又开始有点不落忍，便琢磨着是不是该追出去安慰一下林悦。

正犹豫不决时，周时好不经意抬头，猛然见方龄悄无声息站在对面，正用冷漠的眼神盯着他看，他便咧了下嘴，勉强挤出一丝微笑："你……你啥时候回来的？"

"刚回来，差点错过一场好戏。"方龄冷笑一声，语气严肃地说，"咱们这是纪律部队，不用我总提醒你吧？办公场所不应该让无关人士随意出入。你是领导，更要以身作则，麻烦你，跟你那前女友知会一声，以后没有要紧的事不要再过来了，以免干扰大家工作。更重要的是，如果有些隐秘信息被泄露出去，势必引起不必要的误会。"

周时好本来因为"口罩男"的线索断了，心里就憋屈，刚刚又被林悦惹了一肚子气，方龄又跟着来这么一出，心里的火自然有些压不住。但转念又一想，人家说得没毛病，自己确实理亏，不过面子上终归还是有些挂不住，便戏谑地说道："更正你一下，不是前女友，是现女友。"

"哼，那好，我也重申一遍。"方龄轻蔑一笑，"不管是前女友，还是现女友，工作时间最好不要过来现眼，家事回家解决去。"

说罢，方龄转身离开，出了门，照样狠狠摔了下门。周时好本能地向后缩了下身子，做出一个躲避的动作，继而有些气急败坏地抓起放在桌上的手机，作势就要摔出去，只是手挥到一半，又讪讪放下，他心里有数：手机可是自己用钱买的，再生气也没必要和自己的钱包过不去。

"唉，你们这俩姑奶奶，我一个也惹不起，行了吧？"周时好深深吸了口气，无奈至极地吐槽道，紧接着也不知道哪根神经搭错线了，他瞅了眼握在手中的手机，拨通林悦的号码，嚷了句，"我同意了，晚上去你家吃饭，下班开车过来接我。"说完，不等林悦反应，便把电话扔到桌上。

这通电话打完没多久，周时好便在众目睽睽之下，坐上林悦价值百万的豪车离开支队大院。而站在大办公间窗前的方龄，默默注视着两人离去，眼神中满是掩饰不住的落寞。

夜里，又下雨了，在屋子里能听到雨点富有韵律的滴答声，让一个人的夜晚显得不再那么孤寂。

屋子里没有开灯，只亮着电脑显示器，忽闪忽闪的。男人坐在电脑前，手里夹着一支香烟，不时向嘴边轻送，烟雾一阵阵从他的嘴巴和鼻孔里冒出，袅袅升腾，萦绕在他微卷的发梢间，光影婆娑中好似头发着了火一般。

对着电脑屏幕呆坐良久，男人将手中的烟蒂放到烟灰缸中捻灭，随即滑动鼠标打开 QQ 聊天软件。他点开一个好友头像，又犹豫了一会儿，才在聊天框中输入两个字："在吗？"

"在。"很快对方便有了回应。

"我给你的资料看了吗？"男人再次输入。

"看了，但暂时不太方便，周边应该还有警察在盯着。"对方回应。

"懂，警察今天也找我了。"男人再次输入。

"那你是怎么想的？"对方发问。

"计划照旧！"男人敲击键盘的手格外用力，气势异常决绝。

第十章

尝试并案

无人幸免

从情理上说，方龄真没必要因为林悦的到访与周时好针尖对麦芒，当然，她发那股子邪火也不是没有缘由的。

　　去中心医院走访，对方龄来说收获很大，但同时又让她对周时好心生间隙，她隐隐地有种直觉，有关郑文惠的案子，周时好对她有所隐瞒。作为前度恋人、同一战壕的战友，乃至工作上的搭档，这样的直觉转化成内心的感受，便有一种遭到愚弄和背叛的屈辱感。这几天，很多次，她都想面对面直截了当与周时好对质，之所以一直隐忍不发，是希望找到更确定的线索和证据。而其中关键的人物，便是当年因儿子身患白血病需反复住院，从而与同在医院照顾儿子的郑文惠结识，并成为知己的韩方园。

　　方龄本以为从医院获取韩方园的手机号码和身份证信息，从而找到她本人应该并不困难，可实际上却不是那么一回事。根据韩方园身份证上登记的住址，方龄和张川找到她的家，但只见到了她的丈夫，准确点说是前夫。据他介绍，他和韩方园的独子于 2009 年因病离世，之后两人之间便总是磕磕绊绊、争吵不断，其实也没有什么大的矛盾，可能夫妻俩就是用这种相互折磨的方式来淡化心底对孩子的愧疚感，似乎生怕自己日子过得舒坦了，愧对在花季年华去世的孩子。

　　夫妻俩在 2011 年底协议离婚，由于给孩子治病欠了不少外债，便协议商定债务和房子留给丈夫一方，韩方园自己选择净身出户。其前夫坦言，没有孩子作为纽带，离婚后夫妻二人甚少联络，最后一次联络是在 2013 年 4 月，韩方园在电话里告知前夫，她办好了出国劳务手续，不日便会离开金海。

　　另据其前夫说，韩方园的母亲和弟弟目前应该还生活在本市，弟弟结婚后住在母亲的房子里，地址在西城区……

　　韩方园早年使用过的手机号码目前已停机销号，移动通信公司方面表示其身份证项下未再注册过其他手机号码。查阅出入境管理局相关信息，显示其曾在 2013 年 5 月出境，后于 2015 年 5 月返回金海，但时隔不久，于 2015 年 8 月再度出境，至今未再有入境记录，由此看来，韩方园目前应该还在国外。

　　人在国外，又没有留下任何通信方式，方龄和张川只得找韩方园的母亲和弟弟打探消息。两人按照韩方园前夫给的地址找到了韩方园的弟弟，没承想她弟弟一问三不知，态度还极为消极。后经过方龄一番耐心开导，他才如实道出和姐姐之间关系不好的原委。原来，韩方园出国不久，她弟弟和弟媳便瞒着她将同住的老母亲送至养老院撒手不管，而当两年后韩方园劳务期满回到金海时，却发现老母亲已于半年前在养老院中因突发心梗抢救无效而去世，姐弟俩因此大吵了一架，韩方园甚至动手打了弟媳，姐弟俩的关系便势同水火。再之后，韩方园因在出国劳务期间结识了一位当地的意中人，回到金海没多久便再度出国，据说是要与那位意中人成婚，此后便与弟弟彻底断了联系。

　　从韩方园弟弟那里没能打探到有用的信息，方龄和张川又辗转找到几名先前与韩方园来往比较多的女士了解情况，包括她出国前曾打过工的服装店的老板以及她的两名高中同学等等，结果这些人均表示与韩方园很多年没有联络过了。如此一来，国内能获取到的与韩方园有关的信息，便只停留在 2015 年，想要找到她恐怕要利用大使馆或者国外的某些渠道，问题是这个人到底值不值得这么大动干戈，方龄一时也拿不定主意。

烦恼了几日，张川建议干脆暂时先放下韩方园这条线索，试着再从别的方向切入调查，比如寻找凶器或者第一作案现场等。而就在这时，方龄接到一个电话，是中心医院保洁员张梅打来的，声称在医院里看到了韩方园，真可谓"山穷水复疑无路，柳暗花明又一村"，放下电话，方龄和张川立马赶往中心医院，在张梅的指引下，终于在住院部肠胃科的病房见到了韩方园。

韩方园年近50，皮肤白皙，面庞圆润，脸上的皱纹也不是很多，神色平和且从容，看上去这么多年在国外应该过得还不错。在医院的单人病房中，韩方园表示自己已经回来三个多月了，用的是她在国外入籍的身份，这次回来是想和她异国的老公考察考察金海的餐饮市场，调研一下在金海开连锁料理店的可行性，但因老公突发急性肠胃炎，所以来中心医院住院治疗。

听闻方龄和张川是因郑文惠失踪事件找上她，韩方园脸上顿时多了丝怜惜，充满同情地说："文惠妹子不容易，当年又是照顾老母亲，又是照顾孩子，本以为老母亲病逝之后她能稍微解脱一些，没想到时隔不久，突然间人就找不到了，我是苦思冥想很多年也想不明白，你们是不是已经知道个中缘由了？"

"还在调查中。"方龄含糊地说，"听说当年你们关系很不错？"

"对，我们处境都差不多，经常能在医院碰到，慢慢就熟络了。"韩方园说，"对了，骆辛那孩子现在怎么样了？"

"他挺好的，现在也是一名警察。"方龄担心韩方园由骆辛又会联想到她儿子的事，便赶紧岔开话题，"您觉得郑文惠是那种抛夫弃子，自己寻求新生活的人吗？"

韩方园愣了下，表情凝重地说："在我看来，无论文惠做出何种选择，以她对孩子和家庭的付出，她都可以称得上是一个了不起的女人。"

方龄整个人蓦地怔住，显然未料到韩方园会给出这样一种说辞。

一旁的张川见她不说话，便接话问道："您的意思是说当年确实有机遇出现，给了郑文惠选择的机会，或者她是受到了什么人的怂恿，才选择离开的吗？"

"不，我完全没有这个意思。"韩方园斩钉截铁地说，"我一开始就说过了，我也想不通她为什么会突然消失。"

"那据您所知，郑文惠和她丈夫的关系怎么样？"方龄不想引起韩方园的抵触情绪，便迂缓地问道，"她有跟您聊过他们夫妻之间的事情吗？"方龄这么问，当然也是有的放矢，现实生活中，有些话越是面对熟悉的朋友，反而越是难以启齿，但对萍水相逢的朋友，则可以一吐为快。

韩方园"嗯"了一声，抬眼瞄向方龄，似乎想从方龄眼中读出些什么，斟酌了一会儿，语气不屑地说："她那个男人有和没有没什么两样，对老婆不好也就罢了，孩子躺在病床上都那样了，也没见他来医院看过几回，更别说帮文惠分担了。"

"他对郑文惠不好？"方龄抓住重点追问，"怎么个不好法？"

"他就是个病态的人，在外面对所有人都温和大度、有求必应，一副义气大哥的模样，可一回到家里，面对老婆孩子就跟个怨妇似的，有事没事都阴着个脸子，要么一声不吭，要么语气硬邦邦的，说话能噎死人。"韩方园一副嗤之以鼻的表情道，"别跟我说是因为刑警工作辛苦，人家文惠也是警察，还照顾着孩子，还得操持家务，不更辛苦？我跟你说，这种男人就是惯坏了，越是对他好越是不知珍惜，总觉得家人伤害得起，成本低，自己舒坦了，压根就不会在意老婆孩子的感受。"

"对，说到底还是因为惰性和自私。"方龄有意拉近谈话距离附和道。她听得出韩方园这番话里肯定带有郑文惠的情绪色彩，便顺势问："郑文惠有想过和她丈夫分开吗？"

"她没说过。"韩方园干脆地摇摇头。

"在失踪之前，她有什么异常表现？"方龄提示说，"比如说精神面貌、着装打扮、情绪起伏等等？"

"你这么一说，想想当时那段时间，她确实有些变化。"韩方园眯着眼睛回忆道，"她气色好了许多，还愿意打扮了，我那时还夸过她底子好，稍微一收拾，气质就很出众。"

"是因为受到什么人的影响吗？"方龄又把话题绕了回来。

韩方园迟疑一下，斟酌着说："这我就不清楚了。"

方龄眼见她戒备心又起，便转换话题问："当年，郑文惠失踪后，有没有什么人，包括警方，找过你了解情况？"

"小好刑警找过我两次。"韩方园未加思索说，"就是骆辛他爸的那个徒弟。"

"他都问您什么了？"好长时间没吭声的张川插话道，"提没提过比如电话号码方面的问题？"

"没有，只简单问了几个问题。"韩方园眨眨眼睛，轻描淡写地说，"对不起，我老公一会儿还要做个检查，咱们就到这里吧，别的我也说不出什么了。"

韩方园下了逐客令，方龄也不好强留，从背包里掏出一张名片递过去："您要是再想起什么，可以给我打电话。对了，您和您爱人住在哪里？会在金海待多久？"

"我们住在香橙酒店公寓房 B 座 501 室。"韩方园接过名片看了眼，冲方龄笑笑说，"如果没有紧急事情的话，想在国内多住一段时间。"

离开病房，一路上忍着没说话，刚上车，张川便说道："这个韩方园有问题。"

"眼神犹疑，言辞谨慎，似乎有所顾忌。"方龄说，"你感觉她与郑文惠的失踪有关？"

"那倒不是，就是觉得她可能知道些事情，但不知道为什么不肯告诉我们。"张川说。

"可能因为她跟郑文惠的关系确实很好吧，打心眼里想维护郑文惠的正面形象，那咱就先晾她一两天，让她冷静冷静，等她老公出院了再说。"方龄想了一下，说，"我琢磨了你先前的提议，接下来咱们可以组织些人力，对黑石岛山崖下的海域做一次地毯式搜索，既然尸体被抛在那个区域，想必凶器也不会被抛得太远。"

"我看行。"张川随手发动车子，缓缓驶出泊车位。

此时，方龄和张川谁都没有留意到，在他们车子不远处，停着一辆熟悉的车。直到他们的车从收费口驶出医院，车中的人才轻轻推开车门走下车……

相比较肖倩的案子，骆辛和叶小秋显然对连环失踪案更感兴趣。

既然下决心要朝并案的方向走，首先要解决两个疑问：第一个，犯罪人因何选中这三个女孩，也就是选择犯罪目标的标准是什么？第二个，犯罪人是如何选中目标的？从目前掌握的情况看，"女性""年轻""具有道德缺憾"，是已知的三名失踪者身上共有的特质，当然可能还有其他相同点，眼下还未被挖掘出来，并且会不会有更多类似的失踪者，也还需要继续在相关大数据中进行检索筛查。总之，第一个疑问算是有了一个基本的判断和明确的调查思路。接下来，就需要通过深入、细致、全面的走访调查，去解决掉第二个疑问。骆辛坚信一定会有某种交集，能将已知的三名失踪者串联在一起。

前面提过，从时间线上分析，张晶晶是三个女孩中第一个失踪的，对犯罪人来说她应该是一个机遇型的猎物，也是最有可能留下破绽的。只可惜，当初没有被立案调查，加之事发距今已经过去八九个月了，相关的监控录像也都未被保留下来。当然，派出所方面当时已经做到了该做的，也没有什么可指责的，总之，这个案子可用于调查的素材不是很多。

截至目前，张晶晶的身份证未有新的使用记录，工资卡上的资金余额也未出现变动，同样地，手机也未再有过开机记录。但通过电信方面查询通话记录发现，张晶晶失踪当晚曾给她的前男友打过一个电话，通话时长约 8 分钟，那也是其手机里的最后一条通话记录。

张晶晶的前男友叫金岩，前面陈晓红介绍过，他是一个给大老板开车的司机。骆辛和叶小秋通过陈晓红找到了他，亮明身份后，叶小秋问："去年 10 月 26 日晚上，也就是你前女友张晶晶失踪当晚，曾给你打过一个电话对吧？我们想知道她在电话里都说了什么。"

"失踪？不是说自杀吗？"金岩一脸纳闷地说。

"好歹你们也相恋过一段时间，你就这么希望她死？"叶小秋很不喜欢金岩说话的姿态，使劲瞪了他一眼说。

"不，不，我只是陈述事实而已。"金岩解释说，"先前派出所不就是这样说的吗？"

"她给你打电话都说了什么？"骆辛接下话说。

"骂我，数落我，质问我凭什么当着那么多人的面暴露她的隐私，让我跟她道歉。"金岩一脸尴尬地说，"听她当时说话的状态已经是喝多了，颠三倒四、来来回回就念叨那么几句话，吐槽我小肚鸡肠，没有个男人样，说我不像别的男朋友那样，会陪女朋友一起玩网络游戏，说我跟游戏比起来屁也不是，还怪我拿不出钱给她买游戏装备，不然她就不会出去和别人睡……"

"她真的这么说？"叶小秋有点不相信如此不知廉耻的话，会从张晶晶这么个年轻的女孩子口中说出。

"真的，说一句谎，让我天打五雷轰。"金岩信誓旦旦地说，顿了顿，皱着眉说，"当初我就认为她不可能自杀，脸皮那么厚的人，怎么可能自杀呢？"

"她在电话里有提过想要轻生之类的话吗？"叶小秋问。

"倒是嚷嚷了几句，说什么要我立刻去跨海大桥那儿给她道歉，要不然她就从大桥上跳下去。"金岩说，"我当时觉得她喝醉了，是在说醉话，就没太在意。"

"她那时是一个人，还是身边还有别人？"骆辛插话道。

"好像还有别人……"金岩迟疑着说，"我不敢肯定我听没听错，她数落我的中间好像说了句'老哥，喝一个啊'，我听那意思可能是大桥边还有别人，她不认识人家，想请人跟她一块喝酒。对了，晶晶也算长得漂亮的，你们说有没有可能就是旁边那男人，趁她喝醉了，图谋不轨把她掳走了呢？"

"你当晚都干吗了？"叶小秋问。

"我在家。"金岩说，"那晚老板没什么事，我回家早，吃了饭，陪爸妈看了会儿电视，接完晶晶的那个电话就睡了。"

"好，感谢你的配合，如果再想起什么线索，可以给我们打电话。"叶小秋客气地结束问话。

张晶晶在跨海大桥上给金岩打电话时，身边有一个陌生男子，她在电话里说的话，想必男子全都听到了，从而对她做过的那些荒唐事，也应该有了一定程度的了解，很有可能因此给她打上"具有道德缺憾"的标签。这个逻辑是说得通的，也符合她作为一个机遇型被害人的人设。

与金岩聊完后，天色已经完全暗了下来，两人决定趁着夜幕去趟蓝天KTV。虽然派出所先前已经找负责人问过话，但亲身走访一次或许会有一些细节上的发现。

蓝天KTV坐落在一条流光溢彩的长街中，整条街霓虹闪烁，灯火通明，将夜晚映衬得如白昼一般。街道两边，分布着各色娱乐场所，建筑、装修各有特色，蓝天KTV是一栋四层高的独栋楼，外表豪华气派，招牌也格外耀眼。

叶小秋在街边把车停好，与骆辛相继下车。她知道骆辛不喜欢此类场所，便让骆辛在门口等着，她进去KTV里面把负责人找出来问话。不多时，她从里面带出一位穿着职业套装、胸口上别着工牌的艳丽女人。

"她是店里的领班，专门管理陪酒小姐的，田丽颖就是她招的。"叶小秋指指艳丽女人，冲骆辛介绍说。

"对，她是看到店外贴着的招聘启事，主动联系我的。"女领班赔着笑说。

女领班身上散发着一股浓烈的香水味，骆辛有些不适应，吸了下鼻子问："田丽颖跟你说了她是大学生吗？是为了还债才来你们这儿上班的？"

"一开始啥也没说，只是跟我强调她只能做一个月。"女领班尴尬地笑笑，说，"本来这样的我们是不招的，但看她年龄不大，长得也算标致，再加上现如今但凡有点姿色的都干'云坐台'去了，实在不好招人，就留下了她。"

听到领班提到"云坐台"，骆辛下意识抬头望了望天，叶小秋看到，差点笑出声，使劲咬了咬嘴唇，憋着笑说："她工作期间表现怎么样？在店里有没有特别说得来的朋友？"

"这女孩人还挺好的，没什么坏毛病，平常不怎么吭声，不过酒量不太行，而且一喝多就爱撒酒疯。"女领班不假思索地说，"可能是压力比较大，心里面憋屈，喝多了之后就主动把自己的那点老底都抖搂出来了。我们也是从她的酒话中，得知她是海洋大学的大学生，是为了还高利贷迫不得已瞒着学校出来打工的。至于说得来的朋友，应该是没有。有一次她后半夜喝多了，就自己躺在大厅里的沙发上，也没人理她，我看着可怜，打了个车把她送回她住的那家旅社去了。"

"她最后上班那天也喝多了吗？"叶小秋问。

"那天没少喝，下班的时候也是晃晃悠悠的。"女领班说。

"她失踪前工资都结清了吗？"骆辛问。

"我们这里佣金是周结的，她干了不到半个月，只结了一周的钱，还差几天没结，有两三千块钱吧。"女领班说。

两三千块钱对大学生来说不算小钱，差不多是一个月的生活费了，何况田丽颖债务缠身，她是没理由舍弃的。再说，就算她真想逃离金海，去外地躲债，也不需要把过程搞得那么复杂，白上了一个夜班不说，还把自己喝个烂醉，实在没有必要。由这两点上看，田丽颖的消失，绝非由她的主观意识所决定。

回程的路上，叶小秋显得有些意犹未尽，一边握着汽车方向盘，一边说道："如果田丽颖先是被绑架了，然后犯罪人将她的手机带到火车站附近执行关机，从而制造出她逃离金海躲债的假象，说明犯罪人了解她当时的处境，知道她欠了高额的债务，知道她被逼无奈才兼职当陪酒小姐挣钱还债，甚至有可能知道她挥霍了她妈妈看病的钱，对不对？"

"那就又回到咱们先前提过的问题，犯罪人是如何选中她的？"骆辛瘫坐在后排座位上，脸上带着倦意说。

"有没有可能是田丽颖自己说的？"叶小秋试着说，"刚刚那领班也说了，她喝醉了就会瞎咧咧她欠债的那点事，而且失踪当晚她确实也喝了不少酒，或许跟张晶晶打电话泄露自身问题的方式一样，是她自己祸从口出，让犯罪人了解到了她在道德方面的缺憾呢？"

"那首先要假定出租车司机是犯罪人，而且他做好了万全的准备，等待犯罪目标的出现。"骆辛说。

"对啊，先假定出租车司机是犯罪人，再假定绑架李玥涵和田丽颖的是同一辆出租车上的同一个司机，再假定这两人均系祸从口出，这样就可以把两个案子完全串联起来了。"叶小秋扬声说道。

"犯罪是有预谋的，目标是随机选取的，但是要符合犯罪人预设的特质。"骆辛坐直身子，也来了精神，进一步展开说，"张晶晶是犯罪人偶然遇到的，通过她的口了解到她不光彩的一面，从而触发犯罪人的变态心理，就此打开犯罪之门。而从这次犯罪中，犯罪人得到了满足和启发，此后便延续这一次选取犯罪目标的方式，开始有预谋地进行犯罪。"

"这么说，整个连环失踪案的脉络已经基本清晰了？"叶小秋兴奋地说，"太棒了，不枉咱们这阵子的辛苦！"

骆辛没吭声，沉默了一会儿，突然跳开话题说："对了，先前那个KTV领班说什么'云坐台'，是啥意思？"

"她那是调侃那些做网络主播的。"叶小秋"呵呵"两声道，"咱们先前不是办过一个网络女主播被杀的案子嘛，就跟那个被害人一样，有些人开着网络直播和网友聊天，然后让网友给刷礼物，礼物都是网友花钱买的，是可以变现的。也不仅仅只有女生，还有很多男生也做这行，大多数还是比较守规矩的，只有极个别的，穿着的确很暴露，言语也比较低俗，为了忽悠网友刷礼物搔首弄姿那劲儿，跟线下的坐台也差不多。"

骆辛"嗯"了一声，便闭目养起神来，显然叶小秋给出的解释，让他觉得索然无味。

叶小秋却有点想要借题发挥的意思，她抬眼瞄了眼后视镜，斟酌着话语说道："我给你提点建议吧？我知道你比较抵触使用电脑，但是你不应该抵触网络。现在是高速发展的网络时代，你通过看书籍、报纸、电视新闻来观察现如今的社会，恐怕只是管中窥豹。虽然你脑袋中装满了各种各样的案例和数据，但是你的行为分析也好，推理演绎也好，都不应该脱离社会的现实状况，对不对？"

骆辛闻言，只是眼皮动了动，双眼仍旧闭着，也不知道听没听进去叶小秋的话。

第十一章

跟踪闹剧

无人幸免

清晨，东方刚刚露出鱼肚白，方龄带领张川以及技术队两名勘查员，一行四人乘坐冲锋舟，再次登陆黑石岛悬崖下海域。

　　黑石岛位于南城区海滨观景路东段，是一处以山、海、岛、滩为主要景观的风景胜地，岛内南部有开阔的海洋和细软的沙滩，北部则群山环绕、松柏林立，山势高耸凶险，早年间除本地一些熟悉地形的钓鱼爱好者外，游客甚少踏入。到了 2000 年之后，政府大力发展旅游业，绕岛修建了一条观景路，游客便可驾车于悬崖之上欣赏绝美景色。想必当年，凶手也是驾车至山边，将装有骆辛母亲郑文惠尸体的大旅行箱抛于山崖下方海域的。

　　由于周边尽是悬崖峭壁，并且距离抛尸海域最近的海岸线也在两三百米开外，多年来人迹罕至，若不是因一起畏罪跳崖案的牵扯，那个大旅行箱不知道还要在海滩溶洞中搁置多久。既然抛尸地点大致确认了，那么凶器大概率也隐匿于附近，方龄一行人此行便是以搜寻凶器为目的，要对该区域进行大范围的二次勘查。

　　通过徐江南方老家警方的协查，证实案发当日他的确还在当地活动，金海这边的调查也未找到他与肖倩的交集，徐江参与作案的嫌疑便彻底排除。在周怡的妹妹周芸还未回到金海的情形下，肖倩被杀一案的线索基本中断。而就在这个当口，支队又接到一起深夜抢劫案件，周时好便把大部分人手和精力转到该案上，"肖倩案"的推进速度，则暂时放缓。然而，令周时好没想到的是，有两名涉及"肖倩案"的犯罪嫌疑人竟然合力搞出一场闹剧。

这天傍晚，周时好在队里正与郑翔交流案情，突然接到富春街派出所打来的一个电话，说是有两名男子，因车辆发生轻微碰撞事故，进而引发当街斗殴事件。然而，当民警将两人带至派出所后，却发现事件牵扯到了刑侦支队，其中一名男子还提到周时好的名字。电话里的内容，让周时好听得一头雾水，放下电话立马和郑翔开车赶往富春街。

到了派出所，一看两名当事男子，不是别人，竟然是沈建涛和李成。周时好跟值班民警交代了一下，随后与郑翔分头对两人进行问话。

"说说吧，怎么个情况？"郑翔看着沈建涛垂头丧气地坐在审讯椅上，没好气地问。

"那个，那个李成跟踪我，他，他想谋害我！"沈建涛愤愤地说。

"他跟踪你？"郑翔一脸纳闷，"不是他用视频坑了你吗？应该是你对他有怨气，怎么反过来他要害你？为了什么？"

"他神经病呗！"沈建涛咬牙切齿地说，"他认定是我绑架了他女儿，还有杀了那个肖倩，跟踪了我好几天，今天竟然故意用车撞我，差点把我的车撞到人行步道上。"

"那你到底有没有做过？"郑翔盯着沈建涛，顺势问道。

"没有！没有！我要说多少遍你们才能相信我是清白的？"沈建涛情绪愈加激动，高声嚷着说，"你们不都反复查过好多遍了吗？肖倩被杀的时候，我在姐姐家给老妈过生日，李成的女儿被绑架的那天，我病了在家躺了一天，虽说没有时间证人，但是我当时也配合你们搜查了呀，让你们把我的家和车翻了个底朝天，还不够吗？"

"你嚷嚷什么？当街斗殴还有理了？"郑翔使劲指了下沈建涛，"给我放规矩点，别在这儿撒泼，你说李成跟踪你，有证据吗？"

"当然有，他深更半夜还在我家楼下转悠，我都用手机录下了。"沈建涛从兜里掏出手机，摆弄几下，将屏幕冲向郑翔说。

另一间审讯室里，李成倒是不扭捏，大大方方承认他确实跟踪了沈建涛整整三天，却矢口否认是故意撞车的："真的是意外。是那小子发现我在跟踪他，故意逗我，把车开得一会儿快，一会儿慢，我刹车不及时，才撞上的。"

"那你跟踪人家干吗？"周时好语气严肃地说，"知不知道这属于侵犯他人隐私，是犯法的？"

"帮你们找线索啊！"李成一副理所当然的架势，"我跟你说，你们先前的调查太草率了，我家玥涵和肖倩的事情他肯定脱不了干系，就算他本人没做，也可以雇别人做啊。"

"你觉得你比我们警察强？你能想到的我们想不到？"周时好苦笑着说，"敢情你休年假不是为了照顾媳妇，是想要全天二十四小时跟踪沈建涛吧？"

"那还不是因为你们警察消极怠工，孩子都失踪多长时间了，你们用心找了吗？"李成毫不客气地吐槽说，"就这个沈建涛，肯定有问题，别看他表面挺镇定的，心里面虚着呢。"

"他哪里心虚了？"周时好说，"我怎么没看出来？"

"那个，就是那个……"李成支支吾吾，欲言又止。

"行了，别强辩了。"周时好摆下手，加重语气说，"今天我郑重跟你说一次，无论是你女儿的案子，还是肖倩的案子，我们公安机关都会尽全力追查，任何线索和疑点都不会放过，不需要你一个普通老百姓做这种无用且违法的事。你这种行径，人家要是真追究起来，就不仅仅是来派出所这么简单了。"

"嗯。"李成梗着脑袋，犹豫了一会儿，才极不情愿地点点头。

当天晚上，讯问过后，搞清楚冲突的来龙去脉，周时好不想干扰派出所方面的工作，解释清楚事件与支队无关，便告辞离开。次日一早，派出所所长很会来事，主动给周时好打来电话，告知对沈建涛和李成的处理结果，说二人最终以和解收场。

挂了所长的电话，周时好紧接着给叶小秋打了个电话，让她和骆辛来队里一趟，主要想把昨晚的事情跟两人说说，顺便也了解一下两人最近都在忙什么，尤其想听听骆辛对肖倩的案子有没有什么新的思路。

骆辛和叶小秋正好也想跟周时好汇报一下连环失踪案的情况。案件脉络基本已经捋顺，目前掌握有三名女性失踪者，犯罪人选中她们的原因，以及选中她们的方式，也基本有了明确的判断，只是作案动机成疑。动机不明，意味着有无限的可能性，那么有没有一种可能是案件中所涉及的三个女孩至今都还活着呢？或者说，案发时间距今最近的失踪者田丽颖，有没有可能还活着呢？上述两种可能性，哪怕有一丝希望，作为警察都必须全力以赴，可是单单依靠骆辛和叶小秋两个人的力量是不够的，必须寻求更多的警力支援。

周时好耐着性子听完叶小秋代替骆辛做的汇报，随即陷入一阵沉默。说实在话，眼前要是换成别人，他早破口大骂了，队里本来就一堆棘手的案子，人手紧张得很，这又"人为"制造出一起连环失踪案，简直要了命了。少顷，他抬眼分别打量骆辛和叶小秋一眼，一脸犯难地说："案件逻辑我听懂了，推理上也很合理，但问题是连最基本的证据也没有，证明不了第二起和第三起案子中出现的出租车和司机是相同的，那这三起失踪案之间的关联性，根本就无法成立，还有，三个失踪者之间，也是谁也不挨着谁。你们让我怎么向队里和局里呈报？"

"她们身上具有相同的特质，都属于道德上具有缺憾的那种女孩。"叶小秋当即反驳，"我们认为，正是这种特质，令犯罪人产生应激反应，从而引发犯罪冲动。"

"有没有可能只是巧合呢？"周时好苦笑一下，不无感慨地说，"现如今是网络社会了，年轻人是网络社会的活跃群体，日常生活中几乎每时每刻离不开网络，像什么购物、娱乐、理财，甚至找对象都通过网络来完成。但是很多时候，大家在网络上不用真名，所以乱七八糟的东西特别多；再加上网络大佬们一门心思捞钱，成天往年轻人脑袋里灌输歪理邪说，搞得很多年轻人的道德底线越来越低。新闻不都经常报道吗？一些小朋友成天在网上追星，学不好好上，胡乱花钱，还学了一身弄虚作假的臭毛病；还有那些喜欢玩游戏的小女孩，很多都被骗得失了身；那些大学生就更不用提了，简直就是网购和网贷主要投喂的群体，很多学生没毕业，一个个都成'负翁'了。当然，是负数的负。那怎么办？只能挖空心思想法子赚钱还债呗！所以我觉得，你们刚刚说的所谓的这些相同的特质，在网络社会上挺常见的，会不会太想当然了点？"

周时好毕竟快 40 的人了，经历和阅历乃至对社会的认知程度，当然要比年轻人深刻许多，一番感慨加调侃的话说出来，顿时令叶小秋哑口无言。她扭头看向坐在身旁沉默许久的骆辛，使劲清了清嗓子，想让骆辛帮腔说两句。

"这些案子巧合的地方太多了，诸多巧合集结在一起，那就有可能是一种故意的行为。"骆辛显得很冷静，抬头看向周时好，沉声说道，"你的分析和质疑都有道理，但你有没有想过，如果我们的判断是对的，追查及时的话，是有可能挽救三个女孩的性命的？"骆辛脑袋里没有尊老爱幼那根弦，所以从来都用"你"来称呼周时好，而不是"您"。

"对啊！"叶小秋的思路也被激活了，"我们也没非说连环失踪案是板上钉钉的，我们就是觉得有这种可能，有挽救女孩生命的机会，才急于向您汇报的。"

"噢，如果这么说的话，那倒是值得开会好好研究研究。"周时好踌躇一下，脸色稍微有些尴尬，他确实没有想到"救人"这一个层面，便立马转换思路，凝神想了一会儿，主动提示道，"犯罪人有没有可能是个色情狂呢？他把女孩掳走，囚禁侵犯一段时间，腻了，就杀了，然后再换下一个？"

"不排除这种可能。"骆辛略微思索了下，说，"我比较倾向于他是一个偏执狂。"

"色情狂掳走女孩我能理解，那偏执狂又是出于什么目的？"周时好问。

"偏执狂，也就是妄想狂，掳走具有相同特质的女孩，有可能是某种妄想认知体系下的仪式化的动作。"骆辛展开解释说，"连环犯罪的犯罪人，也就是我们常说的连环杀手，他们大脑中有自己的一套认知反馈体系，他们的认知和诉求，往往会通过象征性和仪式化的行为呈现出来。可能咱们面对的犯罪人，必须在他的猎物身上，把象征性和仪式化的行为做足，才能完全满足他畸形的心理需求。"

"总结起来，暂时有色情狂和偏执狂这么两种动机，但调查方向并不矛盾，都要在'出租车'上下足功夫。"周时好确实在办案方面经验丰富，一下子便点到问题的实质。

"我和骆辛讨论之后，也是这么认为的。"叶小秋接话说。

周时好凝神琢磨了一下，然后深入话题说道："出租车车身带有的图案和顶灯，显示它归属于通海出租汽车公司，但车牌是假冒的，那么就可能出现这两种情况：第一，出租车完全是仿造的，犯罪人有意识地开着仿造的出租车满街游荡，寻找作案目标，毕竟出租车是道路上最常见的车辆，也是最容易让人忽略的车辆；第二，出租车是真的归属于通海公司，只是犯罪人在车牌上动了手脚。比如，号码贴纸，或者那种磁吸贴纸，使用起来都比较方便，在夜幕的掩护下，也几乎可以以假乱真。从而犯罪人一边开车赚钱，一边在乘客中寻找符合他预设条件的犯罪对象。"

"对。"骆辛的语气中充满肯定，"所以，首先要深入通海公司，对车辆和司机进行走访。并且，犯罪人开着仿造的出租车在街上游荡，可能事先会设定一个范围。实质上，从蓝天 KTV 所在的夜生活一条街，到东海岸的希柏顿酒店，也只有三四千米的距离，而且这中间还有一些时尚服装店、咖啡厅、餐厅、游乐场、大型网吧等年轻人聚集较多的场所，说不定犯罪人寻找作案目标的行车轨迹，主要就集中在这一区域内。"

"通海公司旗下有两千多辆出租车，司机加上替班也得有个四五千人，任务其实蛮艰巨的。"叶小秋补充说。

"没事，这个交给我来协调。"周时好说，顿了下，又接着说，"对了，关于围绕沈建涛的调查，目前还没发现他购买出租车或者仿造出租车的线索，在他身边也没有可以悄无声息拘禁失踪者的场所，他应该和李玥涵以及连环失踪案没什么关系，至于和肖倩案有没有牵扯还不好说。"

听到周时好提到肖倩，叶小秋顺嘴问了句："肖倩的案子，有什么新进展吗？"

"算是停滞不前吧。"本来这是周时好想问的话，却被叶小秋抢了先，周时好略微有些失望，便觉得没必要再深谈，接着又把话题绕回来，冲骆辛说，"这个连环失踪案，除了常规的排查手段，有没有什么比较科学的办案手法？像你常用的什么行为分析啊，或者演绎推理什么的？"

"等。"骆辛干脆地说，"等犯罪人继续作案，等他犯错。"

骆辛说这话绝不是因为消极，这其实是由连环犯罪人的心理特征所决定的，因为除非遇到重大不可抗力的因素，大多数此类犯罪人会继续作案。很多时候，办案人员不得不追随着他们一次又一次犯罪的脚步，反复去寻找破绽和不经意遗留下的线索。事实上，以往很多连环杀手，都是因为连续成功作案后心态发生了变化，变得愈加忘乎所以、狂妄自大，变得没有先前那么谨小慎微了，以至于留下破绽，被绳之以法。

"我们认为犯罪人之所以一而再、再而三地运用误导侦查方向的手法，就是不希望咱们把三个案件串联在一起调查，从而妨碍他继续作案。"叶小秋附和骆辛说，"咱们掌握的三个案子，案发在不同派出所的管辖范围，看似都是独立案件，因此之前没有人做过综合分析比对，从结果上说，也达到了犯罪人想要的效果。"

"说起这个，我跟你们交代个案件，这两天队里刚接了个抢劫案，目前受害人不知去向，受害人也是个女的，年龄20多岁，你们要不要甄别一下？"周时好说道。

"当然要啊！"叶小秋跃跃欲试说。

"喏，这是卷宗。"周时好从放在桌上的一摞卷宗中翻出一份，扔到骆辛身前，"你们直接去现场吧，郑翔在那边，卷宗带着路上看。"

骆辛拿起卷宗，起身转头就走，但刚走到门口，又返身回来，冲周时好伸了伸手："把钥匙给我。"

"什么钥匙？"周时好一脸蒙。

"肖倩出租屋的。"骆辛说，"技术队说在你这里。"

"噢，确实存在我这里。"周时好愣了下，随即忙不迭拉开抽屉，取出一把钥匙，递给骆辛。

骆辛把钥匙握在手中，转身出了办公室。叶小秋紧随其后跟了出去。

望着两人的背影，周时好又是愁闷，又是欣慰，愁闷的是队里可能又要面对一名连环杀手，欣慰的是骆辛并没有完全放弃肖倩的案子，同时叶小秋看似已经完全承担起宁雪先前扮演的角色，做起了骆辛的代言人，而骆辛也并未表示反感，说明两人现在相处得越来越默契。更重要的是，用案子占满骆辛的时间和精力，他就不会在他母亲的案子上胡乱折腾了。

第十二章

合法偷窥

无人幸免

两日前，也就是 7 月 26 日晚间，北城区安胜百货商场金银首饰柜台女售货员孙佳雨，于下班归家途中遭遇抢劫，继而失踪。

通过走访调查，以及调阅相关监控录像，还原了孙佳雨案发当晚的行动轨迹：商场下班时间是晚上 9 点，孙佳雨稍加洗漱、换下工装离开时将近 9 点 20 分。同往常一样，她从商场附近的公交车站点乘坐 38 路公交车回家。晚上 10 点左右，她在"泡山小区"旁的玉光路车站下了车，这也是她最后一次出现在监控画面中的影像。当时，她的穿着是白色带卡通图案的短袖 T 恤、浅蓝色的牛仔裤、纯白色的休闲鞋、肩上挎着一个黑色的小皮包。

泡山小区，位于西城区的西北部，是一个非常老旧的住宅社区，因房租便宜，交通相对便利，许多外来谋生的人都选择租住于此。孙佳雨也是外省人，她和弟弟共同租住在小区最北边，一段坡路旁的居民楼里。这段坡路长百米，在小区中属僻静之地，周边路灯昏暗，并且没有安装监控探头，案发后警方在路旁的绿化带中发现了孙佳雨的背包和一只鞋子，手机和背包里的钱包都不见了，由此推断她在这条坡路上遭遇了抢劫。

孙佳雨平时喜欢在短视频软件中发布记录她生活点滴的短视频。其实，说是喜欢并不算准确，应该说是痴迷才对。从早上起床洗漱，到白天在单位上班，再到晚上下班回家，还有上下班坐了什么车、中午和晚上吃了什么饭、生活中遇到了什么好玩的事和烦心事、和弟弟之间的互动等等，她都会用手机拍摄下来，发布到短视频软件中自己的主页上。可以这么说，通过浏览她发布的短视频，基本上就能了解她每天在做什么。而发生抢劫事件的那段坡路，也多次出现在她发布的短视频中。她还曾在视频中吐槽过那段路，说那段路晚上光线太暗，没有监控，下班一个人回家感觉很害怕。

据初步了解：孙佳雨在短视频软件主页上的昵称叫"小雨点"，由于有美颜功能加持，她看起来显得非常漂亮，谈吐又很幽默，便吸引了近两万粉丝的关注，从素人的角度说，人气已经很不错了。平日，她也会开直播和粉丝聊天互动，但私底下从不与粉丝交流，还在主页上明确标明，拒绝私下聊天和加微信，更是关闭了私信功能。感觉孙佳雨玩短视频软件，更多的是抱着好玩的心态，并没有太多功利的想法。

综合判断：孙佳雨应该是在 7 月 26 日晚间 10 点左右遭遇抢劫的，而报案时间是在次日上午，报案人是与她同住的弟弟。孙佳雨 28 岁，她弟弟比她小 3 岁，叫孙辉，平日以开网约车为生。据他说，案发当晚他收车早，和几个朋友在小饭店喝酒喝到后半夜，回家之后倒在床上便睡了，没注意到孙佳雨当时在没在家。直到第二天早上醒来，他才发现孙佳雨一夜未归，打手机提示关机，给她的朋友和同事打电话，也都表示不知道孙佳雨的去向，慌乱之下，只得求助警方。

在路上看完了案件卷宗，叶小秋的车子差不多也开到了案发的那段坡路下方。但是下车后看到的场景，差点令两人惊掉下巴。

大中午的，在炎炎烈日下，整段坡路周边站满了围观的群众。其中，以年轻人居多，并且几乎人手一支自拍杆，自拍杆上端自然是连着手机。他们之中，有的举着话筒，有的则戴着耳麦，也有的让同伴帮忙打补光灯。他们或将手机冲向现场方向，或将手机冲向自己，口中均振振有词，看着一个个脸上都写满了凝重，似乎是孙佳雨的亲人一般。

虽然警方已经完成现场勘查，但发现孙佳雨随身物品的区域仍被警戒线围着。警戒线外的地上，则摆满各式各样的鲜花，还有各式各样的蜡烛，有的早已经燃尽，只剩下个蜡烛屁股，有的还正在燃着，看着很有仪式感。费了九牛二虎之力，才从人群中挤进来的骆辛，看到眼前的景象，一时有些诧异，一边掀起警戒线走进封锁区，一边冲站在警戒线外维持秩序的民警问："这怎么回事？"

民警认出骆辛，冲围观人群努努嘴，一脸哭笑不得地说："还不是这些什么短视频博主闹的，说是要告慰受害人，祈祷受害人尽快被找到。"

叶小秋也跟着跨进封锁区，撇撇嘴说："他们这是蹭热度，吃人血馒头。"

骆辛似懂非懂地"噢"了一声，随即将视线移开，向周边打量起来。来到实地亲眼所见，必然比看照片和影像更直观，虽然坡路上被人群拥堵着，但骆辛大概还是能看清整个坡路的面貌。由坡路最下方走到坡路上方平坦处，有三四十米的距离，而在这段三四十米的道路两边，并没有住宅楼，只有成片的绿化带，并且都是那种比较高的灌木丛，加上之前介绍过的，夜晚路灯昏暗，路边没有监控探头，犯罪人选择这样一个犯罪现场，堪称完美，也表明了犯罪人对周围的环境比较熟悉。问题是这样一种"熟悉"，是出自小区中的住户本就有的"熟悉"，还是由于孙佳雨在短视频中的介绍呢？是住在小区中的犯罪分子针对女性的蹲点作案，还是有人通过短视频软件，关注到孙佳雨和这个完美的犯罪现场，从而有预谋地作案呢？当然，无论以何种方式作案，从受害人目前已不知去向这一特征看，犯罪人作案绝不仅仅只是侵财而已……

骆辛正凝神思索，突然间觉得有个什么东西正冲自己脸上飞过来，他本能抬手挡了一下，随即看清原来是一名高个男子，不知怎么突破了民警的把守，正将自拍杆上的手机挥向他的脸。那男子嘴里嚷嚷着说："你们是便衣刑警吧？小雨点有没有消息？你们查到什么地步了，能跟我们广大网友交代一下吗？"

骆辛还没来得及反应，已经有民警冲过来将男子拽回人群中，搞明白眼前发生的事情，骆辛有些被激怒，一闪身钻出警戒线，快步奔向高个男子，一把拽住男子的自拍杆，疾言厉色道："把刚刚拍到的东西删了。"

"凭什么？我们老百姓有知情权。"高个男子也不怯场，扬唇反击道。

"删了。"骆辛恶狠狠地盯着高个男子强调说。

"我不删又怎样，你还能把我抓起来不成？"高个男子挑衅说，"告诉你，我们拍视频是有法律依据的。《宪法》第 41 条，明确规定：中华人民共和国公民对于任何国家机关和国家工作人员，有提出批评和建议的权利；对于任何国家机关和国家工作人员的违法失职行为，有向有关国家机关提出申诉、控告或者检举的权利，但是不得捏造或者歪曲事实进行诬告陷害。"

"《刑法》第 277 条，以暴力、威胁方法阻碍国家机关工作人员依法执行职务的，处三年以下有期徒刑、拘役、管制或者罚金。故意阻碍国家安全机关、公安机关依法执行国家安全工作任务，未使用暴力、威胁方法，造成严重后果的，依照第一款的规定处罚。"背诵法律、法规、条例这种东西，对一目十行、过目不忘的骆辛来说，实在是小菜一碟。

高个男子瞬间被震住，他本意是想当众卖弄一番，没料到立马遭到反驳。实际上关于宪法条例，他也只会背诵这么一小段，一时之间便有些语塞，满面通红得说不出话来。

叶小秋这时候走过来，凑到骆辛耳边，小声说道："删什么删？他们这是在直播,不是在录像。"

骆辛听到耳语,便将自拍杆松开,使劲瞪了高个男子一眼,才转身离开。

"别太计较了,现在是自媒体时代,人人都算记者,人人都可以搞新闻,这些人都巴不得你把事情闹大,好搞个大新闻出来。"叶小秋安慰说。

骆辛忍不住回头,冲着争先恐后举着手机的围观人群狠狠瞪了一眼,语气愤愤地说:"这些人算记者?现在做记者不需要门槛了吗?"

"算了,走吧,走吧,咱去孙佳雨家里看看。"叶小秋怕他再被激怒,一把拽住他的胳膊说,"待会儿肯定还会遇到这种场面,你可千万别冲动。"

果然,应了叶小秋的话,当二人沿着坡路向西走了五六十米远后,便见到一栋居民楼前同样围着一群手持自拍杆在做直播的人。楼道门前,也同样摆满了鲜花和蜡烛。由于孙佳雨的家与案件并没发生牵扯,警方也就没理由派民警把守,可以想象,若不是楼道安全门锁着,这群人估计早就冲到楼里了。

叶小秋走到楼道门前,按下孙佳雨家的对讲门铃。很快,从门铃喇叭中传出一个男人不耐烦的咆哮声:"有完没完,按一早上了,烦不烦,再按我真就报警了!"

叶小秋知道对方误会了,赶忙解释说:"我们是警察,麻烦您开下门。"

"警察?"男人轻声念叨一句,随即便没声了,沉寂了三四秒钟,门铃喇叭中再次传出一声男声,但显然跟先前的声音不同,"谁啊?是派出所的吗?"

叶小秋听出是郑翔的声音,回应道:"哥,是我,小秋,还有骆辛。"

"是小秋啊，赶紧上来吧。"应着门铃中的男声，楼道门发出咔嗒一声。

叶小秋拉开楼道门，和骆辛相继走进楼道。踏着楼梯台阶一口气爬到四楼，便见一处房门微微敞开着，显然是给两人留的门。进了门，两人顿觉气氛异样，一个穿着家居服的年轻男子，一脸郁闷地坐在客厅沙发上，郑翔和一名民警则虎视眈眈地站在他对面。

"小秋来了。"郑翔主动迎过来，同时跟骆辛点下头，算是打了招呼。

"哥，这人应该是孙佳雨的弟弟孙辉吧？"叶小秋站在玄关处，冲客厅方向使了个眼色，"你们在审他？不是已经查证过他没有作案时间了吗？"

"这小子先前没完全交实底。"郑翔解释说，"先前他自称是孙佳雨的弟弟，等我们腾出工夫调出孙佳雨的户籍档案发现，这小子虽然也姓孙，但孙佳雨压根没有他这个弟弟。"

"那他是谁？"骆辛插话道。

"改口说是孙佳雨的男朋友了。"郑翔放低声音说，"而且，对面的邻居，今天刚刚出差回来，跟我们反映说经常听到这屋子里有吵架声，还有摔东西的声音。"

"那你接着审，我们跟着听听。"叶小秋说。

从门口玄关处回到客厅沙发前，郑翔的表情又严肃起来："说说吧，到底怎么回事？"

"其实我真不是故意要骗你们。"孙辉一脸诚恳地解释说，"小雨喜欢玩短视频，也经常让我配合出镜演一些段子，是她自己怕影响人气，说想要给粉丝幻想空间，才非说我是她弟弟的。本来我年龄就比她小，一来二去，我也习惯了，那天报案说是她弟弟，纯粹是顺嘴说秃噜了，再后来想解释，又怕你们多想，就没敢说。"

"你心里不虚，有什么不敢说的？"郑翔没好气地说，"你先前还说你和孙佳雨感情特别好，很少发生争执，可据我们了解，实际情况不是这样的。"郑翔故意不把话说透，想看看孙辉做何反应。

"那个……"孙辉支支吾吾地说，"我们……我们确实吵过几次架，但那不会影响我们之间的感情。"

"问题是在我们先前对你的问话中，你故意忽略这一事实，并且撒了谎。"郑翔加重语气说。

孙辉抬手搓了搓脸颊，字字斟酌着说："我……我是觉得挺丢脸的，而且我敢说我和小雨之间的争吵和她被抢劫没有任何干系，所以才不愿提及。"

"有没有干系应该由我们警方来判断，你的这种姿态在我们看来就是心虚。"郑翔步步紧逼道，"再说，恋人之间吵个架有什么不好意思说的，你自己不觉得这种解释很牵强吗？"

"噢……"孙辉踟蹰了一小会儿，嗫嚅着说，"好吧，我承认我脾气不大好，还特别爱吃醋，我受不了她在网上直播时跟网友暧昧、打情骂俏的样子，为了这个我们才总吵架，但是小雨已经上瘾了，她戒不了。谁知道她在私底下有没有跟粉丝见过面？"孙辉最后小声又嘀咕了一句。

"据说最近一次吵得很凶，你都摔东西了？"郑翔又试探着问。

"那……那是上周的事。"孙辉抬眼，与郑翔对视一眼，犹犹豫豫地说，"那天是因为吃饭时我跟小雨闲聊，她突然跟我吐槽说，她们单位有一男的总给她发微信，还说些不三不四的话。我当然很生气，就问她那男的是谁。可她死活不肯告诉我，不管我怎么追问，她也不肯说，只是说她已经把那男的微信删除了，让我别小题大做。就这么着，我火气才比较大，把碗摔了。"

"她到最后也没告诉你那男的是谁？"郑翔问，"你觉得她为什么不肯告诉你？"

孙辉微微摇头："没说是谁，她知道我脾气暴，可能怕我到单位闹事，闹出乱子，把她工作搞丢了。"孙辉说着话，突然怔了下，随即眼睛一亮，"哎，你们说，有没有可能就是那男的把小雨劫了？"

郑翔没有立刻接话，用玩味的眼神打量着孙辉，然后与骆辛和叶小秋分别对了下眼色，转回头说道："你还有没有什么别的事情瞒着我们？"

孙辉连连摆手："没了，真没了。"

"好，我们会全力侦办这个案子，你个人不能轻举妄动，懂了吗？"郑翔警告说。

"懂，懂。"孙辉使劲点着头说。

从孙佳雨家出来，几个人在楼道里稍微聊了几句。

"感觉这家伙还是在编瞎话。"跟在郑翔身边的民警吐槽说，"干脆带队里正儿八经地审审得了。"

"先不急。"郑翔抬眼望向骆辛和叶小秋，二人不约而同点下头回应。

郑翔接着说："他有作案动机，虽然他本人有时间证人，不意味着他不会在暗中请帮手。"

"如果他提到的那个骚扰孙佳雨的男同事确实存在呢？"久未吭声的骆辛，轻声插话道。

未等郑翔接话，叶小秋抢着说："哥，我知道你们人手紧张，要不然这样，你们该忙忙你们的，孙佳雨单位那边，交给我和骆辛去查怎么样？"

"那当然好了，咱们随时互通信息。"郑翔不假思索地说道。

第十三章
线上线下

无人幸免

孙佳雨是女性，年纪也不大，如果为了积攒人气刻意隐瞒自己有男朋友，并在网络直播中和网友暧昧聊天，算是一种道德缺憾的话，她倒也符合连环失踪案的被害人标准，因此叶小秋倾向于她有可能是连环失踪案的第四个被害人。不过叶小秋的这种想法，第一时间便遭到骆辛的否定。道理很简单，从现实意义上看，犯罪人前面几次作案，可以说是过程顺利，结果圆满，他有什么理由要改变选择目标的方式和方法呢？再一个，有的犯罪人之所以连续不断作案，是因为心理上贪恋连续作案带来的快感，通俗点说就是对犯罪上瘾。而对上瘾行为难以自控的根本，是源于一种强迫症似的心理，强迫症又具有教条化、行为僵化的特征，这一点骆辛自己深有体会，一旦某种行为成为习惯，那就尽可能不去改变它，除非能得到更完美的升华。所以，从心理层面上说，犯罪人也不应该舍弃通过"运营出租车"来寻找目标的方式。而对骆辛来说，之所以决定要深度参与孙佳雨被劫案，完全是因为案件处于现在时，侦办及时的话，解救孙佳雨的希望很大。

回归孙佳雨案子本身。案发时间是晚上 10 点多，对距离案发现场较近的几栋住宅楼，办案人员相继进行了较为细致的突击走访，暂时还未发现可疑人员。如果排除就近作案，那么犯罪人转移孙佳雨，必然需要一辆机动车。实质上以案发现场为中心，东南西北四个方向，都有可供犯罪人驾车逃离的出口。

办案人员对案发现场周边几个路口的监控录像进行了研判，最终锁定一辆嫌疑车辆，是一辆黑色的宝来轿车。该车辆在案发当晚10点22分时，曾在案发现场以西大约1.5千米处的一个路口出现过。至于为什么会对其进行锁定，首先是因为当时汽车驾驶员位置的遮阳板故意被放了下来，显然是做贼心虚怕被监控拍到容貌，更为关键的证据是它的车牌是伪造的，根据车牌号码调阅汽车登记注册信息，显示的是一辆别克轿车。监控画面中还能隐约看到，驾驶员应该是一名男性，车中只有他一个人（孙佳雨应该是被约束在汽车后备厢中），显示其为单独作案。

从嫌疑车辆入手追查，主要有两个方向：第一，从本市宝来轿车的登记注册信息中，筛查有可能的犯罪嫌疑人；第二，从伪造车牌的购买渠道寻找犯罪人线索，比如二手车交易市场、一些约定俗成的黑市或者跳蚤市场等等。

对车辆进行排查的同时，自然还要对人员进行排查，大致有三个方向：第一，目前还不能完全排除泡山小区内住户就近作案的可能性；第二，因情感纠葛雇凶绑架，犯罪嫌疑人自然直指孙佳雨的男朋友孙辉和他的社会交往；第三，因发布短视频和直播惹祸上身，这种可能性骆辛先前也推理过，犯罪人很有可能是通过短视频软件关注到孙佳雨和那个完美的作案现场，最终因贪恋美色无法自拔，故对孙佳雨实施了绑架。

如果犯罪人来自孙佳雨的粉丝群体，那犯罪嫌疑人的范围就太大了。关注孙佳雨短视频主页的粉丝有近两万人，其中男性占绝大多数，并且实质上即使不关注孙佳雨的账号，同样可以观看到她发布的动态，这样的人不在少数。而犯罪人如果有意要避免在孙佳雨账号上留下阅览痕迹，也会有各式各样的规避办法。更为棘手的是，出于隐私保护的考量，软件经营方不可能把所有相关用户数据打包一并提供给警方，只能是警方有针对性地提出具有犯罪嫌疑的用户，人家才能提供相应数据。所以，目前一大队办案人员在网警支队侦查人员的配合下，正有针对性地从孙佳雨的粉丝以及经常在她主页里评论互动的人中，筛查可疑的犯罪嫌疑人。

骆辛和叶小秋则在上述调查手段中衍生出一种思路，认为犯罪人的作案动机有可能是由线下和线上共同催生出的。进一步解释是：犯罪人是会经常出现在孙佳雨身边的人，与孙佳雨存在现实中的交集，并对孙佳雨仰慕许久，只是在现实中并没有太多接近孙佳雨的机会，而通过短视频软件这个载体，不仅能够近距离反复观看到孙佳雨的日常活动，也能够跟孙佳雨有更多的交流和互动。而这一系列的操作，让犯罪人更加迷恋孙佳雨，甚至到了难以自拔的程度，在明知道无法通过正常方式获取孙佳雨芳心的情况下，只能铤而走险做出极端举动。由此推论，再结合孙辉提供的所谓"被同事骚扰"的线索，深入孙佳雨工作单位的走访调查，就显得十分必要了。

安胜百货商场在金海市北部商圈中拥有极高的人气，孙佳雨虽然在商场内工作，但其实只是商场外租品牌店面的员工，所以骆辛和叶小秋也没跟商场方面打招呼，直接找到了那家外租店面。那是一家很知名的金店，此时店里一个顾客也没有，两个女售货员显得很清闲，一个站在柜台里愣神，一个在柜台里漫无目的地来回溜达着。

叶小秋亮明身份，说明为孙佳雨的案子而来，两个售货员立刻凑到一起，争抢着询问孙佳雨的安危，看着跟孙佳雨关系处得相当不错。

"还在积极跟进。"叶小秋一语带过，接着发问道，"据我们最初了解，孙佳雨喜欢玩短视频软件，只是为了打发时间而已，没有太过分的举动。可是，她男朋友又跟我们反映，孙佳雨在直播时，跟粉丝聊天言语暧昧，甚至有可能私下里与粉丝见过面，你们了解这方面的情况吗？"

"呸，听他胡说，才不是呢！"身材较胖的女售货员一脸鄙夷地说，"她那个男朋友，开的那网约车，还是小雨掏钱给买的二手车。他也不正经开，三天打鱼，两天晒网的，根本没挣到什么钱，全指着小雨养活，还天天疑神疑鬼的，典型的软饭男。"

"是啊，小雨是很正经的那种人，网上和网下分得很清楚，不会做什么见不得人的事。"另一个身材纤瘦的女售货员接着说，"其实，在店里她也经常偷偷直播，我们都见过。确实难免逢场作戏，顺着粉丝的话开几句玩笑，说什么让人家来玩啊，或者见个面什么的，不过那都是为了给店里做宣传，吸引那些粉丝来买金货而已。"

"你的意思是说，孙佳雨玩直播，很多时候都是为了忽悠粉丝来店里买金货？"叶小秋问。

"是又怎样？"胖售货员满不在乎地说，"短视频里不都这样吗？别说我们了，那些什么大明星、大老板，平时装着一副艺术家、人生导师的派头，到头来不也一样为了几个臭钱，在网上带货吗？"

"那真的有粉丝来店里找过她吗？"骆辛问，"或者说，是奔着她来店里买金货的？"

"有啊，当然有！"瘦售货员撇撇嘴说，"不过，来看小雨的多，买货的少。"

"有发生过什么不愉快的事件吗？"叶小秋问。

"倒也有。"两个售货员互相看了一眼，胖售货员带头说，"有些人有病，看完小雨真人，觉得和视频上的落差比较大，就会当着小雨的面说些不中听的话，有时候我们就会回击几句。反正，那种人就是脑子有病，谁不知道拍短视频都是带着美颜功能的？"

"有遇到比较极端的吗？"骆辛问。

胖售货员接着说："有一个外地的男的，不过跟我刚刚说的恰恰相反，他见到小雨真人后喜欢得不得了，非要请小雨吃饭，小雨不答应。他在店里磨叽了很长时间，说自己是开了三百多千米的车才来的，说他多么多么有诚意，还说小雨只要陪他出去吃顿饭、唱唱歌，他就在店里买多少多少金货。到最后，眼见小雨始终不松口，他就有些恼羞成怒，在店里大吵大闹，惹来很多人围观，搞得小雨特别尴尬。"

"最后怎么解决的？"骆辛问。

"商管科的人带着保安把那人劝走了。"胖售货员说。

"那是什么时候的事？"骆辛继续问。

"有段时间了。"胖售货员想了下，说，"应该是 3 月份的事。"

"那男的是哪里人？"叶小秋问，"开的什么车？"

"不清楚，你得问商管科的小高，是他把人劝走的，据说送到了停车场，看着那人开车走的。"胖售货员说。

"除了外面的人，你们商场内部有孙佳雨的粉丝吗？"骆辛问。

"有，不过大都只是抱着好玩的心态，过来和小雨打个招呼，比较执着的是……"胖售货员迟疑一下，冲店外方向指了指，"从我们这个店开始数，第四家店是卖品牌名表的，店长是个小伙子，有一段时间经常来我们店里找小雨聊天，还给小雨送零食吃，两人还互加了微信好友，不过这段时间好像没怎么看他来过。"

"好，谢谢你们配合调查。"叶小秋和骆辛对下眼色，说，"对了，商管科怎么走？"

瘦售货员接话说："在五楼的消防通道旁边，你说找高峰就行，实在找不到地方，你问下五楼的店员。"

告别两名售货员，两人从金店里出来，骆辛淡淡交代了句"分头问", 然后 "理所当然" 地冲名表店方向走去。

骆辛的自私, 全世界都看得到, 叶小秋早已见怪不怪, 没多言语, 转身冲商场中央的直梯走过去。踏入电梯, 一气上到五楼, 按照金店售货员先前的指点, 很顺利地找到了商管科办公室。

敲门, 听到回应, 叶小秋走进办公室中。里面摆着好几张办公桌, 但此时只有一名男员工坐在靠窗的位置上。他看上去 30 多岁的样子, 人长得高高瘦瘦的, 穿着白色短袖衬衫, 脖子上系着深蓝色的领带, 看着很精干的感觉。

"我想找下高峰。" 叶小秋清清嗓子说。

"我就是。" 高峰把视线从桌上的电脑屏幕上移开, 瞄了叶小秋一眼, 不冷不热地说, "你有什么事?"

"我是市公安局的, 关于孙佳雨的案子, 想找你了解点情况。" 叶小秋亮出警官证说。

一听来人是警察, 高峰赶紧从椅子上站起身来, 把旁边办公桌的椅子搬过来, 放到叶小秋身前, 热情地邀请她落座, 随后面带歉意地说: "你说的是那个网红店员的案子吧? 都是一个商场的, 我倒是看过一些她发布的短视频, 但跟她本人接触不多, 可能帮不上你什么忙。"

叶小秋微笑一下, 然后问: "据说今年 3 月份的时候, 有孙佳雨的粉丝在金店里闹事, 是你把人劝走的, 是吧?"

"对, 对, 有这么档子事。" 高峰连连点头说道。

"那你知道那个粉丝是哪里的人吗?" 叶小秋说, "据说不是咱们本地的, 那天是开了很长时间的车过来的。"

"他说他是丹江市的。" 高峰不假思索地说, "说话口音听着也像那边的人。"

"知道他的姓名吗?" 叶小秋问。

"没问过。"高峰说。

"车呢?"叶小秋又问,"开的什么车?"

"没太注意。"高峰迟疑着摇摇头说。

"车标、车牌号码,是普通轿车,还是 SUV,一点印象都没有吗?"叶小秋不甘心地问。

"是轿车,至于是什么牌子的车,真没怎么注意到。"高峰略微思索了下,说,"我对车的颜色倒是有点印象,应该是黑色的。"

与叶小秋的问话对象截然相反,骆辛面对的是个小个子男人,面相和言谈都很温和,看着倒不像是能做出极端举动的那种人。

"怎么称呼?"骆辛亮出警官证问。

"噢,我叫姜培育。"小个子男人从工装上衣口袋里掏出一张名片,递给骆辛,"我是这里的店长,您以后要是想买表,可以随时找我。"

骆辛没理会递过来的名片,直来直去地问:"你用微信骚扰过孙佳雨吗?"

姜培育表情略显尴尬地收回手,然后也非常直白地回应说:"我确实给小雨发过微信,但绝不是骚扰,我是真心想追求她。"

"人家有男朋友你不知道?"骆辛说,"还追人家干吗?"

姜培育满不在乎地说:"她那个男朋友就是个渣男,小雨早受够他了,合计很长时间要和他分手的事了。"

"你怎么知道他们要分手?"骆辛说,"孙佳雨告诉你的?"

"说实话,我向小雨表白过,虽然她没答应,但我们很聊得来,她把我当作知心朋友,有什么话都愿意跟我说。"姜培育说。

"她为什么要和男朋友分手?是因为嫌她男朋友碍事,让她在直播时玩得不痛快?"骆辛说。

"才不是呢，恰恰相反，是她的那个男朋友看到别的网络主播做直播赚了大钱，想让小雨把商场的工作辞了，专职在家做主播，就是那种穿得贼少、说话贼撩人的那种。"姜培育一脸鄙夷地说，"唉，你说有没有这样的男的，为了钱连自己女朋友都能豁出去？小雨当然不肯答应，他就不给小雨好脸色看，三天两头找不自在，为这事两人经常吵架，吵得最凶的时候，他还动手打过小雨，这不分手还留着他？"

"那孙佳雨到底和她男朋友提没提过分手？"骆辛问。

"据我了解，应该是还没正式提过。"姜培育解释说，"她男朋友和她是老乡，在老家的时候脾气就特火暴，手特狠，隔三岔五地打架，小雨担心把他惹急眼了，把她杀了都有可能，所以一直在想辙，在想怎么能全身而退地把这段恋情结束了。"

"她有具体计划了吗？"骆辛问。

"没有吧，反正没听她说过。"姜培育模棱两可地说。

"7月26日晚上10点左右你在哪儿、在干什么？"骆辛问。

"就是小雨被劫走的那晚？"姜培育一脸坦然地说，"我当时在家啊，哪儿也没去，我爸、我妈、我妹都能给我做证。"

"据你所知，商场里除了你，还有没有别的男的，特别喜欢孙佳雨，经常给她发微信骚扰她的？"骆辛问。

"这我就不清楚了。"姜培育摇摇头说，紧接着又解释说，"哎呀，我都说了，我没有骚扰小雨，我对她真的就是一种正常的追求，你要是还不信，我可以给你看我们的聊天记录，我和小雨之间所有的聊天记录我都留着。"姜培育说着话，拿出手机，打开微信软件，调出聊天记录，将手机交给骆辛。

骆辛也没客气，接过手机，便仔细翻看起来，一边看着，嘴上又问道："对了，大概在3月份的时候，曾经有个粉丝在金店里跟孙佳雨起过冲突，这事你知道吧？”

"知道。"姜培育说。

骆辛手上的动作没停，低着头继续问："后续呢，那个粉丝有没有再对孙佳雨做过什么过激的举动？"

"这个事的后续我还真听小雨提起过，说那男的冷静下来后很快在网上跟小雨道歉了，还求小雨别拉黑他，反正做舔狗都那德行，没啥节操可言，给个甜枣能糊弄好一阵子。"姜培育用戏谑的口吻说。

姜培育一通吐槽，惹得骆辛忍不住抬头打量起他，双眼飞快地眨巴几下，一脸耿直地说："你不也一样？"

第十四章
惨遭蹂躏

无人幸免

对嫌疑车辆的排查，比想象中要简单得多。宝来牌轿车，总体来说算是一款畅销车，但黑颜色的车在金海市相对来说保有量比较少，大抵是因为车的本身属性是经济型轿车，黑颜色的看起来不够大气，所以消费者买得不多。这样一来，通过调阅车辆注册信息，调查黑色宝来车主的作案嫌疑，范围就小了许多。结果也很快出炉，那就是没有结果，没有找到可疑的犯罪嫌疑人，也就排除了作案车辆是来自本市车辆的可能。

　　至于伪造牌照方面的调查，也有了一定的进展。通过线人，抓到了一名经常在二手车交易市场倒卖伪造车牌的犯罪嫌疑人。据这人交代，相应号码的车牌的确是由他倒卖出去的，时间大概在一个月前，但当时的买主，他是真记不清楚了。

　　犯罪人在一个月之前就预备好了伪造车牌，表明案件是有充分预谋性的，说明犯罪人和被害人之间肯定有过某种恩怨交集。加之，作案车辆有可能来自外市，作案车辆的颜色又与那个"丹江市"人所驾驶的车辆颜色相同，结论就显而易见了，那个来自丹江市的孙佳雨的粉丝，有很大作案嫌疑。在短视频软件运营方的协助下，利用大数据分析和网络定位，办案人员很快锁定了一个嫌疑人。随后，金海警方将协查通报发给丹江警方，对方很快派出人手对犯罪嫌疑人进行传唤，结果发现该嫌疑人自3月份出过一次市之后，便再也没有离开过当地，其所驾驶的车辆的确是一辆黑色轿车，但并非宝来牌轿车。

　　排除粉丝作案，寻车又无果，周时好便安排下属把一部分注意力又放到孙佳雨的男朋友孙辉身上。从目前掌握的线索上看，他与被害人之间的隔阂日益加剧，两人的恋人关系岌岌可危，是可以成为作案动机的，并且，在先前的问话中他也是谎话连篇，鉴于此，除了深挖他身边的社会交往，周时好决定正式对其进行传唤。

　　审问从傍晚至次日黎明，几乎持续了一整晚。孙辉对于自己在女友身上犯下的种种过错以及暴力行径，还有面对警方说过的种种谎话，照单全收、一概承认，却矢口否认自己策划了对女友的报复行凶——态度异常坚决。可以说，在这一晚上的正面交锋中，办案人员并没有什么实质性的收获。当然，这对久经沙场的重案刑警来说，也是很寻常的事情。办案子不总是这样吗？在一次次试探当中、一次次排除当中，乃至一次次失败当中，逐步地缩小侦查范围，从而集中线索，拿下最有可能的嫌疑对象。

　　然而，这个夜晚很寻常，也很不寻常。自从孙辉被办案人员从家里带到警车上之后，蹲守在案发现场以及孙辉家附近的短视频博主，也跟着将"直播现场"转移到了刑警支队大门外，随之，各种五花八门的猜忌和谣言，便在短视频软件上火热传播开来。其结果就是，信息经过一个晚上的发酵，办案人员那边还未审出个所以然来，整个网络上的舆论已经抢先判定，孙辉就是杀死女友孙佳雨并将尸体掩藏的凶手。随后，围绕这个由舆论传播开来的未审先判得出的结论，各种乱七八糟的博主通过自己的臆想，将过往发生在其他一些网络女主播身上的案例全部扯到了孙佳雨身上，然后装作知晓内情的样子，纷纷站出来爆料所谓案件的真相。

　　首先是，孙辉和孙佳雨并非姐弟而是恋人关系的谎言被拆穿，然后有博主爆料说孙辉常年对孙佳雨实施家暴，这一次是因为在家暴过程中失手打死了孙佳雨，才制造了假的抢劫案；也有的说，是孙佳雨玩短视频名气大了，变成网红，想甩了孙辉，孙辉气不过就杀了她；还有的说，是孙辉逼迫孙佳雨勾搭粉丝卖淫，孙佳雨不从便被杀死了。其中，得到广泛认可的一则谣言是说，孙佳雨其实是因为私底下与"榜一大哥（直播中刷礼物最多的人）"在宾馆里开房偷情，被孙辉知道了，一时冲动杀死了她。而此则谣言，之所以看似可信度颇高，是因为过往确实有过此类案件，再一个，是因为发布者来自金海本地，而且是一个拥有过百万粉丝的网红短视频博主，其言之凿凿的叙事风格，有极强的煽动力。当然，这位博主，骆辛和叶小秋并不陌生，早前两人踏勘案发现场时，那个突然冲破民警把守，差点将手机屏幕捅到骆辛脸上的人，就是他。

回到案子本身。经过一夜审讯，案件并未如预期所想的那样，能够获得一些突破性进展，孙辉始终拒不承认与案件有关。事实上警方这边的确也没有什么能拿得出手的证据，正研究着是不是先把人放了，一则噩耗骤然而降——孙佳雨的尸体被发现了。

7月30日，上午9时许，距离市区30多千米外的郊区永城村，在一处名为老虎沟的山洼里，一具女尸被抛弃在山洼不远处的杂草丛中。尸体呈仰卧状，全身赤裸，周身布满紫色瘀痕，一张脸血肉模糊，肿得不成样子，显然生前遭受过惨无人道的折磨。

处于寻找孙佳雨的敏感期，裸体女尸的出现，不得不让人想到孙佳雨。接到报案，周时好亲自带队来到现场，骆辛和叶小秋也在随后很快赶到。一群人围在尸体旁边，有的注视着尸体，有的默默打量着周边的环境。

最先赶到现场的派出所所长介绍道："此处山地，被村里人称为后山，距离村民住宅区域有很长的一段路，最近的人家也在三四千米之外；

加之土质原因，山上既不适合种菜，也不适合种植果树，漫山遍野尽是荒草，所以平日里鲜有村民在山中出没。"

"尸体怎么被发现的？"周时好问。

"就那羊倌发现的。"所长冲远处指了指，一个穿着白背心、大裤衩的老大爷，正在配合民警做笔录。

所长接着解释说："两年前，有村民在西边山脚下圈了块地，修了两个羊圈，搞了个小型羊场，那大爷是村民雇的，平时就负责满山放羊。"

"被害人脖子上有明显的扼痕，主要分布为颈右侧一处，颈左侧四处，舌尖微露，结膜下有点状出血，应该是被犯罪人用右手扼死的。"法医沈春华从尸体旁站起身来，左右扭了扭腰，活动下筋骨，然后介绍初检结果说，"肛温 27.1 摄氏度，根据死亡后前 10 个小时每个小时下降 1摄氏度，10 小时后每小时下降 0.5 摄氏度的原则推算，死亡时间大概在 10 个小时之前，也就是昨天夜里 11 点左右。被害人双侧手腕和脚踝均留有约束伤，双臂、双腿、胸腹部表皮均有严重的挫伤迹象，挫伤导致的皮下淤血状况明显；挫伤形态为长条形，且形状规则、统一，宽度比寻常腰带要稍微窄一些，这符合人体表皮损伤长度和宽度往往要小于致伤物的规律，因为人体表面多呈弧线，致伤物无法全部与人体表面接触，也就是说被害人身体上的这些伤痕，都是犯罪人在其意识清醒时用皮带抽的。还有头面部的表皮挫伤，呈不规则样式分布，加之口鼻出血、鼻梁塌陷的损伤迹象，基本可以断定头面部的伤是被拳头砸的……"

"这得有多大仇啊？"叶小秋忍不住插了一嘴。

"还没完呢。"经常不分场合乱开玩笑的沈春华，一反常态，满脸严肃地说，"被害人死前发生过性行为，外阴部有严重撕裂迹象，大腿根内侧也有表皮挫伤，应该是暴力性侵所致，而且是多轮次的。提取阴道中的分泌物，进行精斑预试验，结果呈阴性，说明犯罪人在强奸过程中戴了安全套。"沈春华说着话,哈腰从工具箱中接连取出三个透明证物袋,举在半空中,"你们都看到了,这袋子里装着的是水性笔,总共有三支,款式、颜色都是一样的,而这三支笔原本是插在被害人阴道中的……"

叶小秋实在有些听不下去,握紧拳头,从牙缝中吐出两个字:"畜生!"

"行了,我要说的就这么多。"沈春华把证物袋放回工具箱中,一边整理着箱子,一边说道。

周时好瞥了眼尸体面部,扭头问刚走过来的郑翔:"这脸是没法看了,像孙佳雨吗?"

"应该是。"郑翔说,"勘查员刚刚在沟里找到一个大的黑色垃圾袋,里面装着被害人的衣物,与孙佳雨最后出现在监控画面中的穿着一模一样,连 T 恤上的卡通图案都一样。"

周时好叹口气说:"那基本没跑了。"

就在两人对话时,骆辛看到民警已经跟报案的老大爷做完笔录。老大爷站在山洼入口处,嘴里叼着根野草,左右晃悠着脑袋,正好奇地朝着尸体这边张望。骆辛正好和他对上眼,略作思索,默默从周时好身边走开,冲大爷走过去。

"你每天都会在这片区域放羊?"骆辛挡在大爷眼前问道。

"对,每天都会。"大爷憨厚地笑笑说,"昨天过来还没看到有那女尸,肯定是昨晚扔过来的。"

骆辛点点头,转身走回中心现场,脑袋里生出一个问号:"大爷每天在山洼里放羊,必然会发现尸体,凶手大费周折将尸体抛到荒山野岭,当然是希望尸体尽可能晚些曝光,结果却适得其反,这是不是意味着犯罪人对老虎沟这片山洼是有印象的,但并不知道这里已经成为羊倌放羊的必经之地呢?"

　　通过查阅永城村村口的监控录像发现，在今日凌晨，也就是7月30日凌晨1点22分的时候，曾有一辆黑色宝来轿车从城郊国道上拐入永城村中，随后在凌晨2点35分时，这辆黑色宝来轿车又从村子中驶出来，经过村口拐入国道，朝着市区方向驶去。

　　追踪查阅沿途监控录像显示：这辆黑色宝来车沿城郊国道一路驶向市区，最终在市区边缘的城中村地带脱离了监控视线。由于监控探头清晰度不够，黑色宝来车行驶速度又比较快，监控画面中的车牌号始终比较模糊，即使通过技术处理，也只能够看清楚其中几个号码，而先前嫌疑车辆作案时所挂的伪造车牌中正好也有这几个号码，由此基本断定作案车辆和抛尸车辆为同一辆宝来车。

　　孙佳雨于7月26日晚间遭遇绑架，遭遇杀害的时间为昨日（7月29日）晚间，抛尸时间则为今日（7月30日）凌晨，也就是说抛尸与传唤孙辉是在同一个晚上，这样一个时间点让周时好感觉非常蹊跷。为什么这边孙辉一遭到传唤，那边的犯罪人就动手杀人并抛尸了呢？是不是感受到了某种压力？或者得到了某种暗示？又或者在履行先前的某种约定呢？总之，孙辉作为策划人伙同他人作案的嫌疑越来越大，周时好更加坚定了不能轻易放过他的念头，便申请将其传唤留置时间由24小时延长至48小时。不过，得知女朋友孙佳雨已经确认被杀的消息之后，孙辉整个人有种万念俱灰的感觉，对于民警提出的任何问题，嘴巴都闭得紧紧的，一概不答。

　　除了在审讯室中和孙辉死磕，地毯式排查城中村地带，寻找嫌疑车辆的工作，也在有序展开。只是，针对孙辉日常交往的人群，已经反复筛查过多遍，并未发现有可能伙同其作案的嫌疑人员。因此，周时好就想让骆辛帮忙针对未知犯罪嫌疑人做出一份侧写，但没想到骆辛一开口，就指出他目前的侦查方向走偏了。

一大早，周时好带领一大队民警聚集到支队小会议室里，共同聆听骆辛对犯罪侧写进行解读。

"案子和孙辉无关。"骆辛上来第一句话，便引起会场一阵骚动。

他从摆在长条会议桌旁的白板上取下原本用磁铁吸附在上面的孙辉的照片，扔到会议桌上。紧接着，做出一个让所有人匪夷所思的举动，他抽出腰间皮带握在手中，毫无征兆地猛然冲向身边的白板，反复抽打起来。打了十来下，才收起皮带重新系回腰间，冲着众人问："什么感觉？"

"疯了呗！"有民警接话说。

"解压！"另有民警说。

"正解。"骆辛指了指后一位接话的民警，"你说得对，'纾压'，才是犯罪人的真正作案动机。"

"就算作案动机如你所说，又怎么断定和孙辉无关？"有民警不解地问。

"想想孙辉为什么会被怀疑，是因为对于侵害孙佳雨，他有'现实'意义上的作案动机，而我'看'到的犯罪人不是这样的。"骆辛回应说。

"什么是什么啊……这也太武断了吧……""他一贯就这样，莫名其妙……"显然在座的人，都没搞清楚骆辛到底想要说什么，吐槽声便此起彼伏，惹得坐在对面会议桌主位的周时好也稍微有些不淡定，眼巴巴地看向骆辛。

骆辛向前迈两步，站到长条会议桌末端位置，冲周围环视一圈，等着嘈杂声渐小，语气淡定地说："孙佳雨的尸体各位都看过，尸体的惨状各位也一清二楚，那么这样的尸体特征投射出的是一种什么样的人格呢？我来告诉你们，是一种由于长期面临各种生存压力，性欲长期无法得到满足，从而导致的畸形人格。一次又一次用皮带反复抽打孙佳雨的躯体，一次又一次对她进行暴力性侵，并在性侵之后意犹未尽地将三支水性笔塞入她的下体，这些都是压抑心理导致的畸形宣泄动作。由这样一个逻辑能够看出，不是孙佳雨导致的这种'压抑'，是'压抑'选择了孙佳雨，也就是说孙佳雨不是催生犯罪的主要因素，犯罪人只是借由她将心底压抑许久的情绪发泄出来。

"但不可否认的是，孙佳雨是一个刺激性因素。可能在某个载体中，或者阴差阳错下，孙佳雨给了犯罪人幻想，给了他意淫的机会，让他一厢情愿地认为自己和孙佳雨之间具备了某种关系，而当犯罪人想要在现实中确认这种关系时，却遭到孙佳雨无情的拒绝，从而触发了犯罪人的极端情绪，策划并实施了这样的一起奸杀案。这也表明，犯罪人和孙佳雨彼此之间是认识的。同样地，从行为分析层面上说，针对被害人面部的侵害，都是熟人作案。犯罪人对孙佳雨面部的击打，表面上看似代表着一种愤怒和怨恨的情绪，但其实是一种潜意识里的自我认知反馈行为，通俗些说，就是将犯罪的发生归咎为对方犯错，而假装自己是被逼的，是正义的。

"整个案子当中，包含了绑架、拘禁、强奸、折磨、杀人、抛尸这样一些因素，结合上述分析，我认为犯罪人是一个男性，年龄在25到40岁之间，具备成熟的社会阅历和思考能力，单独居住或者有独立生活空间，身边不缺乏女性朋友，也不缺乏性生活，只是达不到他想要的快感。类似案例：国外有'BTK杀手'，国内有'白银连环杀人案'，可供各位参考。还有刚刚说过的，犯罪人和孙佳雨相互认识，我这么说范围可能会很广，因为孙佳雨是短视频博主，又经常开直播和网友聊天，认识她的人自然很多。但是，我比较倾向于他们之间的关系是在现实中建立起来的，而非网络上，或者线上线下都有交集。这一点可以参考孙辉的口供，他之前提过在孙佳雨工作的商场中，有一个人经常给孙佳雨发微信，对她进行骚扰，我认为孙辉没有撒谎，这个人可能真的存在。还有最重要的一点……"

骆辛顿了顿，稍微整理了下思路，才接着说："说这一点之前，我先跟各位解释几个概念。从'行为地理学'的角度说，每个人心里都有一张'心理地图'，它是由个体在生活经历中对空间的觉知所形成的。而所谓的'行为空间'，是指个体所知道的所有地方，包括经常活动的，或者略有耳闻的地方——哪怕从未真正去过，但这些空间都存在于个体大脑的印象或者记忆中。

"对犯罪人来说，通常喜欢在自己的行为空间内选择犯罪目标，抛尸当然也一样。那我想说的就是，本案的抛尸地永城村老虎沟，是存在于犯罪人的行为空间中的，但结果对他来说，有些事与愿违。因为在他的印象中，老虎沟的山洼里杂草丛生，非常隐蔽，把尸体丢弃在那里，可能很长时间都不会有人发现，可是他不知道两年前山脚下开了一家羊场，老虎沟地带早已成为羊群日常活动觅食的区域，以至于抛尸仅仅过去几个小时之后，尸体便被羊倌发现。这就表明，犯罪人虽然与永城村存在交集，但很早之前就脱离了这个村子。"

"这回我听明白了。"骆辛话音刚落，一位年龄大的民警深有感触地说，"我是农村出来的，父母都是地地道道的农民，他们深知种地太辛苦，心里面一直有个念想，希望我们这些孩子能够好好学习，考到城里的学校，把农村户口转成'非农户口'，可以留在城里工作和生活。不仅仅是我的父母，整个村子的老一辈人都是这么期望的，所以差不多从 70 后那一代人开始，村子里陆陆续续有很多小孩子，通过考学离开村子，过上城市人的生活，这是不是就是你想说的犯罪人的经历？"

"很靠谱，非常有可能，当然也有可能是比较短暂的，或者偶然的经历。"骆辛点点头，补充说，"总之，这就是我给出的犯罪侧写，很显然孙辉不是这个人。"

"行，你俩过去，办手续，把人放了。"周时好冲坐在侧边的两名民警吩咐说。

"还是我去吧。"郑翔主动要求道。

其实终止传唤的手续很简单，在相关文件上签个字，孙辉就可以走了，郑翔之所以主动要求来履行这道手续，是因为他还是有些不甘心，不想就此放过孙辉。

看着孙辉在文件上签完字，郑翔像是随意一问，说道："你去过永城村吗？"

"没去过，是发现小雨尸体的地方吧？"孙辉一脸难过，紧接着愣了下神，皱着眉头说，"不过，我好像听谁说起过那地儿。"

"谁？"郑翔身子向前凑了凑，一副很感兴趣的模样，"你仔细想想。"

"我想想啊……"孙辉凝神搜索着记忆，少顷，一拍脑门，"想起来了，是卖给我二手车的那哥们，他好像是永城村的人，叫什么……对，叫高楠。"

"你怎么知道他是永城村人？"郑翔问。

"见面寒暄瞎聊的。"孙辉解释说，"他问我是哪儿的人，我说是外地的，我又回问他是哪儿的人，他说是金海本地的，我说听口音不太像，他说老家是郊区永城村的，说话跟市里面的口音稍微有点差别，还说他是后来读书考上了中专，然后就一直在市里面工作。"

"这不正是刚刚那个老民警在会上提到的例子吗？"郑翔微微怔了下，随即赶紧追问，"他认识你女朋友孙佳雨吗？"

"认识啊，买车是小雨店里同事帮忙牵的线，看车，提车，都是小雨和我一块去的。"孙辉说。

"怎么能找到他？"郑翔又问。

"他在西城区边上那个城中村里开了个汽车修配厂，顺带倒腾点二手车。"孙辉说。

"西城区边缘的城中村？抛尸当晚嫌疑车辆不正是进入城中村后才脱离了监控的视线吗？加上永城村人的因素，又与孙佳雨打过交道，这个高楠与骆辛刻画的嫌疑人特征实在太相像了，案子应该就是他作的，没跑了。"郑翔大喜过望，指着孙辉说，"你先别着急回去了，给我们指下路，去找那个高楠。"

孙辉连忙点头，恨恨地说："好，好，是不是那小子害的小雨？我跟他没完！"

第十五章
枕边恶魔

无人幸免

"城中村"西南方向，一处由红砖墙围成的院落，门口两扇大铁门完全敞开着，门柱上挂着修车厂的招牌。院子里面挺宽敞的，东侧有几间民房，正对着大门的是一个用活动板房搭建的修车间，靠近西侧的墙根下停着一辆微型面包车和两辆轿车，其中一辆轿车与嫌疑车辆品牌相同，但车身颜色是银灰色的。

周时好、骆辛和叶小秋以及郑翔等民警，分乘三辆车来到大院前，除领路的孙辉被周时好勒令不准下车之外，其余人等则纷纷从车上下来，呼啦啦走进院子。听到院子里面有响动，一名穿着灰色工作服的男子从修车间里迎了出来，看到眼前的阵势，不免有些拘谨，磕磕巴巴地问："你们……你们这是……这是要找谁？"

"警察。"郑翔亮出警官证，"找一下你们这里的高楠。"

"我就是。"穿着工作服的男子轻点下头，赔着笑说，"昨儿也来一拨警察，说是在找一辆挂着外地牌照的黑色宝来轿车，我是真没见过，喏……"高楠抬手冲院子西侧指了指，"我这儿倒是有辆银灰色的，两个月前收的，卖家也是本地的，绝对跟你们要找的车无关。"

"我们能四处看看吗？"周时好盯着高楠问。

"看吧。"高楠满脸狐疑地说。

周时好冲围在身边的几个民警使了使眼色，民警们便分散开来，目标直指修车间和院子东侧的那几间民房。骆辛和叶小秋则对银灰色宝来车更感兴趣，两人走到西墙边，绕着车身观察着。

"认识孙佳雨吗？"周时好冲高楠问。

"她谁啊？"高楠愣愣地反问。

"安胜百货卖货的。"周时好提示说。

"噢，想起来了，那妹子和她男朋友在我这儿买过一辆车。"高楠拍着额头说。

"车钥匙呢？把车门打开。"叶小秋在远处召唤高楠，骆辛则蹲在车头前，盯着前保险杠出神，似乎这么会儿工夫两人便有所发现了。

高楠浑身上下摸了摸，然后从上衣口袋里摸出把车钥匙，冲宝来车按了按。应着解锁车门的提示音，叶小秋拉开主驾驶一边的车门，冲车里望了望，随即按下门板上的一个开关，将汽车后备厢打开……

被两人的动作吸引，周时好和郑翔，以及高楠，都冲宝来车走过来。

"车牌螺丝稍稍有些错位，看着像被拆卸过。"骆辛直起身子，指着前头的车牌说。

"后面的也一样，也有拆卸过的痕迹。"叶小秋转悠到车尾部，冲后备厢中打量着说，"车内和后备厢里都很干净，感觉经过特别的打扫。"

周时好绕到车头前看了看，瞪着眼睛冲高楠问："你动的手脚？"

"不，不，不是我，我拆车牌干啥，我真不知道是怎么回事。"高楠一脸慌张地解释，"车子前两天借给我堂弟开来着，昨天早上才还回来，我还没动过。"

"你堂弟是谁啊？"郑翔问。

"他叫高峰，在安胜百货上班，你们刚刚说的那个妹子，就是他介绍过来的。"高楠说。

"商管科的那个高峰？"叶小秋惊讶地问道。

"对，对，是在商管科。"高楠连连点头说，"前些日子，他跟我说想借辆车练练手，等练好了再买辆新车，我就把这辆宝来借给他了。"

"他和你一样，也是永城村出来的？"郑翔问。

"那倒不是，他是我叔家的孩子，我叔是在城里娶妻生子的。"高楠说。

"你带他去过你们那儿的老虎沟吗？"叶小秋问。

"去过啊，你咋知道的？"高楠诧异地说，"小时候，有一年夏天，高峰差不多在我家住了一个暑假，我带他去老虎沟抓过几次野味，那时候山里野兔和山鸡多的是，不过现在很少见了。"

经高楠这么一说，显然高峰更符合骆辛圈定的嫌疑人特征，只不过考虑到车身颜色问题，前面的推断瞬间变得毫无意义。

"车的颜色本来就是银灰色的吗？"叶小秋代表众人问出心中疑惑。

"对，对，我敢保证。"高楠冲车里指了指，"副驾驶储物箱里有行驶证，你们拿出来看看就知道了。"

在几个人对话的时候，骆辛正俯身在引擎盖上观察着，等着叶小秋去取行驶证的间隙，周时好终于注意到他的动作，凑到他身旁问："你在看什么？"

骆辛动手摩挲着引擎盖，说："你看这上面，有很多非常非常浅的划痕，不仔细看很难注意到，就好像是被山里的枣刺或者树枝掠过留下的。"

"真的是这辆车？"周时好纳闷地说，"它进过山？"

"等等，我看看。"两人的对话引起了高楠的注意，他趴在引擎盖上观察一阵，然后一脸铁青地说，"这辆车，可能……可能真是你们要找的车，以我多年修车的经验来看，这些细微的划痕，是撕改色车衣时不小心留下的。"

"对啊，咱们怎么没想到呢？"郑翔一副恍然大悟的模样说，"现在不是很流行贴什么隐形车衣和改色车衣吗？贴完了，不喜欢了，方法得当的话，自己就可以撕下来，凶手完全可以用这种方式，把银灰色的车身改成黑色，然后作案之后再改回来。”

“你确定划痕不是收车时就有的？”周时好问。

“确定，我当时仔细检查过整个车况，没有这些划痕。”高楠说。

“高峰是自己住吗？”叶小秋问。

“他结婚了，有两三年了，和他媳妇一直住在丈母娘家。”高楠说。

“那他有别的房产吗？或者说有属于他自己的独立空间？”叶小秋不甘心地问。

“肯定没有啊，他就是因为买不起房，才赖在丈母娘家的。”高楠说。

高楠话音刚落，众人不约而同把目光看向骆辛，显然要么是骆辛的侧写出了问题，要么高峰身上的嫌疑只是一种假象。

几个人正愣神，高楠像是突然想起了什么，使劲拍了下手，说：“对了，高峰他媳妇是教师，这段时间她放暑假，我听高峰说她带着她妈去九寨沟旅游去了，家里就剩高峰一人，所以他才有空闲练练车。”

全中。这不就有独立作案空间了吗？这不就可以跟骆辛给出的侧写完全对上了吗？高峰才是真正的犯罪人，没跑了。

几个人互相对了下眼色，眼里均充满喜悦。周时好从手包里拿出记事本和笔，交到高楠手上，让他把高峰的详细住址写下来。

高峰的妻子是一名教师，在她的心目中，丈夫性格温和，为人老实，脾气特别好，对她百依百顺，又体贴入微，尤其对待她母亲，像对他自己母亲一样，伺候得服服帖帖，可以说除了赚钱不多，其余方面丈夫都让她觉得很安心，也很满足。任凭她怎么想也不会想到，当她圆满结束旅行，搭乘早班机兴冲冲回到家中的时候，迎接她的是警察一张张严肃的面孔，以及垂头丧气戴着手铐的丈夫。

与妻子相比，高峰对于婚后的日常生活，对于夫妻之间的性生活，几乎从未有过满足感。寄人篱下的滋味不好受，就算媳妇和家人再开明，没有自己的房子，他也总觉得低人一等。何况生活中免不了磕磕绊绊，免不了对方图口舌之快冷嘲热讽，而每次出现这种局面，高峰总是选择忍让，从未接茬反驳过，不是因为他脾气好，是因为自卑心在作祟，让他把所有的怨恨积压在心底。而这还不是最让他难以承受的，丈母娘家的房子本来就不大，又是老式建筑，隔音效果极差，加之媳妇生性传统，以至于两人在过性生活时顾忌颇多，总是很难尽兴，更别提什么情趣了。也不知道是不是这种缘故，结婚近三年了，妻子总怀不上个孩子，这让高峰心里更加憋屈。

性生活愈发得不到满足，性欲反而会愈强，性欲愈强，欲求自然就愈多，欲求愈多，就愈发地感受不到满足感，如此恶性循环，便会产生极度压抑心理。从变态心理学的角度说，性压抑是最容易让一个人产生心理畸变的，从而触发极端行为，乃至犯罪。而这种犯罪有一个很明显的特征，那就是"移情作案"。一方面，是因为长久以来的自卑感，让犯罪人本能回避真正导致他出现畸形心理的初始刺激源；另一方面，也跟犯罪人既想保持原有稳定生活，又想得到纵情宣泄的心理机制有关。

就如高峰给出的口供一样：在他被压抑心理折磨得快要疯掉了的时候，性格活泼开朗的孙佳雨出现在了他的视野当中。再加之带有美颜功能短视频的加持，高峰对孙佳雨愈加着迷，而"极端粉丝闹店事件"给了两人真正建立联系的机会。出于对高峰挺身而出劝离粉丝的感谢，孙佳雨主动加了高峰的微信，并且送了他一条腰带。此后，两人联系日渐多了起来。高峰从朋友圈中看到孙佳雨想要买一台二手车的求助信息，便主动帮忙引荐了自己的堂哥——做二手车生意的高楠。生意促成了，自然皆大欢喜，高峰和孙佳雨的关系也更近一步，高峰由此开始产生非分之想。他时不时给孙佳雨发些带有暧昧内容的私信，以及让人浮想联翩的带有性暗示的图片，而且愈来愈露骨。孙佳雨当然能看出他的企图心，但碍于同事情分，又曾经有求于人，不想把关系搞得太尴尬，便要么装作没看见私信，要么顾左右而言他，随便应付几句搪塞过去。没想到，这反而助长了高峰的情趣，误认为孙佳雨有欲拒还迎的意思，以至于把他自己隐私处的图片发给了孙佳雨，从而彻底惹恼了孙佳雨，不仅回私信狠狠臭骂他一顿，还将他从微信好友当中删除了，就算在单位偶尔碰到，也是低着头避开他走。

孙佳雨出现在高峰内心极度压抑，并为此饱受煎熬的时刻，令高峰的生活有了一些积极的因素，但也只是在一定程度上延缓他内心全面崩溃的时间而已。就像骆辛先前解读犯罪侧写时说的那样，当孙佳雨无情拒绝并羞辱了高峰的非分之想，她便成为压倒骆驼的最后一根稻草，成为触发极端犯罪最直接的刺激源，导致高峰一厢情愿地将生活中的种种不如意完全归咎到她身上，从而用将近三个月的时间，策划并实施了针对她的犯罪行径。

高峰通过孙佳雨发布的短视频，梳理清楚她日常的活动规律，接着到二手车市场购买了伪造的车牌和专业拆卸车牌的工具，还通过网络学会了自行撕掉车衣的手法。再之后，他主动为妻子和丈母娘订好暑假去九寨沟旅游的机票，等着两人正式成行之后，他找到堂哥高楠借到用于作案的车辆，随后按计划找到一家汽车装饰店，给车贴了改色车衣，万事俱备，便将罪恶之手伸向了孙佳雨。

孙佳雨奸杀案告破的消息，很快便在队里传开了，欣喜之余，也带给人很多警示：在网络世界中，很多看似不经意的行为，很有可能会将自己置身"透明人"的境地，而一旦被某个居心叵测的犯罪分子盯上，个人安危和财产随时都有可能遭受损失。尤其是也发布了很多短视频的苗苗，受到案件的启示，一口气把自己主页的所有短视频全部删除干净，惹得郑翔一阵嘲笑。

"哎，你说你们这帮女的，没事老发那些玩意儿到网上干啥，是不是都做梦要成网红呢？"郑翔一脸坏笑说。

"用你管？好玩呗！"苗苗白了郑翔一眼。

郑翔干笑两声："呵呵，像你们这种人吧，还算好理解，有些女的发那视频，衣服穿得贼少，说话贼撩人，跳舞贼性感，可是吧，你要跟她回两句贼性感的话，她转头就骂你臭流氓，你说这都是啥心态？"

"还性感话，就是流氓话吧？人家骂你有毛病吗？"苗苗扬唇反击说，"你管人家穿多少，人家就是想展示自己不行吗？是你们用不道德的眼光看人家！"

"可拉倒吧，像你们这些，明明是冬瓜，非把自己'P（修图）'成黄瓜，你们道德！"郑翔知道自己说出这番话，肯定会彻底惹恼苗苗，所以撂完话转头就跑，没跑多远，就感觉有个物件"嗖"的一声从耳边划过，再一看地上，有个订书机。

第十六章

泄密闹剧

无人幸免

有些事情，似乎就是老天爷注定的，你时刻想看到的东西，未必能够看得到，你不想看到的，老天爷偏要送到你面前。

一大早，骆辛一反常态冲叶小秋借用平板电脑，当然他不会解释借用的目的。其实目的很简单，他就想全面了解一下时下的网络生态。经历了孙佳雨的案子，还有悬而未决的肖倩的案子，以及正在关注的少女连环失踪案，骆辛深切感受到案件中的诸多细节都与网络上的各种事物息息相关。什么社交平台、什么网络联机游戏、什么电商和网贷平台，还有什么短视频软件，他真的只从报纸杂志或者电视新闻中听说过这些名头，具体是如何构建和使用的，他一概不知。骆辛不得不承认，他与现实社会脱离得太远了。而就如叶小秋先前说的那样，现如今的时代，对网络社会没有深入的了解，就无法看清整个社会真实的风貌。脱离实际，对案件推理绝不是一件好事。

骆辛反常，叶小秋更反常。是她先前一再主张骆辛多熟悉网络，而当骆辛真的遵从了她的建议，向她借用平板电脑，她反而表现出推托的意思，支支吾吾的，最后竟然找了个"没电"的由头。可是，平板电脑此刻就在她手上，上一刻明明还在摆弄，显然她没有说实话。骆辛自然看得出异常，眼睛直勾勾地瞪着她，不容拒绝地伸出手。自知拗不过骆辛，叶小秋只好把电脑交到他手上。

骆辛拿着平板电脑返身走回隔断屋中，叶小秋望着他的背影，神色相当复杂，担忧和惶恐交织在一起，似乎有种要迎接暴风雨来临的悲壮感。果然，没过多久，骆辛的玻璃隔断屋中接连响起"嘭嘭"的声响。那声响一次比一次重，一声比一声刺耳。叶小秋知道骆辛又失控了，他抑制不住自己的暴力冲动时，就会做出机械的踹脚动作。据她所知，骆辛的办公桌已经因此换过好几个了。

消息其实想瞒也瞒不住，只是没料到会让骆辛这么早发现。也不仅仅是骆辛，周时好此刻比他还要激动，满面狰狞地冲进方龄办公室中兴师问罪，就差指着方龄的鼻子骂娘了。更过分的是，离开方龄办公室前，他还一把将方龄桌上的文件扫翻在地。这要是换在其他时候，方龄绝不会任他这么肆意妄为，但现在她也只能哑巴吃黄连，把苦咽到肚子里。

现在的局面，的确是方龄的疏忽造成的。其实，本来是应该庆祝"郑文惠案"有了可喜的进展的。方龄和张川带着技术队的两名勘查员，在发现尸骨的悬崖峭壁下方，遵循着地毯式搜寻的办法，不辞劳苦，几乎翻遍周边的每一处溶洞和草地，更是耗费了将近一周的时间，终于把作案凶器成功起获。随凶器一起找到的，还有一包女性衣物，显然当初是为了制造郑文惠主动离家出走的假象用的。总之，跟法医沈春华先前推测的完全一致，凶器确实是一支警用电棍，这就让骆辛的父亲骆浩东的作案嫌疑看似更大了。

案件涉警，而且被害人与犯罪嫌疑人双方也都涉警，尤其嫌疑最大的犯罪嫌疑人，如今已不在人世，这样的案件，无论是调查还是通报的时候，都应该极度慎重。死人无法开口辩解，办案人员不能在证据不够确凿的情形下任意定性，这有向死人身上泼脏水之嫌，更为重要的是，这样的案情细节，在没有定论的时候公布出去，一定会引起各种揣测和谬传，无疑对公安系统的形象是一种损害，同时会给社会带来不安定的因素和负面影响。所以，从组织纪律上说，任何个人在没有组织授权的情况下，是不得将案件信息向外界透露的。而这一次，有人越界了，还是一名老资格的勘查员，也是寻找凶器四人小组中的成员。

在悬崖下吹了近一周的海风，终于起获凶器，四人小组自然是大喜过望。可能是因为过程太过艰辛，大脑一向保持理智的方龄，情绪上多少也有些得意忘形，就疏忽了强调办案纪律这一点。不知是哪个地方出了缺口，案件细节竟被人用匿名爆料帖的形式在网上发了出来。

周时好从方龄办公室里摔门而出，回到自己办公室稍微斟酌了下，拿出手机想给叶小秋打个电话。他以为骆辛不上网，还不清楚网上的传闻，他想让叶小秋暂时把消息隐瞒住，由他自己亲口对骆辛解释，不然骆辛一旦发起飙来，叶小秋可能招架不住。只是，这通电话还没打出去，却先打进来一通电话，是法医沈春华，她在电话里说骆辛在她那里，让周时好别担心。

案件消息一经走漏，沈春华就猜到骆辛一定会来找她。实质上，这么多年，她跟骆辛相处下来，感情不比周时好差，先前领导勒令不准透露与凶器相关的案情信息，而骆辛又三番五次追着她问，可把她为难死了。不过出乎她意料的是，骆辛走进法医科办公室的时候，整个人显得异常平静，和往常见面几乎没有差别，她原本以为骆辛会像一头奓毛小狮子似的，冲进她的办公室。

沈春华冲跟在骆辛身后的叶小秋点了下头，叶小秋咧咧嘴，算是回应。

沈春华性格直爽，既然事已至此，她也没必要解释那么多，直来直去地问："说吧，想知道点啥？"

"电警棍确定吗？"骆辛一屁股坐在沈春华对面的椅子上，前言不搭后语地问。

"确定。"沈春华懂他的意思，拉开办公桌抽屉，取出一张存证照片，递给他说，"就是照片上这支，上面有编号，本来不太清楚，我们通过技术处理还原出来的，确实是当年配发给你爸爸的那支。"

骆辛接过照片，看了看，然后眼神逐渐变得空洞起来。

"通过试剂检测，发现电警棍上有潜血反应，万幸还能做出 DNA 分型，证实血迹是属于你妈妈的，但也只能证明你妈妈是死于这支曾经配发给你爸爸的电警棍下，别的什么也证明不了。"沈春华安慰说，"除了血迹，其余的物证痕迹都被毁掉了，现在还没人敢把你爸爸和凶手画上等号，你也别太着急了。"

"这种电警棍什么时候配发的？"骆辛把照片还给沈春华。

"2005 年 3 月到 2008 年 5 月间，当年队里回收，要求上交时，你爸没上交，说是弄丢了。"沈春华介绍说。

"那就是在我被车撞之前。"骆辛迟疑着说，"我刚刚仔细回忆了下，我好像在我爸的车里，真见过差不多模样的电警棍，应该就是照片上这支，当时放在副驾驶座位前面的储物箱里。"

"像你爸那种刑警，办的都是玩命的案子，随身带着电警棍防身很正常。"沈春华说。

"如果电警棍是随身携带的，那不更说明……"叶小秋说到一半，突然觉得气氛不对，赶紧把后面的话咽了回去。

其实，在场的人都明白她想说什么，如果电警棍是骆辛他爸随身携带的，那么就不太可能是别人用他的电警棍打死郑文惠，只能是他自己。讨论来讨论去，骆辛他爸的作案嫌疑越来越大，气氛便稍微有些凝重。

"作案凶器确认了，抛尸现场确认了，作案时间张川那边是不是也能认定？"骆辛主动打破沉闷说。

"对，我听方队说，已经基本认定你妈妈是在 2008 年 4 月 8 日晚间遭遇杀害的。"沈春华回应说，"所以，如果想要把实施犯罪的过程完全搞清楚，下一步就必须找到作案现场。"

骆辛点点头，用双手使劲搓了搓脸颊，内心的挣扎显而易见。因为他很清楚，如果作案现场跟他爸再扯上关系的话，那么他爸骆浩东恐怕真的是罪责难逃了。少顷，似乎内心终于有了决断，骆辛抬起头向沈春华说："带上你的工具箱去我家。"

"你觉得你家会是作案现场？"沈春华双眉紧蹙说。

"试试吧，不试怎么知道。"骆辛语气淡淡地说。

40分钟之后，沈春华、骆辛和叶小秋三人便从技术队转战至骆辛家中。骆辛家的户型比较老派，两居室，大概70平方米。进屋首先是客厅，穿过客厅是一个卫生间，卫生间南、北两侧是主、次卧室。

骆辛从幼年至今一直住在北卧室，他爸妈先前自然是住在南卧室，而自打骆辛在医院苏醒重回这个家之后，南卧室几乎就成为他的禁地，甚少踏入。他也说不清自己为什么惧怕那间卧室，就算偶尔进去做清扫也会让他心里很不舒服，所以那间南卧室常年都是房门紧闭。

既然南卧室是被害人和嫌疑人共同拥有的起居室，那勘查工作自然从南卧室开始。推开南卧室的门，里面的陈设很简单，依然保持着当年的原样。在卧室中央位置，床头挨着西墙，摆着一张大双人床，床头上方的墙壁上挂着一张三口之家的全家福照片，那还是骆辛过一周岁生日时照的，床头两边分别有一个床头柜，大衣柜则挨着北侧墙壁摆放。

沈春华拉上窗帘，开始分区域喷洒"鲁米诺试剂（发光氨）"。之所以分区域，而不是一开始就大面积喷洒，是因为这种试剂与血红蛋白发生反应之后，发出荧光的时效很有限，顶多也就30秒左右，所以小区域喷洒有利于固定证据。沈春华从南侧窗边开始，逐渐向北侧移动，而当试剂喷洒到衣柜门板上的时候，蓝色的荧光开始星星点点地显现，从柜门往下一直延续到柜子前面的地板上，这就是所谓的"潜血反应"。通俗点说，蓝色荧光其实就是被擦拭过的血迹。如果这些血迹是属于骆辛的妈妈郑文惠的，那就表明她是在衣柜附近遭到杀害的。

　　沈春华麻利地从工具箱中取出单反照相机，对着衣柜区域一通拍照，尽可能将蓝色荧光的分布状况全部记录下来。随后，她把相机举在手中，看向围在身边的骆辛和叶小秋，三个人的表情都很沉重。他们都知道，如果不出意外的话，南卧室应该就是第一作案现场了。

　　沉默须臾，沈春华看着骆辛的眼睛说："这个不能再瞒着了，给周队打电话吧？"

　　骆辛没言语，默默点下头。

　　沈春华给叶小秋使了个眼色，后者从裤兜里掏出手机，一边拨号码，一边走出南卧室。

　　没过多久，大队人马陆续赶到。带队人是方龄，张川和苗苗跟在身旁，其余的还有技术队的现场勘查员等。周时好并没有露面，他分得清利害关系，案子既然说好了由方龄负责，有了最新线索，自然要第一时间向她通报，由她出面把控进一步的调查工作。当然，这不意味着他心里不惦记这个案子，反而自从郑文惠的尸骨被确认之后，他无时无刻不在想着这个案子，他选择暂时避其锋芒，实质上是为了让自己在这个案子上有更好的活动空间。

　　"郑文惠当时应该是面朝着衣柜方向，凶手从侧后方挥动电警棍砸中她颅脑右侧的顶骨部位，在先前的尸骨检验中已经确认过，这一击实质上已经让郑文惠倒地丧命。随后，凶手为保险起见，继续使用电警棍对其后脑部位连续进行击打。"翻看照相机上的预览照片，综合先前的尸检信息，沈春华向方龄等人演绎凶手行凶的过程。

"这么看，应该是突然袭击。"方龄板着面孔说。

"在卧室里搞突然袭击，那显然是熟人干的。"张川接话说。

"第一击在颅脑顶骨位置，说明凶手个子应该比郑文惠高出许多。"方龄稍微琢磨了一下，冲沈春华问道，"郑文惠多高？"

"一米六二。"沈春华回应，"凶手个头确实应该比郑文惠高一些，才能打到那个位置上。"

"有没有可能是这样：两个人发生了口角，郑文惠走到衣柜前想要收拾柜子里的衣物离开，凶手气急败坏，追过来用电警棍打她的脑袋……"苗苗总结几个人的话，试着推理案件的缘由。

"看来所有证据终究还是指向了骆浩东。"看到所有人都忌讳提这个名字，方龄决定自己来做这个恶人，顿了下，她又冲沈春华问，"证据都固定了吧？"

"对。"沈春华点点头。

"那行吧，咱们先出去，腾出地方给技术队做进一步勘查。"方龄话音落下，便带头走出南卧室。

方龄刚走入客厅，一个勘查员满脸为难地迎上来说："方队，那个骆辛把自己锁在他的屋子里，死活不让咱们进，那咱们还查吗？"

方龄扭头打量了一眼北卧室紧闭的房门，犹豫了一会儿，决定自己试试。没承想，她走到北卧室门前，正要伸手敲门，沈春华突然蹿出来把她拦下，打圆场说："算了吧，骆辛跟普通的孩子不一样，他有他的原则，也不是今天故意不让你们进去，他那间屋子除了宁雪，确实很多年没有别的人进去过，就连周队也进不去。"

听沈春华这么说，方龄冲勘查员挥挥手："那就不查，你去忙吧。"方龄顿了下，板起面孔，瞪了沈春华一眼，语气严肃地说，"谁给你的权力私自出现场？勘查现场是你法医的本职工作吗？"

　　沈春华也是心大之人，一贯没皮没脸，要不然怎么会跟周时好混得跟哥们似的，她自知理亏，便一脸谄笑说："明白，明白，下次不敢了。"

　　方龄又瞪了她一眼，然后别过脸看向正在忙碌的勘查员，有意要冷落她一下。

第十七章
案件串联

无人幸免

"郑文惠案"无疑是一起性质恶劣的凶杀案,作案时间、作案凶器、作案现场和抛尸现场,以及杀人手法和杀人过程,均已基本查明。可以说,构成犯罪事实的七个要素(何事、何时、何地、何物、何情、何故、何人),目前警方已经掌握了其中的五个要素,剩下两个要素,也是案件发生最重要的要素——犯罪动机和涉嫌犯罪人员,这也是接下来需要重点调查的方向。

当然,现在已经有了一个具有重大作案嫌疑的犯罪嫌疑人,那就是骆辛的父亲骆浩东。案件发生于2008年4月8日晚间,那天晚上骆浩东的行踪轨迹到底是怎样的?有没有人了解他的行踪?他和妻子之间,到底有没有发生过什么可以促使他痛下杀手的事件?围绕这三个疑问,方龄和张川开始更有针对性地走访相关当事人。

周时好这边听从了骆辛和叶小秋的意见,虽然没有明确指出案件性质,但也开始协调一部分人手介入连环失踪案的调查工作中。

他本以为对于"出租车"作案嫌疑的排查是有捷径的,因为很早之前全市所有出租车辆统一安装过GPS定位器。这样一来,通过查询定位系统,将案发当晚的行车轨迹与两名失踪者上车地点发生重合的出租车挑选出来,就可以极大地缩小嫌疑车辆范围。但是,他忽略了系统数据储存是有时效的,而且通海公司没有对存储数据进行导出备份,所以此路不通。还是得采取常规手段，先从具有犯罪前科以及曾经在车牌上动过歪脑筋的车主入手，逐渐再扩大调查范围。

另有一组人手，被派去骆辛先前划定范围内的大街上和各种娱乐场所走访问话，尝试寻找潜在与犯罪人发生过接触的年轻人，因为犯罪人不可能次次选择正确，肯定也载过一些不符合作案目标条件的乘客。同时，队里也与巡警支队、交警支队、派出所等方面打好了招呼，让他们在夜间执勤时，帮忙留意车牌不规范、行迹可疑的出租车辆。

除了上面案件，一大队重点的侦办工作还是"肖倩案"。只不过，在沈建涛身上以及他周围的人群中，实在挖不出可用线索，加之人手有限，所以这个案子目前的工作策略是集中警力，继续在肖倩周围的人群中走访调查。

大范围走访工作是异常枯燥的，需要耗费极大的体力和耐心，好在随着排查范围的逐渐扩大，线索跟进也更加细致，终于让郑翔在一个原本与肖倩关系并不紧密的人员身上，挖到一条非常有价值的线索。原来，肖倩在与前任男友分手之后，几乎瞒着所有人，又悄悄谈了一场狼狈不堪的姐弟恋。

肖倩因编造"偷情视频"事件被原单位开除后，在家里待了很长时间，后来觉得总这么闲着也不是那么回事，便学着人家开始在微信朋友圈中卖些面膜和化妆品什么的，直到她舅舅帮忙找到新工作才作罢。而她卖的那些面膜和化妆品所属的微商公司，经常会在一些高大上的星级酒店里搞一些产品说明会和所谓的团建活动。其实，就是找由头给区域内的经销商或者个体销售人员洗脑，从而向公司多买一些货备着，至于能不能卖出去公司就不管了。正是在这样的活动中，肖倩认识了一个和她一样在微信上卖货的本地女孩，几次三番碰面，两人便很聊得来，但两人也仅限于在这样的活动中才会凑在一起，平时来往并不多。

据女孩向郑翔反映：本年 6 月 15 日那天，是个周六，公司在希柏顿酒店搞过一次团建。活动结束后已经是晚上 9 点多了，当时她和肖倩从宴会厅出来，正准备到酒店外打车回家，路过前台的时候，看到一个长相帅气的小伙子和一个贵妇模样的中年妇女，两人刚办完入住手续，互相挽着手正往电梯方向走。由于年纪反差过大，女的又妖里妖气的，俩人不免多看几眼，结果这一看不打紧，肖倩竟认出那男的是她才交往不久的男朋友。肖倩正在发蒙，那对男女已经上了电梯，肖倩和女孩赶紧跑到电梯前，盯着看电梯停在哪个楼层，然后两人赶紧乘坐另一部电梯上楼捉奸。出电梯时，两人正好目睹到那对男女走进走廊尽头的一间房里，关上了门。

肖倩和女孩定了个计策，让女孩过去敲门，说是送外卖的，不管房里的人说什么，都一直敲门。果然，按计策把里面的人敲烦了，肖倩的男朋友猛地拉开房门想骂女孩，肖倩和女孩便顺势冲进房里。结果，看到男友浑身上下只围了条浴巾，那老女人脱光了躺在大床上。肖倩顿时就气疯了，上去就给她男朋友一个耳光，紧接着冲着男朋友的脸好一顿挠。老女人见此场景，从床上跳下来想要去拉肖倩，女孩和肖倩便转而一起和老女人厮打起来。而肖倩的男朋友，则趁乱穿好衣裤，拿上自己的手机，连鞋都没顾上穿便一溜烟地跑了。等肖倩和女孩挣脱老女人追出酒店的时候，她男朋友早没影了。

后来，肖倩告诉女孩，那男的是她在手机约会软件"咪咪"上认识的，男的比她小 3 岁，但是长得太帅了，令肖倩很着迷，甚至为了和他在一起，把原来的男朋友都甩了。她根本没想到，两人才交往了几个月，便遭到了背叛。经过那晚之后，肖倩就把那男的微信删除了，还给女孩发了个 200 块钱的红包，说是感谢女孩的仗义出手，也算是封口费，让女孩把这个事情永远烂到肚子里，不要和任何人提起，因为实在是太丢人现眼了。

郑翔相信女孩说的都是真话，因为他就是从肖倩微信上的红包转账记录中把女孩找出来的，只不过关于肖倩的那个男朋友，女孩提供不出更详尽的资料。这倒也不打紧，有日期，有房号，到酒店查出登记人的信息很容易。随后，郑翔赶到希柏顿酒店，查出当晚登记开房的不是肖倩男朋友，而是那个贵妇人。

贵妇人对郑翔坦言，她是做生意的，已经离婚多年，因为不想再有感情上的牵绊，便偶尔会在"咪咪"软件上寻找适合一夜情的性伴侣，来解决生理问题。对于肖倩男朋友的情况，她也不太了解，只是从聊天记录中得知，他今年23岁，大学毕业还未满一年，在一家财务软件公司中做销售。虽然年纪不大，但从贵妇人自己多年来的约会经验上看，肖倩男朋友在网络约会这方面，绝对是个老油条。她倒是也有他的微信，但微信名显然不是本名，奇怪的是，自从在酒店被捉奸那晚之后，他的朋友圈再也没有更新过任何动态。"咪咪"软件上也一样，从那天之后，贵妇人再也没有看到肖倩男朋友的上线提示。鉴于此，郑翔只能借贵妇人手机一用，对肖倩男朋友先前发过的一些朋友圈动态进行研判，最终在贵妇人告知的信息的基础上，郑翔研判出了公司的名字，是一家国内知名公司在金海开设的分公司。还有，他不是本地人，住在公司分配的宿舍中。当然，最有用处的是，朋友圈中有他的自拍照。

带着手机翻拍的照片，郑翔找到那家财务软件公司，结果一亮照片，人家公司说这人叫曲春生，都失踪快俩月了，公司已经联系其家人并报警了。郑翔表示想进一步详细了解曲春生失踪的相关信息，公司方面便找来与曲春生同宿舍的一名员工，正是他向公司报告曲春生多日失联的。

对方是个瘦高个的年轻人，郑翔亮明身份，然后问："你最后见到曲春生是什么时候？"

"就是他出去约见富婆的那天。"瘦高个说,"事后我算了下日期,准确地说应该是 6 月 15 日傍晚。"

"他走的时候有交代过什么吗?"郑翔问。

"就大大咧咧地说出去跟熟女富婆约会啊!"瘦高个说,"这小子经常性地在那个'咪咪'软件上约妹子,我们早见怪不怪了。我还跟他唠叨过,说他工作不错,人长得也帅,为啥不踏踏实实找个女朋友?他自己说,因为大学四年通过那软件约会过几十个妹子,上瘾了,戒不掉了。"

"他跟你提过他有个女朋友叫肖倩吗?"郑翔问。

"没提过。"瘦高个摇摇头,然后笑笑说,"可能那女孩被他骗了吧?那个'咪咪'软件上也有正经想找对象的女孩,准是他看上人家了,想睡人家,但人家不愿意只做一夜情的对象,他就糊弄人家说愿意和人家谈恋爱。"

郑翔点点头,确实也觉得瘦高个给出这种解释挺靠谱,看来肖倩是真的被骗了,他稍微想了下,接着问道:"你什么时候跟公司说曲春生失踪了的?"

"那得快一周之后了。"瘦高个挠挠头,表情有些内疚,"这小子约妹子成瘾,经常夜不归宿,连着几天没回来我也没太在意,以为他跟富婆玩得太投机了,说不定富婆带他出去旅游啥的了。我还跟公司打马虎眼,说他生病了,要请假几天。再后来,快一周没见到他人影,打电话总是关机,我才有点慌了,跟公司说了实情。公司随后联系了他在外地的家人,一起到派出所报了警。"

"报警之后,派出所怎么说的?"郑翔问。

"人家听了情况根本不受理。"瘦高个一脸苦笑说,"人家民警说的也有道理,说你们要找这人是个大小伙子,成年人,私生活特别混乱,本身就不是很靠谱，你们又拿不出任何他受到人身威胁和遭遇侵害的证据，实在没法帮你们找这人。"

"后来呢？"郑翔追问说。

"我听说他爸妈在派出所磨了一阵子，然后人家说帮忙把春生的信息录入失踪人口大数据中，再之后老两口自己在市里找了一段时间，没找到任何可靠的消息，最后没办法只能先回老家了。"瘦高个说。

问到这里，郑翔心里不免有些沮丧。一开始，他是觉得捉奸事件应该对曲春生伤害挺大的，搞不好因此就忌恨上了肖倩，然后找个机会把她杀了，所以是把曲春生当作犯罪嫌疑人来调查的。结果，就现在掌握的情况看，曲春生不仅不是犯罪嫌疑人，搞不好他自己也遭遇了什么不测。总之，折腾这么一大圈，到头来还是白费工夫，对"肖倩案"没起到任何帮助作用。不过，也不知道是不是由于心有不甘，还是什么别的原因，郑翔心里隐隐觉得好像这个事情也不是一点作用没有，那作用在哪儿呢？

"对了，曲春生自己有车吗？"沉默一阵子，郑翔突然冒出一句话。

"没，没有。"瘦高个使劲摇着头说。

"自己没有车，被捉奸后，从希柏顿酒店里仓皇逃窜，怎么那么快就没影了呢？对啊，坐出租车啊！"郑翔心里暗自琢磨一阵，猛地一拍巴掌，就好像突然间脑袋开窍了一样。

刑侦支队，副支队长办公室。

"白折腾了一通你还兴奋啥？"眼见郑翔一脸亢奋，周时好大为不解地问。

"一开始我也这么觉得，但是转念一琢磨，说不定这趟挖到了更大的宝藏。"郑翔卖起关子说。

周时好皱皱眉："赶紧的，嘚瑟啥？有屁快放！"

见周时好有些不耐烦，郑翔赶紧收起嬉皮笑脸的表情，正色道："咱们不是讨论过骆辛说的那起连环失踪案嘛，那案子实质上涉及两个重要因素：第一个，犯罪人驾车寻找作案目标的主要活动范围，骆辛划定的是从希柏顿酒店到夜生活一条街这一大片区域；第二个，犯罪人系通过驾驶假冒通海公司出租车载客的方式，从而寻找到符合他设定条件的作案目标。那回到肖倩男朋友曲春生的失踪事件上，距今已过去接近两个月了，监控录像不用想了，早就被新的数据覆盖，所以我回来前特意又去了趟希柏顿酒店，想着捉奸那种八卦事件，酒店里的员工肯定都会注意到，而且印象应该也蛮深刻的。结果，还真有一名门童对那天的事情记忆犹新，他亲眼看到曲春生光着脚冲出酒店大门，然后跑到街边钻进一辆出租车中逃走了。门童没留意看出租车的车牌号，但是他敢肯定出租车顶灯上亮着'通海'两个字……"

"噢，'希柏顿酒店''通海出租车'。"周时好恍然大悟，打断郑翔的话说，"你想说曲春生失踪事件与连环失踪案有重大的重叠因素，对吗？那也就是说，曲春生很可能是连环失踪案的第四个被害人？"

"怎么样，靠谱吧？"郑翔打了个响指，一脸兴奋地说，"骆辛推测说，犯罪人作案有可能是想要惩戒社会上具有道德缺憾的年轻人，那就没必要只拘泥在女性身上吧？男性当然也可以是一个选项啊！这曲春生年纪轻轻，一夜情成瘾，私生活如此混乱，这不就是道德败坏吗？而且说不定也是他坐上出租车后，自己跟犯罪人把他那点烂事瞎咧咧出去的。"

周时好"嗯"了一声，吩咐说："给小秋打电话，让她和骆辛过来一趟。"

第十八章
案情曲折

无人幸免

"郑文惠案"发展到现在这个地步，除有人民警察回避制度外，骆辛能否客观公正地对待案件也让人怀疑，他必然要被彻底排除在案件调查之外，对此他心知肚明，便干脆采取主动回避的姿态。连环失踪案以及肖倩案，目前都处于拉锯阶段，具体的排查走访工作不需要他的参与，所以这段时间他大多时候把自己关在档案室里，反复执着地翻阅着父亲骆浩东生前经手过的案件卷宗。这其实也代表着他对母亲被害一案的态度，虽然父亲留给他的记忆并不美好，虽然种种线索都指向父亲，但他还是不愿意轻信母亲是被父亲所杀，他期望自己能够从卷宗中找出其他的可能性，这样起码不会让父亲成为案件调查以来唯一的嫌疑人。

　　而随着曲春生失踪事件被郑翔挖掘出来，骆辛的蛰伏状态便告一段落。他对于郑翔在这个事件上的判断是极为认可的，由此连环失踪案的关联案件便增加至四起，同时认定被害人的设定范围，不再拘泥于性别问题，也就是男性和女性都有可能成为被害人。骆辛判断：前三个被害人之所以都是女性，除了巧合因素，也有可能是犯罪人对于控制男性目标没有足够的把握，那么经历了第四次作案，他成功捕获曲春生之后，他的自信心有可能达到爆棚状态，便有可能加快作案的步伐和频率。

　　张晶晶失踪案发生在去年 10 月 26 日，被暂时推定为连环失踪案的首起案件；第二个失踪的是李玥涵，案发于本年 2 月 16 日；第三个失踪的是田丽颖，案发于本年 4 月 10 日；第四个失踪的是曲春生，案发于本年 6 月 15 日。从这条案发时间线上看，犯罪人除首起作案之后的冷却期稍长之外，其余三起作案的间隔时间，在两个月左右，加上自信心爆棚的因素，骆辛推测犯罪人第五次作案的临界点即将到来。由此，他建议升级夜晚执勤力度，联合派出所、交警等部门，在划定范围内的特定路口设卡拦截，对来往车辆进行检查，并且，似乎觉得离揭开犯罪人的面纱越来越近了，他决定和叶小秋也要参与进来。

在方龄看来，"郑文惠案"的真相逐渐明朗，而寻找关键证据的突破口，应该就在郑文惠在医院护理骆辛期间结识的好朋友韩方园身上。

先前在中心医院的问话中，韩方园表示自己和老公住在香橙酒店公寓房 B 座 501 室，方龄和张川就按照这个地址上门走访，结果很顺利地见到了韩方园。正好她老公不在身边，方龄决定这次尽量把要聊的话题聊透彻了。

"距上次咱们见面，也有一段时间了，想好了该跟我们说什么了吗？"方龄故意用玩味的眼神，打量着韩方园问。

韩方园似乎没听出方龄话里有话，一脸莫名其妙的表情说："我没听明白您这话的意思，该说的我都告诉你们了呀！"

方龄微微笑了下，笑容中带有些许不屑，说话语气倒还是很温和："我知道您想尽力维护好闺密的声誉，但我认为与这个相比，我们更应该还她一个公道，让伤害她的凶手得到法律的惩罚。"

方龄的话，让韩方园陷入短暂的沉默，片刻之后，她突然扬着声音说："噢，对了，我想起来个事，应该跟你们说说。网上说，郑文惠的死可能与他老公有关，这个说法我不知道是不是真的，但那个电警棍我看到过……"

"在哪里看到过？"没等韩方园说完，张川就急着插话道。

"在文惠的包里。"韩方园解释说,"那会儿文惠在医院里陪护骆辛,后来她妈也住院了,也得她照顾,她只能一天24小时基本待在医院里,所以图省事,她平时都背着一个大双肩包,里面装些洗漱用品和简单的换洗衣服什么的,那支电警棍就是我在她整理双肩包时看到的,她当时说是她老公非要让她带着的,防身用。"

"你确定是这支吗?"张川拿出手机,调出翻拍的存证照片。

"大体是这样的,我也没完全看清楚,但是敢肯定是她老公给她的。"韩方园说。

韩方园的说法,让方龄稍微有些失落,案情似乎又复杂起来。照韩方园的说法,就不仅仅只是骆浩东能接触到那支电警棍了,但是除了他还能有谁会出现在郑文惠的家中呢?方龄深吸了一口气,斟酌着话语问道:"你觉得郑文惠会把别的男人带回家吗?"

类似的暗示郑文惠可能与别的男人有私情的问题,先前方龄跟韩方园提到过,当时她态度坚决地否认了,但这一次她明显犹豫了一下,方龄看在眼里,自然不会轻易放过她,便刻意放低姿态劝说道:"您如果真的知道些什么,就一定要跟我们说,不必有什么顾虑,如果担心因此会危及您的人身安全,我们可以派人保护您。还有您这次回来,是想要在金海做餐厅生意的,如果有需要我们帮忙的地方,也尽管开口提。"

韩方园不自觉地点点头,默默思索一阵,然后表情不自然地说道:"先前我跟你们说过,文惠失踪后,只有小好刑警找我问过几次话,但其实在他之后,还有别的男人找我打听过文惠的事情,而且,而且是用很吓人的方式。"

方龄和张川不约而同皱起眉头,由张川发问道:"哪个男人?他怎么你了?"

韩方园咽了下口水,看似心有余悸地说:"当时医院旁边的巷子里有家馄饨店，卖的馄饨都是现包的，味道特别好，我和文惠经常结伴去吃。我家孩子也特别爱吃，他不喜欢吃医院里的饭，所以差不多每天晚上我都会去给他买份馄饨。文惠失踪没几天，有天傍晚，我照例去给孩子买馄饨，结果快要走到馄饨店时，突然有个男人从背后勒住我的脖子，捂住我的嘴，把我拖进馄饨店旁边的一间公厕里。随即，他问了一连串问题，跟我打探文惠失踪的事。问我到底知不知道文惠去哪儿了，文惠失踪前有没有跟我交代什么话，有没有什么反常的表现，有没有什么别人不知道，但可以容身的地方，我确实也不了解具体情况，只能实话实说，答复他说不清楚。然后，他威胁我说，以后关于文惠的事情不准跟任何人乱讲，警察也不行。他说他知道我儿子住在医院，说我要是敢乱说话，他就杀了我和儿子。"

"看到那男人的相貌了吗？"方龄问，"或者你能想到他会是谁吗？"

韩方园摇了两下头："我当时太害怕了，没敢看，而且他憋着嗓子说话，也听不出真实的声音，只是在他逃走的时候，我稍微瞥了眼背影，一身黑衣，身材瘦瘦高高的，感觉有点……有点像……"韩方园迟疑一下，脸上表情看上去有些懊悔，似乎是觉得自己本不该说的话，却一不小心说漏了嘴。

"像谁？"方龄追问道。

韩方园尴尬地笑笑，自知无法回避，吞吞吐吐地说："我……我不知道是不是他，就是觉得身材像，我感觉……感觉那个男人有点像小好刑警。"

"你说的是周队？"张川一脸惊讶，"他当时不是找你问过话了吗？干吗还要采取那种极端方式？"

"我……我是这样想的，他那次其实不是在打探消息，更像是在威胁我，威胁我不准把发生在文惠身上的事胡乱说出去。"韩方园继续磕磕绊绊地说。

"那你跟我们说的这些话,算乱说的吗?"方龄紧接着说。

"这……这……"韩方园猛然怔住,眼睛里闪过一丝惶恐,然后一副诚恳的模样,"反正,我真的把我知道的全说了,你们再怎么逼我,我也说不出别的什么了。"

听韩方园把话说到这地步,方龄也不好过于咄咄逼人,从包里拿出手机,调出"樱花扣"存证照片,让韩方园辨认:"这枚扣子你见过吗?"

韩方园仔细盯着手机屏幕看了几眼,紧接着皱起眉头思索一阵,片刻之后模棱两可地说:"这应该是衣服上的装饰扣,你还别说,我有点印象,好像在哪里见过,可又说不出在哪儿,有可能是我在文惠穿的衣服上见过。"

"你确定吗?"张川问。

"你这么说,我只能说咬不准,毕竟过去十多年了。"韩方园说。

方龄亮出的照片上的"樱花扣",即是从郑文惠尸骨下面找到的那枚扣子。扣子周边被银色金属包裹,扣面有樱花图案,由合金和 ABS 塑料制成,采用的是针帽式免缝设计。扣子整体由带有装饰图案的插针和底座两部分组成,而警方发现的只是插针部分,底座并不在抛尸的旅行箱中。同样,在不久前随凶器一起找到的那包郑文惠曾经穿过的衣服当中,也没有发现底座部分,而且那些衣服感觉上与樱花扣也不怎么搭配,所以在这次来之前,方龄和张川都倾向于认为,扣子应该不是郑文惠衣服上的。如果不是郑文惠的,那就有可能是凶手的。但现在听韩方园这么说,感觉上应该还是跟郑文惠有关,对于樱花扣的调查也就失去了意义。

若有所思了一阵,方龄和张川起身告辞,韩方园也起身相送。走到房门口,韩方园突然叫住方龄,犹犹豫豫地说:"有个事,我想来想去,还是应该和你们说一声。"

方龄停住步子，转身道："您说。"

"先前在中心医院那次，咱们聊完之后，你们走了没多久，小好刑警就找上门来了。"韩方园说。

"什么，那天他也去医院见你了？"方龄一脸诧异地问。

"也问了我一堆问题，跟你们问的差不多。"韩方园撇撇嘴，面带鄙夷地说，"说实话，小好刑警对待文惠的态度，总让我有一种说不清的感觉。尤其，对待文惠的失踪，感觉比文惠的老公还要上心。你们是没看见，那段时间，他成天红着眼睛，在医院里上蹿下跳，找过很多人问话，四处打探文惠的消息。"

"行，我知道了。"方龄深吸一口气，压着肚子里的火，顿了顿，又对韩方园说，"您最好这段时间不要离开本市，如果有紧急事情非要走的话，跟我们知会一声。"

"我和老公已经看好了一个店面，短期内应该不会离开。"韩方园说。

刑侦支队，副支队长办公室。

周怡的妹妹周芸终于回来了，而且飞机一落地便从机场直接赶来刑侦支队，积极主动接受问话。

一见面，就把周时好搞恍惚了。他从卷宗资料里看过周怡的照片，而站在他眼前的周芸，和周怡长得不能说是像，简直是一模一样。见周时好一脸蒙，周芸笑着解释说自己和姐姐其实是双胞胎姐妹。周时好这才恍然大悟。

简单寒暄后，周时好开始发问："编造你姐姐'偷情视频'的那个女孩被杀了，时间是上个月2号，一个周二的晚上，您能想起来当晚都去过什么地方、做过什么吗？"

"其实这个消息我早在网上看见了，所以我记得很清楚，那晚我待在酒店里没出过门。"周芸面色坦然地说，"我这次是单独回来的，没有带助理，所以恐怕没人能给我证实。"

"哪个酒店？"周时好问。

"九城假日。"周芸说了个四星级酒店的名字，"我回金海，基本住在这家酒店。"

"我们查了入境记录，早在6月中旬您已经回金海了，那么在逗留的这段时间里，您有没有私下接触过肖倩和李成，也就是编造视频的那两个当事人？"周时好说。

"没有。"周芸干脆地说，"不过，毕竟想要打官司，还是准备充分点比较好，所以早在国外的时候，我就私下拜托过一个在金海的朋友，让他帮忙了解一些那两个当事人的情况。"

周时好脑袋里瞬间冒出一个名字，脱口而出道："您那个朋友是徐江？"

"对，你们找他问话的事，他跟我说了。"周芸不好意思地笑笑，"其实我今天来，主要目的是想帮他求情，他那天确实跟你们撒谎了，但他是为了维护我，他怕说出实情给我惹麻烦，耽误我帮姐姐打官司。"

"你们怎么认识的？应该不是一般关系吧？"周时好问，"他竟然可以为了你给出假口供，这可是要担法律责任的。"

"噢，我们以前谈过一段时间的恋爱，后来我出国了，就和他分手了，但一直保持着不错的关系。"周芸言辞恳切地说，"总之，真是非常非常抱歉，本来说好了他今天跟我一块过来给你们赔罪，但不巧他临时出差去外地了，我在此真诚地恳求您，在这个事情上就不要追究他的过错了。"

周时好苦笑一下，点点头："好，我知道了，但我们确实在他身上浪费了一些警力，所以还是要请他出差回来之后，到我们这儿写个说明，这个事就算是过去了。"

"那真是太感谢您了。"周芸笑着说，随即又恢复正色道，"我今天来，除了徐江的事，还想给你们提供点线索，不知道能不能对你们有点帮助，当然这也是徐江跟一个朋友打探来的消息。徐江那个朋友，先前也在创富大厦保安部干过，据他说：编造视频的那对男女，关系其实很不一般，那女的能够进创富大厦做前台，完全是那男的托关系帮忙办的，并且，那男的在创富大厦里还有个相好，是在大厦里租写字间的一家公司的会计，我觉得搞不好是这俩女的为那男的争风吃醋，然后才惹出了案子。"

"噢，这消息我们还真没掌握。"周时好客气地说，"那女的具体在大厦里哪家公司工作，您知道吗？"

"公司的名字叫'讯客'。"周芸说着话，起身告辞，"我知道的就这么多了，您工作忙，我就不多打扰了。"

"行，您有事随时联系我们。"周时好从办公桌里绕出来，脸上使劲挤出些笑容跟周芸握了握手，把周芸送出门口。

这周芸的背影刚一消失，周时好脸上的笑容也跟着散去，取而代之的是一脸的懊恼。他已经意识到，自己犯了两个错误：第一个，有关李成的，因为他没有作案时间，所以很快被排除作案嫌疑，从而疏忽了对他背景信息的更深入的调查；第二个，关于周芸的，没有在第一时间查阅她落脚酒店的监控录像，也是个大疏忽。案发至今已过去一个月零两天，酒店的监控录像很可能已经被覆盖，也就意味着无从查证周芸在案发当晚的行踪。问题关键是，这周芸拖到现在这个时间点才回来，会不会是故意的？她这么积极地提供线索，有没有可能是为了转移办案视线？

周时好正暗自郁闷，突然听见办公室的门猛地被人一把推开，瞬间，看到方龄阴沉着脸，气势汹汹地走进来。

方龄走到办公桌前，也不说话，就抱着膀子，双眉紧蹙，冷冷地瞪着周时好。周时好显然被她这突如其来的气势搞蒙了，一时之间不知道该做何反应，只能勉强赔着笑。互相对视了十几秒，周时好实在有些憋不住，正想开口找个话头缓和一下气氛，就见方龄使劲白了他一眼，扭身走开了。

这可把周时好憋屈坏了，脸上红一阵，青一阵，浑身上下冒着火，却不知该向何处撒。郁郁寡欢地呆坐片刻，他逐渐地收起脸上的怨气，表情转而变得凝重起来，因为他有点想明白了，方龄刚刚为什么会在他眼前来这么一出。

说回方龄和张川。两人结束对韩方园的再次问话之后，回程的路上方龄始终冷着脸一言不发。张川当然明白她为什么心情不好，便也跟着沉默不语，专心致志地开车。

周时好为什么会紧跟着自己的脚步找到韩方园？其中的奥妙方龄自然心知肚明，但眼下还不是撕破脸皮的时候，"郑文惠案"调查到现在这个地步，恐怕除了张川，她也没什么人可依靠了。

对待周时好的态度也一样。虽然方龄现在因周时好私下干涉"郑文惠案"的调查而感到异常愤怒，虽然她已经很确定周时好一定隐藏了某个重要线索，但她深知，如果没有十足的证据，周时好一定不会向她吐露心扉的。他若是想告诉方龄，早就告诉了。何况，当年那个威胁韩方园的男人，到底是不是他还不一定。即便真的是他，从他问的那些问题上来看，他对案件的真相也不甚了解，当然也就不可能是凶手。所以，思来想去，方龄决定暂时还是不去揭开他的底牌，只适当给他点脸色看看，敲打敲打他就足够了，也就有了上面的那番沉默对视。

另外，对于韩方园的话，方龄觉得有一定可信度，但也不能完全信。她看得出，面对问话，韩方园全程神经紧绷，直到她和张川起身告辞时，她才表现出松了口气的感觉。而且，虽然她一再强调，已经把知道的事情全部说出来了，但其实她说这些话的时候，眼神中总是闪闪烁烁、犹犹豫豫的，这让方龄觉得她或许与周时好一样，也隐瞒了某个重要的事实真相。

"派个人，盯着点韩方园，观察她在咱们问话之后，有没有什么异常举动。"车子开进支队大院，方龄终于开口说话。

第十九章

失之交臂

无人幸免

到了 8 月份，过了立秋，夏天就只剩下个尾巴，跟北方大部分城市一样，金海市的气温在 25 到 30 摄氏度之间，但因地处海边，是典型的海洋性气候，所以不会给人闷热感。到了晚间，清风徐徐吹来，就更让人感觉清爽了。

夜间排查嫌疑车辆的行动已进行多日，周时好在骆辛划定的排查范围内，选定了几个具有枢纽作用的路口设下关卡，以查酒驾的名义对来往车辆展开排查，这样既不会打草惊蛇，也不会给社会带来不必要的恐慌。

骆辛和叶小秋也主动请求加入行动当中来，两人主要的任务是开车在排查范围内的街道上来回巡视。实话实说，对于这种时间不确定、结果未卜的行动，叶小秋一开始就持有保留意见，觉得有点撞大运的成分。行动持续展开了几天，结果似乎也印证了她的判断，确实查出几辆套牌的出租车，但很快都排除了作案嫌疑，真正的嫌疑车辆连影子都没看到。

一路巡视，到了夜里将近 12 点，街道上几乎看不到行人，来往的车辆也越来越少，放在汽车扶手箱上的报话机里不断传出各卡点民警联络和汇报的声音，但始终也没传来让骆辛和叶小秋真正想听到的声音。可能注定又是一个做无用功的夜晚，叶小秋不免有些泄气，将车缓缓停靠在街边，冲着车内后视镜打量一眼坐在后排座位上的骆辛。这一个晚上，他一句话没说，正襟危坐，如老僧入定般，看上去胸有成竹，但也可能是故作镇定。

"你那个'临界点'的判断，到底靠不靠谱？"叶小秋忍不住侧着身子，冲骆辛吐槽说。

"就这几天的事，等着，他一定会作案。"骆辛语气淡淡地说。

"呵呵，你这真跟算命的差不多，也就周叔愿意听你的，别人早撂挑子了。"叶小秋苦笑两声，眯着一只眼说，"你的直觉一直就这么准吗？就没出过错？"

"没错过。"骆辛没听出叶小秋是在调侃他，一本正经地回复说。

叶小秋撇了下嘴，有些不服气，迟疑了一下，若有所思地说："如果你的感觉没错的话，那……那是不是划定的范围出了问题？"

叶小秋话音刚落，骆辛突然双目瞪圆，原本他就有点鼓鼓眼，这么一瞪着实挺吓人。叶小秋以为他生气了，下意识缩了下身子。未承想，骆辛突然伸手抓住她的手臂，使劲点下头说："你说得对，是范围出了问题！如果张晶晶真是犯罪人的第一个'猎物'，那么跨海大桥显然也是其作案的心理舒适区域，同样地，也可以成为他再次寻找作案目标的区域。"

"是吗，我说对了？"叶小秋没想到自己随口一说，竟然得到骆辛的认可，顿时精神焕发，跃跃欲试地说，"那咱现在就去跨海大桥上转悠转悠，就算遇不到犯罪人，咱兜兜风也行，这几天晚上都郁闷死我了。"

"去。"骆辛简单回应说。

金海市跨海大桥，位于黄海水域上，是一座海上地锚悬索式跨海大桥，全长约 6 千米，系连接市区南部与中部地区的重要通道，也是城市标志性旅游景观之一。

从希柏顿酒店到跨海大桥将近 20 千米的路程，路途不算近，但夜晚路上车少，行车快，叶小秋和骆辛只用了十七八分钟，便从东向桥口顺畅驶入桥上。但是，出乎两人意料的是，车子上桥以后，竟然开始有些拥堵。原来，这大桥不知道从什么时候开始，成了网红打卡地，本地的以及天南海北的网红纷纷跟风而来，搞得这大半夜的，在大桥道路两侧的人行观光道上，三五成群挤满了做直播的男男女女。秩序混乱不说，有个别作死的网红竟然跑到马路中间搔首弄姿、又唱又跳，加之路过看热闹的司机把车违规停在路边，自然就拥堵不堪了。

好在骆辛和叶小秋也不着急，一边跟随车流缓缓行驶，一边左顾右盼，梭巡嫌疑车辆。就这么着，汽车在桥上不急不缓地行进了两三千米，在接近大桥中段区域，不知道是不是前方发生了什么状况，汽车在车流中行进的空间越来越小，直至寸步难行。叶小秋把头探出车窗外，远远地看见前方道路中间有几个年轻人在来回撕扯，道路两侧有好多人在围观起哄，看着应该是有人在打架。叶小秋将车挪到街边，跟骆辛说了声自己下车看看去，便解开安全带，推门下车，快步跑向打架的人群。

跑近一看，原来是三打一，两男一女是一伙的，另外一哥们孤军奋战，四个人纠缠在一起，以一敌三，那哥们竟不落下风。关键是，叶小秋打眼一看，那哥们竟然是熟人——孙辉，就是前不久刚破获的奸杀案中被害人的那个男朋友。

叶小秋赶紧冲过去，奋力将四人分开，随后掏出警官证高举手中，大声呵斥四人不准再轻举妄动。

一伙人中的那个女孩，"哇"的一声大哭起来，指着站在叶小秋旁边的孙辉说："他，他用铁棍偷袭大健哥，要不是我们拖住他，他就把大健哥打死了，赶紧把他抓起来！"

听了女孩的话，叶小秋四下看了看，这才注意到不远处的街边有一根四五十厘米长的铁棍。叶小秋走过去，从兜里掏出一张纸巾，包着铁棍，将铁棍拾起。边打量着铁棍，边走到孙辉身前，语气严肃地说："下手够狠的，棍子上都是血，到底怎么回事？"

"我就是要整死他。"孙辉咬牙切齿、语气愤愤地说，"那个网红，发视频造谣说小雨是因为跟'榜一大哥'偷情，惹恼了我，然后被我杀了。这不纯粹是胡说八道吗？这些人，死人不放过，活人也不放过，吃人血馒头也不是这么个吃法吧？我在网上盯了好几天，终于让我在他主页上看到他发预告，说今天晚上要来跨海大桥做直播，我就找过来了。"

"你们哪个是大健哥？"叶小秋冲那一伙人问。

"大健哥受伤了，正好有出租车路过，他打车先走了。"那一伙人中的女孩回应说。

听到"出租车"三个字，叶小秋心里咯噔一下，不自觉地冲远处望了一眼，心说不会这么巧吧？

还真就这么巧。

亮着"通海"顶灯的出租车，四平八稳地行驶在城市街道上。副驾驶座位上坐着一名光着膀子、用衣服捂着后脑勺的男子，鲜血已经把衣服浸透，看着伤得不轻。

嫌司机车速太慢，受伤男子一脸烦躁地说："你能不能开快点？照你这速度，到医院我血都流光了！"

司机戴着鸭舌帽，遮住大半张脸，语气平和地说："抱歉，这一带的路都有超速抓拍，我知道您有特殊情况，但是人家警察不知道，我要是听您的话，最后挨罚的是我。"

"你知不知道我是谁？我是大健哥，我有一百万粉丝，耽误我处理伤口，你负得起这个责任吗？"受伤男子愈加狂躁地说，"告诉你，就你这样的，我投诉死你。"

"消消气，喝口水。"司机从扶手箱里摸出一瓶矿泉水，递向受伤男子，"您别投诉了，我只是遵守交通规则而已。"

"哎呀，拱火？觉着自己挺有理？"受伤男子一把推开矿泉水瓶，用另一只手狠狠地指着司机，"告诉你，就算你们公司不处理你，我让我那些老铁和粉丝，一人一口唾沫，也能喷死你。"

司机"哼"了下鼻子，发出一声冷笑，将矿泉水瓶放回扶手箱中，随即放慢车速，缓缓将车停至街边。

"你还臭来劲！"受伤男子彻底被激怒，几乎是咆哮着说，"怎么着，想赶我下车？不想混了是吧？"

司机没多言语，默默冲车窗外打量几眼，随即猛然挥起拳头向受伤男子的胸口奋力"捅"去。电光石火间，只见受伤男子身子顿时僵住，然后整个人神经质地抽搐了几下，便歪倒在座位上……

第二十章

盘根错节

无人幸免

查阅跨海大桥相关路段上的监控录像显示：8 月 10 日，也就是今日凌晨零点 20 分左右，在跨海大桥中段区域发生了一起械斗事件。一名叫孙辉的男子，手持棍棒，与一伙正在跨海大桥上做网络直播的短视频博主发生冲突。这伙人中，有一个绰号叫"大健哥"的人，是孙辉主要的行凶对象，其遭到孙辉用棍棒猛烈追打。自称大健哥助理的两男一女，随后出手制止，并与孙辉扭打在一起。大健哥则趁机拦下一辆路过的出租车，狼狈逃离事发现场。而截至今日上午 10 时许，大健哥音讯全无，他没有回家，也没有和家人、亲戚、朋友，乃至任何人联络过，全市各大医院都没有他近日就诊的记录，身份证也没有新的使用记录，手机则因先前冲突打斗掉到桥下海里了。也就是说，截至目前，大健哥处于失联状态。

大健哥，真名赵健，本地人，现年 23 岁，大学三年级辍学，随后加入短视频博主的队伍当中，因其善于"制造"爆点新闻和各种诙谐幽默的段子，用了不到两年的时间，在短视频应用软件中收获超百万粉丝的关注，成功晋升区域内头部博主行列。然而，这看似充满励志的人生奋斗经历，实质上是由无数的谎言、谣言、摆拍，以及哗众取宠、投机取巧等恶劣的行径堆砌而成的。本次械斗事件，正是因为他在"孙佳雨奸杀案"的案情尚未明朗之时，恶意编造谣言，揣测事实真相，从而给孙佳雨以及其家人的人格造成极大损害，以至于招致报复行凶。也就是说，是他自己道德败坏，才惹祸上身的。

从大桥上的监控录像能看到，大健哥逃离事发现场时乘坐的出租车，首先，车牌是假的；其次，无论从车身喷涂的样式，还是顶灯上显示的字样看，它都应该归属于"通海出租汽车公司"。但是，查阅该公司GPS定位系统数据，并未发现该公司的出租车在事发时间段有经过跨海大桥的行车轨迹，这就充分表明涉事车辆是一辆假冒的出租车。

综合以上信息，发现与连环失踪案有诸多重叠因素，骆辛初步认定赵健的失踪也与连环失踪案有关，也就是与连环失踪案件相关联的第五起案件。鉴于此，周时好也不再犹豫不决，将案件正式上报到市局。市局经开会研究讨论决定，由刑侦支队一大队牵头，选调各大队精干民警，组成"10·26（因推定连环失踪案首起案件发生在去年10月26日，故以此日期命名）"专案组，对连环失踪案正式立案调查。

而几乎与专案组成立的同时，二大队在追查冒牌出租车的捷达车源头时，意外打掉了一个盗车贩卖团伙。据该团伙成员供认，在1月份的时候，曾经倒卖过一辆自外地而来的赃车，车型正是2011款捷达。买车方是个男的，给的是现金，提车时故意戴着墨镜、口罩和帽子，以免暴露长相，只从说话的口音上判断，此人为金海本地人。专案组判断此人应该就是"10·26"专案的犯罪人，也进一步明确了涉案出租车为假冒车。

专案组那边由主管刑侦的副局长马江民挂名组长，实际负责人是周时好，肖倩的案子便交由郑翔带领一个小组继续侦办，但若有任何进展，还是要第一时间向周时好汇报。而最新的线索显示，李成不仅与肖倩关系匪浅，而且与在创富大厦中租写字间的一家公司里的女会计有私情，那么肖倩的死会不会是因为争风吃醋引发的，是一个值得调查的方向。

据了解，李成目前已经结束休假回单位上班了，郑翔便直接去了创富大厦保安部找他。在保安部监控室，郑翔见到了李成，里面还有一位保安，不过他很有眼力见，主动找个借口离开了，剩下郑翔和李成说话自然很方便，郑翔也不客套，直接就问："你先前说过，和肖倩的关系就是普通同事关系，但据我们最新了解，并不是你说的那样，她其实是托了你的背景关系才拿到这份工作的，对吧？"

"你们误会了，实质上我能来创富大厦工作，是因为我老婆的家人那边跟大厦经营方的老板有些关系。肖倩也一样，是我老婆给她找的关系，跟我没有任何关系。"李成脸上显出一丝意外，但瞬间又恢复正常，语气诚恳地说，"当然，我承认我和她的关系比别的同事稍微亲近一些，但绝没有什么乱七八糟的关系，而且出了'偷情视频'那档子事之后，我真的早早地就把她微信删除了。"

"好吧，是我们误会了，那么别人会不会也误会了？"郑翔旁敲侧击问。

"别人？谁啊，你们说我老婆吗？"李成使劲摇头，"她不会，她不是那种胡乱猜忌的人。"

"哼，我说的是大厦里讯客公司的那位。"郑翔冷笑一声说。

李成顿时一脸慌乱，支支吾吾地说："跟她，跟她有什么关系？你们怎么知道她的？"

"说说她的情况。"郑翔没理会李成的问题，按照自己的节奏说。

"她叫张可，公司在大厦22楼，是名会计，有家庭，比……比我大两岁。"李成表情很是尴尬，慌乱之下，有点口不择言地说，"我……我们说得很清楚，就是纯粹的性伴侣关系，不谈感情，也不干涉各自的私生活，她……她根本不可能去杀肖倩。"

"你们这些人，自己一肚子坏水，就以为别人都跟你们似的。"郑翔忍不住吐槽一句，接着说，"这个张可知道肖倩和你的关系吗？她认识肖倩吗？"

"肯定认识，肖倩原来是我们这儿的前台接待，她们应该经常能碰到。"李成说，"不过，我和肖倩之间的交情，我没和张可说过。"

郑翔点点头，稍加思索，然后问："对了，你老婆怎么会认识肖倩的？"

"她们之间不认识，她也是在帮一个朋友的忙，具体怎么个关系，我没问过，不太清楚。"李成说。

"你老婆还在家养病？"郑翔问。

"是啊！"李成无奈地说，"现在能勉强下床，我现在上班了，只好把岳母接到家里帮忙照看着。"

"行，关于肖倩的事，我们会再找她核实。"郑翔说。

"那个，那个……我能不能求你个事？"李成支支吾吾地说。

郑翔知道他想说什么，没好气地说："放心，我们不会无端去刺激你老婆，但是你要是有所隐瞒，或者我们查到张可与案子有关，那我们就不会再客气了。"

"没有，没有，我绝对没有什么瞒着你们的了。"李成急赤白脸地说。

郑翔没再言语，白了李成一眼，转身出了监控室。接下来他要去22楼，会会那个张可。

郑翔坐电梯上到22楼，电梯门一打开，便看到门外站着一名穿着职业套装，风韵犹存的中年女人，胸前挂着的员工牌上写着张可，显然李成跟她通过气了。

"那个，我知道您是警察，咱们能不能到一楼大堂咖啡厅里说？"张可迅速走进电梯，脸上勉强挤出些笑容说。

郑翔知道她是怕她和李成的关系败露，默默点了下头。

两人坐着电梯下到一楼，张可带着郑翔来到咖啡厅，并帮忙叫好了一杯咖啡，等服务员把咖啡端上了桌，她慌乱的情绪才稍微缓和了些。

"我认识肖倩那姑娘，但是我跟她的死真的没有任何关系。"张可端起杯子，喝了一大口咖啡，主动提到肖倩的案子。

"7月2日那晚你在哪儿？"既然张可很直接，那郑翔也没必要绕弯子。

"我应该在家里。"张可含糊地说，"我老公是船员，常年漂在海上，我一般下班就直接回家，家里有孩子和我母亲，她们应该可以给我证明。"

"你不介意我们找你母亲和孩子去核实吧？"郑翔试探着问。

"没问题，不过可不可以跟她们说是因为公司的事，不是我自己的私事？"张可表情不自然地说。

郑翔轻轻点下头，表示同意。

张可感激地笑笑，可能没想到郑翔会这么痛快地答应，犹豫了一下，动动嘴唇，似乎欲言又止。

"有什么想说的，最好现在就说，否则以后可能会让你很被动。"郑翔看出她情绪不对，软硬兼施说道。

张可略作思索，定了定神，斟酌着话语说："我可以给你提供一个思路，但是你得答应我，不能把我卷进去。"

"说说看。"郑翔笑笑说。

"你们为什么不查查李成的老婆？"张可下意识降低声音说，"李成说过，他老婆在家里很强势，而且是个醋坛子。"

"可是她为什么要杀肖倩？"郑翔一脸疑惑问，"你的意思是说，除了你，李成和肖倩也有私情？而且被他老婆知道了？"

"那倒没有，李成和那个女孩是清白的，这点我很清楚，不过他老婆确实怀疑过肖倩。"张可说，"前段时间，我和李成约会稍微有些频繁，他老婆可能有所察觉，或者说出于女人的直觉，她开始觉得李成在外面有女人了。她可能在心里琢磨了一圈，最后一厢情愿把这个人选圈定在肖倩身上。据李成跟我说，他老婆在家里逼问过他很多次，他当然是矢口否认，不过在这样的情势下，我和李成决定暂时中断我们之间的联系，李成无故出门的时间少了，反而更让他老婆觉得他做贼心虚，便更加怀疑他和肖倩的关系。再加上他俩后来又搞出个什么'偷情视频'来，害得他一家人都跟着被网暴，所以我估计他老婆心里恨死肖倩了。"

郑翔点点头，觉得张可这样说还是有些道理的，不过绕来绕去又绕回李成身上，想想这人一再糊弄警方，郑翔不免恨得牙根直痒痒。好在，绕了这么一圈，他倒是看明白了，很明显李成有意淡化他老婆身上的嫌疑，说明他老婆可能真的有问题，若是这时候戳穿他，搞不好会打草惊蛇。倒不如让他自以为谎言得逞，他就不会向他老婆刘佳通风报信，刘佳心里也不会提前有所准备，就更容易露出破绽。这么一琢磨，郑翔心里便有了主意，匆匆与张可道别，然后直奔李成家而去。

到了李成家，已是中午，李成岳母开门把郑翔放进屋里，接着便去厨房做饭了。刘佳原本躺在客厅的沙发上看电视，看到郑翔来了，便费力地撑起身子，倚在沙发背上，就这么一个微小的动作，竟让她喘了几口粗气，脸色和精神头看起来也明显不是太好。

一瞬间，郑翔有些踌躇了。这么一个病恹恹的女人，会是杀人凶手吗？凶手动作那么利落，手段又是那么残忍，她真的能做到吗？打过招呼后，好一会儿，郑翔打量着刘佳，心里犹豫不决。他不说话，刘佳也不说话，看着对郑翔的到来有些不屑一顾，感觉上只有问心无愧，才会表现出这样的姿态。郑翔心里便更加没谱了。

"据说是你托关系把肖倩介绍到创富大厦工作的？"郑翔轻咳两声，打破沉默问。

刘佳从嗓子眼里发出一声"嗯"，算是回应。

"你怎么会认识肖倩？"郑翔继续问。

"我跟她不熟，是我的一个高中同学托我帮忙给她介绍工作。"刘佳解释说，"我那个同学叫郝娜，是医大二院骨科的大夫，我妈长年坐骨神经痛，经常会去麻烦她，再有我自己也有病，也时常找她帮忙介绍好点的大夫看病，所以我们关系处得很好。她知道我家里人在创富大厦有些关系，她又跟肖倩的妈妈关系非常好，就让我帮忙把肖倩安排到创富大厦工作。正好肖倩她妈是眼科医生，我妈也需要做个白内障手术，想着把她孩子的工作办成了，她也能尽心尽力给我妈做手术，我就接下了郝娜的请托。"说完这一大段话，刘佳又费力喘了几口粗气。

郑翔看在眼里，迟疑了一下，还是决定按照事先的设想发问："先前，我的同事过来问话，你丈夫说肖倩被杀当晚他在单位值班，那你呢，那晚都做了什么？"

"我，你们怀疑我杀了肖倩？"刘佳眼神中含着愠怒，不自觉地提高音量，"你们觉得我这副样子能杀得了她吗？"

"你还是直接回答我的问题吧。"郑翔不想过于刺激刘佳，说话语气尽量显得平和些。

"我在家，一个人，孩子丢了，老公上班，我这个回答你满意吗？"刘佳带着抵触情绪说，"再说，我为什么要杀肖倩？你给我个理由好吗？"

"你怀疑过你老公在外面有别的女人吧？"面对刘佳咄咄逼人的架势，郑翔有些失去耐心，一连串地质问道，"你认为那个女人是肖倩对吧？还有她勾搭你老公搞出个'偷情视频'，害得你们一家都跟着受牵连，所以你心里对她非常怨恨是吧？"

郑翔说出的这一番事实，原本是李成和刘佳两个人之间的秘密，本应该只有他们两个知道，刘佳当然也是这么认为的。她不可能想到李成会把这个事情告诉张可，而张可又告诉了郑翔。妙就妙在郑翔没有回头去质问李成，而是直接把问题抛给毫无心理准备的刘佳，可想而知刘佳心里会有多么震撼。

"我……"刘佳只说出一个字，便说不出话了，手捂着胸口，张大嘴快速地吸气吐气，就好像一颗心脏眼看着要从她嘴里跳出来似的。

眼瞅着刘佳就要窒息了，郑翔赶紧把刘佳的母亲从厨房里喊出来，刘佳母亲麻利地从放在茶几上的药盒中取出一片速效药，塞进刘佳的嘴里，刘佳的心跳才慢慢平稳下来，呼吸也不那么费劲了。

见此情景，郑翔知道自己没法再问了，也不敢再问，真要把人刺激出个好歹来，他也负不起这个责任，便只能走人。但是，这一次的问话，也不能说毫无收获，起码郑翔点破了这夫妻二人的私密事，一定会给两人之间造成隔阂。如果真是由刘佳作案，李成又有意包庇她，这样的一种默契关系就会被打破，刘佳会不会气急败坏，甩出昏招，从而露出马脚，值得拭目以待。

从目前掌握的线索来看，"郑文惠案"中最关键的人物，很有可能就是当年在馄饨店附近偷袭韩方园的那名男子。但不好判断的是：一方面，从他追问韩方园的问题上看，他当时应该也不清楚郑文惠为什么会突然无故失踪；另一方面，他又威胁韩方园不要把与郑文惠相关的信息透露给警方，从这一点来看，韩方园的感觉也有些道理，或许第一个方面是伪装，而第二个方面才是这个男人偷袭韩方园的真正目的。由此推断，这个男人如果是凶手的话，他一定在郑文惠的日常生活中出现过。

"那杀死郑文惠的会是周时好吗？"复盘了案子的所有信息，方龄发现周时好对郑文惠生活的参与度实在太高了，这让她不得不把视线重新锁定在他身上。问题是，案发时间太过久远，即使锁定了嫌疑方向，如何求证也是个很大的难题。目前来看，想见的涉及案件的人，几乎如愿见到了，暂时还没有人能够提供比较有力的证据，被派去跟踪韩方园的民警也传回消息，说她近几日的活动轨迹和情绪表现都很正常，接下来该找什么人问话，一度令方龄和张川感到相当茫然。不过，两人加上苗苗讨论来讨论去，苗苗突然提到他们漏掉了一个与郑文惠相关的人，这个人不仅与郑文惠相关，与周时好同样关系亲密，她就是和周时好有过一段恋爱经历的——林悦。

方龄象征性地敲了两下门，没等里面回应，便推门走进副支队长办公室，瞄了眼正伏案翻阅卷宗的周时好，语气幽幽地说："让你女朋友来趟队里。"

"我女朋友？"周时好抬起头，一脸纳闷，随即反应过来，"你说林悦？"

"还有别人吗？"方龄语带讥讽说，"你到底有几个女朋友？"

"哦，你找她干吗？"周时好皱皱眉问。

"郑文惠那案子，找她了解点情况。"方龄实事求是回应说。

周时好"嗯"了一声，然后动动嘴唇，但没发出声音，想了想，说道："行，我给她打电话。"

周时好电话打出去没多久，林悦便一身清凉性感打扮，踩着细尖的高跟鞋，带着一阵风火速赶到队里，看来她还真是对周时好有求必应。

周时好指引她走进方龄的办公室，方龄在办公桌后起身热情冲她握手，指着对面的椅子，客气地说："请坐，咱们见过面，但没正式认识过，我叫方龄，是新来的队长。"

"知道，知道您，我叫林悦。"林悦笑笑，大方得体地说，"我总来队里打扰，真是不好意思，您找我有什么事情吗？"

"你认识郑文惠吧？"方龄回归正题说。

"你说的是骆辛的妈妈？"林悦愣了下，随即语气诚恳地说，"当然认识，她的事我听说了，有什么我能帮到你的？"

方龄点点头，微笑一下："据说当年你很关照骆辛，经常去他的病房，那应该和郑文惠也有接触，你对她的情况有多少了解？"

"不太了解。"林悦轻摇下头，缓缓地说，"我对她更多的是崇敬，她一直坚信孩子能够醒来，是一个非常了不起的妈妈，我只是想尽可能给她一些帮助。当然，那时候作为医生，也是我应该做的，私下其实没有过多交往。"

"那在骆辛住院期间，你有没有见过医院里的人或者社会上的什么人跟她走得比较近？"方龄补充说，"我指的是男性。"

林悦稍微回忆了下，说："男的？时好你肯定知道了，再就是我们当时科室的主任，叫邓怀杰，其余的我就不清楚了，主要是因为她失踪的时候，我已经从医院辞职半年多了。"

"你怎么会辞职？"方龄明知故问，开始把话题向周时好身上引，"医生的工作多好啊？"

"唉……为了爱情。"林悦轻叹口气，不好意思地笑笑，"你应该也听说过一些，那时候我和时好因骆辛的病结缘，但是我父母不同意，院里也给了些压力，我那时年轻，脾气倔，毅然决然把工作辞了，准备和时好私订终身。不过，我们最终还是没能够在一起，只能像现在这样，做关系暧昧的好朋友，呵呵。"

　　林悦这么说，方龄倒也不意外，她能感觉得到，周时好和林悦并没有真的在一起，便继续把话题往周时好身上引："我找你来，当然是为了案子，那我就直言不讳地说了，你和周队分手，这中间有没有郑文惠的因素？"

　　"没有，怎么可能？"林悦猛摇了下头，"跟郑文惠没有任何关系，是我们自己出了问题。"

　　方龄继续单刀直入说："据很多人反映，周队和她的关系不是一般亲密，你就从来没留意过？"

　　"那些人想多了，郑文惠年龄大我们好多，我看得出来，时好一直是拿出对待长辈的态度跟她相处的，你不会是在怀疑时好跟案子有关吧？"林悦一脸愕然，犹豫了一下，咬了咬嘴唇，突然下定了决心似的，语气严肃地说，"我和时好当年突然分手，很多人都不理解，我也不想说太多，但是我可以告诉你一点，是因为我们之间有一个人做出了违背恋爱道德的行为，和郑文惠毫无关系。"

　　女人和女人之间一点就透，这回轮到方龄惊讶了，看林悦说这番话的态度，显然她和周时好当年并非和平分手，而且过错方好像还是周时好。"是周时好这小子出轨了？"方龄在心里暗念一句，但是她知道再追问下去，显得很没有礼貌，而且就算问，林悦也未必肯说。可问题是，如果真有那么一个和周时好关系暧昧的女人，她会不会和案子有关呢？打个不恰当甚至有些龌龊的比喻，假如在周时好的对象中，林悦是老大，郑文惠是老二，出轨对象是老三，那么有没有可能老三认可老大的地位，但决不允许老二的存在，所以痛下杀手呢？想到这些，方龄自己都觉得有种莫名的喜感，不自觉地摇了摇头，心说："太荒谬了，周时好那小子哪有那本事？"

　　暗自思索了一会儿，方龄冲林悦笑笑说："好，那咱们今天就到这儿，感谢你的配合。"

"应该的。"刚刚还有些郁郁的林悦，瞬间满面笑容，"那我就不多打扰了，有事随时找我。"

林悦起身道别，方龄执意相送，路过周时好办公室，林悦调皮地拉开门，将半个身子探进去，调侃地说："走啊，帅哥，带你吃大餐去？"

周时好本意不想去，但透过门缝看到方龄站在林悦身后，正用冷漠的眼神瞪着他，立马"又"改了主意。他有种很奇怪的心理，莫名地觉得如果自己和林悦表现得比较亲近，就会让方龄倍感失落，他觉得这样很过瘾。就像上次一样，他本来已经婉拒假扮林悦男朋友陪她家人吃饭的请求，但是偏偏在遭到方龄一番冷嘲热讽后，又改口答应林悦。

周时好把桌上的卷宗收拾妥当，嬉皮笑脸地走出门，表情贱贱地对方龄说："您请回吧，我来替您送人。"

方龄没搭腔，白了他一眼，转身回了办公室。

第二十一章
精神鸦片

无人幸免

"10·26"专案组虽然成立了，但是侦破手段还是先前那一套，追查冒牌出租车的行踪轨迹，以及在几个案发地走访调查，寻找潜在的与犯罪人有过交集的人员。周时好心里是希望骆辛能尽快拿出一份犯罪侧写，但他知道骆辛有自己的节奏，便只能在心里干着急。

过了这么长时间，案子已经出现第五起了，骆辛仍然没有给出一份犯罪侧写，这在以往的办案过程中是非常罕见的。到底是什么原因，骆辛自己心里当然最清楚。如果一起或者两起案子，跟网络上某种生态产生关联，可以说是巧合的话，那么连续五起都跟网络生态有关，那一定是经过预谋的。也就是说，这是犯罪人设定的一个标准。如果想要参透案件的本质，那必然要对网络生态有更全面、更深入的理解才行，所以一贯对电脑和网络抱有极大的抵触情绪的骆辛，这几日除了在档案室中翻阅卷宗，就是抱着平板电脑上网浏览。

逐渐地，随着他对网络生态有了更多的了解，他发现案件体现出这样一种模式：连续五起案件，实质上对应的是五种网络生态：张晶晶案对应的是"互联网游戏平台"；李玥涵案对应的是"网络社交平台"；田丽颖案对应的是"网络购物与网贷平台"（骆辛发现在网络社会中，网购与网贷相互依赖性非常紧密，几乎形成了一种价值互换的闭环关系，所以把它们并为一种生态）；曲春生案对应的是"网络约会平台"；赵健案对应的是"网络短视频应用平台"。

以上五种网络生态，正如周时好先前吐槽的那样，几乎涵盖了网络社会中的老百姓，尤其是网络社会的活跃群体——年轻人，每个人每天都在经历和重复的生活方式。而犯罪人选出的五个作案目标，是属于这五种网络生态中的极端个例，那么这种极端个例是怎么形成的？必然是因为他们过度沉溺于自己偏爱的网络生态，深陷其中而无法自拔。所以骆辛总结认定：犯罪人作案针对的并不是道德缺憾者，而是如食用了"精神鸦片"一般的"沉迷者"。对那些极端个例来说，他们根本无法通过自身的防御机制来戒除心瘾，犯罪人的所作所为，就是想让这些人摆脱沉迷的局面，将他们从泥潭之中拉出来，他一定自认为是一个"救赎者"。

如果案件的本质是救赎网络生态沉迷者，那么这个救赎者是一个什么样的人？他一定是一个对网络社会嗤之以鼻，对网络生态厌恶甚至痛恨至极的一个人。而这些网络生态都是各路资本花费大气力、大价钱，围追堵截，投喂给老百姓的，从而逐步形成了由资本来控制和圈定老百姓过什么样的生活，以及以什么样的方式生活的圈子。有人想跳出这个圈子，就会跟别人没有共同语言，就会没有朋友，就会被嘲笑，就会被视为不会生活，就会被认为落后于时代，就会被视为异类。然而，对犯罪人来说，一方面厌恶网络社会，另一方面不可避免，又离不开网络，心里就会产生一种患得患失的心态，结果反而更加助长了他对网络社会的厌恶和痛恨，乃至上升到对自身的厌恶。如此循环反复，挣扎纠结，内心必然是崩溃无比。于是，他挑选出五个被网络生态荼毒的典型案例进行救赎，就好比对整个网络社会进行了改造一般，从而达到对他自身的一种救赎。

事实上，犯罪人所选择的五种网络生态，也就是当今网络社会中最主流的生态。当然，后续他可能还会救赎深陷其他网络生态的群体，或者对深陷这五种网络生态的人展开循环救赎。总之，骆辛认为犯罪人一定会继续作案下去，至于他大脑中极度痛恨网络社会的机制是如何形成的，深层次原因是什么，骆辛目前还推断不出来。但是，他可以想象得到，能够催生出如此庞大的、荒谬的、匪夷所思的计划的人，绝不仅仅是精神变态而已，他一定患有真正意义上的精神分裂和妄想症。当然，可能是间歇性的，从他的反侦查意识以及从他总能够完美躲避警方追捕的细节上看，他大部分时间应该还是个正常人。

副支队长办公室。

周时好、郑翔和叶小秋听完骆辛上述的长篇大论，简直都惊呆了，且不说犯罪人变不变态，单说骆辛脑袋里能够想象和推理出这么一个变态的计划，你要说他不是变态，根本没人信。

办公室里陷入一阵安静，对骆辛的论述，所有人需要一个消化理解的过程。片刻之后，除骆辛外，办公室里其余的三个人，同时关注到了案子中的一个点，几乎不约而同发声问道："这么说，那五个失踪者还活着？"

"对，活着。"骆辛笃定地说。

终归来说，活着就有希望，是不幸中的万幸，办公室里一片欢欣鼓舞。须臾，冷静下来，周时好问道："我有个疑问，我还是先前的观点，拿那个短视频博主赵健来说吧，像他那样的博主，那种运作模式，在短视频软件中非常非常普遍，甚至已经被归结为一种运营类型。其余的，还有什么露大腿的、装学者的、扮专家的、讲笑话的，各种各样的类型，都是为了给自己提升人气，很多人都是怎么能火怎么来，根本没有道德底线一说。那软件上像赵健那样的人太多太多，真谈不上什么极端案例。见怪不怪，就连看他们视频的老百姓心里也都清楚，很多新闻都是假的，大家都是看个高兴，所以总有人说那种软件就是谣言的制造机，是用来刷存在感的。"

"对，网友还总结了，说网络社交平台是用来吵架发泄的，网络游戏是用来刷成就感的，手机微信是用来刷优越感的，网购和网贷是为了刷虚荣感的，约会平台是为了搞艳遇的。"郑翔接话调侃道。

"最主要的还是能变现，你看那短视频软件里的人，有了人气之后，最终目的都要通过唠嗑和带货赚钱。"叶小秋也跟着调侃一句，随即正色道，"其实，那上面也有很多踏踏实实创业的、励志的、传播正能量的博主，但大多时候会让我有一种特别荒诞的感觉，好像人生职业的天花板就是唠嗑和卖货，连很多名人都争先恐后加入进去，真的是给青少年树立了极坏的榜样。"

"我也有这种感觉。"周时好点头附和道，"就觉得有种说不出的别扭，你看咱们国家这么多年，几乎每一个发展阶段，会有一个振奋人心的时代精神来引领大家上进，但是我真想不出要用什么词汇来形容现如今这个网络社会时代。"

"不要脸！"骆辛淡淡地接话说。

骆辛一本正经地说出"不要脸"三个字，不免让人觉得有种莫名的喜感，惹得其他三人禁不住笑出了声。笑过之后，周时好叹口气说："确实，大家现在都视金钱为检验真理的唯一标准，只要能挣钱，做啥都不觉得丢人，节操掉一地也无所谓。不过，说了这么多，其实大家都想表达一个观点，网络上很多生态乱象，都是源于资本的推动和纵容，资本才是游戏规则的制定者，老百姓只是提线玩偶而已，如果真像你说的，犯罪人是想要改造网络社会，救赎沉迷其中的老百姓，那么他的绑架对象不应该是那些资本家吗？是犯罪人不够自信，还是觉得他接触不到那个层面上的人，或者是别的什么原因？"

"网络社会中，有些资本就跟毒贩一样，只不过他们贩卖的是'精神鸦片'，你砍掉一拨，立马会涌出一群，因为赚钱效应太快了，利益增长是爆炸式的，值得为此铤而走险。"骆辛解释说，"可能就是抱着这样的一个认识，犯罪人认为遏制资本是没用的，或者他觉得也遏制不了资本，只能通过自下而上的方式，去倒逼网络社会的改造。"

"感觉这种逻辑有点说不通，太不切合实际了。"郑翔带着质疑的语气说。

"我觉得骆辛说得有道理，就像我们面对'黄赌毒'的时候，除了法律上的严惩，更多的还是对老百姓的宣传和引导，对不对？"叶小秋跳出来反驳郑翔，"再说，你跟一精神病讲什么逻辑合不合理，犯罪人觉得合理，就是合理。"

叶小秋这么一说，郑翔和周时好就没法再言语了，但是从神情上看，二人还是没有完全被说服，办公室里便又陷入一阵沉默。

"我来给你们做个演示。"骆辛主动打破沉闷的气氛，从背包里掏出十个积木块放到桌上，然后一个挨着一个让积木竖立着，中间间隔的距离大致相等，从而搭成多米诺骨牌阵的形态。

这又把其他三人看蒙了，郑翔摸着脑门说："你这是多米诺骨牌啊，看来是早有准备，不过这能代表啥？"

骆辛没急着搭话，伸出一根手指，轻轻推向立着的积木块。一瞬间，十个积木块，一个接着一个，全部倒塌。随后，骆辛动动手指说："我的手指就好比资本，当我发力了，你再来把我的手指砍断，能阻止骨牌继续倒塌吗？"

"所以我们只能趁着后面的骨牌还未倒塌之际，先把前面摇摇欲倾的骨牌赶紧剔除掉或者扶正，才能保全后面的骨牌完好无损地站着。"周时好完全明白了骆辛的用意，"这些所谓的摇摇欲倾的骨牌，就好比被网络生态荼毒了的老百姓，对吗？"

骆辛点点头，将桌上的积木一个一个收回背包里，然后给出初步的犯罪侧写："犯罪人，男性；本地人（二大队先前查车时说过口音的问题）；年龄至少 30 岁以上；他有可能住过精神病院，而且有可能是在第一次作案前不久才从医院出来，当然他也有可能只是自己偷偷看过心理医生；他应该是互联网行业从业者，对互联网生态极为熟悉，可能自己做过老板，才会有更加痛彻心扉的领悟；他应该拥有或者承租了一块很大的封闭性场地，至少能够满足同时拘禁五个人以上的需求，这种地方估计不会在市区内，大概率在郊外。"

"为什么年龄一定要在 30 岁以上？"郑翔插话道。

"其实简单概括来说，犯罪人就是一个愤世嫉俗的人。"骆辛解释说，"这种人年纪越大越容易走极端，最终有可能把愤世嫉俗体现在行动上，而年纪轻的人，毕竟未来还有很多日子值得期待，所以更多的是停留在口头上。"

"这种侧写的东西，年龄就是个参考，对于'10·26'专案，排查精神病院和寻找有可能的拘禁场所，才是接下来最紧要的工作。"周时好总结说，随后冲郑翔扬扬头，"该你了，说吧，肖倩的案子有什么进展？"

"我这边真的有了非常大的突破，而且我锁定了一个犯罪嫌疑人，是你们绝不会想到的一个人。"郑翔故弄玄虚说。

"烦人，卖什么关子，赶紧说。"叶小秋迫不及待地说。

"李成的老婆，刘佳。"郑翔加重语气说。

"她？李玥涵的妈妈？"郑翔话音刚落，叶小秋脑海里立刻浮现出刘佳病恹恹的形象，忍不住质疑说，"她都病得下不了床，说话都费劲，能杀人？"

"动机呢？"周时好也一脸纳闷，紧接着问。

"是这样的……"郑翔把他去创富大厦走访李成和张可，然后又去李成家找刘佳问话的全过程，原原本本地叙述一遍。

"过程还挺绕人的，不过我听明白意思了，是说刘佳怀疑李成出轨，但并不知道张可的存在，误以为肖倩是李成的出轨对象，而且又因二人合力编造'偷情视频'，误会变得越来越深，到最后发展成怨恨。"叶小秋总结说，随即微微晃了下脑袋，"感觉有点牵强，就为这个杀人？而且手段还那么残忍？"

"关键刘佳那身体状况，有能力独立完成杀人吗？除非她一直在跟我们演戏。"周时好若有所思地说，"再说，那视频事件过去多久了，怎么会突然间又想起杀人了？"

"时间点的问题，咱们先前讨论过啊。"郑翔说，"可能因为之前肖倩跟随父母一起生活，她没有下手的机会。"

周时好点点头："医大二院方面去核实了吗？"

"去了，医院证实刘佳确实有冠心病，她也确实是在她同学郝娜的引荐下，认识了肖倩的母亲张洁。"郑翔说，"但是，据张洁说，刘佳没跟她打听过肖倩出去单住的事，所以我有点想不通她怎么会那么精准地找到了肖倩的住处。"

叶小秋接话说："这有什么想不通的，先前案情分析会上你不是说过嘛，肖倩当时搬到大华小区那天，她妈发过一个相关微信朋友圈，然后在评论中和郝娜聊过几句房子的事，如果她俩的微信刘佳都加过的话，也就是说刘佳是她俩共同的微信好友，那么她完全可以看到两个人在评论中的对话，这不就能知道肖倩住在几号楼了吗？"

"对啊，这么简单的逻辑我怎么忽略了？"郑翔拍拍脑门，然后一脸欣慰说，"这样咱们就算打通了整个案件的脉络，基本上所有疑问梳理清楚了，接下来就是如何取证的问题。"

"我觉得未必。"久未吭声的骆辛，跳出来泼冷水说，"我觉得所谓的'情怨'这种动机，根本站不住脚，何况还是一个并未完全坐实的动机，然后还要经过那么长时间的一个等待，又制造了一个那么血腥恐怖的犯罪现场，你们觉得实际吗？"

"如果是这样的呢？"周时好凝神想了想，缓缓地说，"李成和刘佳夫妇始终认为女儿李玥涵的失踪是因为'偷情视频'导致的报复行为，而肖倩不仅是'偷情视频'的始作俑者，并且当李成和刘佳夫妻俩正在为寻找孩子无果感到万分沮丧的时候，肖倩那边反而在欢欣鼓舞地庆祝新工作的到来，为此她妈妈还发了微信朋友圈晒幸福，两相对比，李成和刘佳夫妻俩心里必然受到极大刺激，加之先前的'情怨'，刘佳对肖倩恨之入骨，也并非不可能。"

骆辛略作沉吟，不置可否地说："李成有足够的不在场证明，作案也只能是刘佳一个人完成的，我不相信一个满怀怨恨和嫉妒心的'女人'，拖着病体能够独立完成这样的案子，但是我绝对相信一个'母亲'的能量，如果她把女儿的失踪完全怪罪到肖倩身上，那么她做出任何事情都是有可能的。"

骆辛如此表态，也算是赞同周时好给出的动机，那在肖倩的案子上，几个人的意见基本达成一致，郑翔长长舒了口气，但周时好是无论如何也高兴不起来，因为他深知已经错过了最佳的寻证时机。

案发已近一个半月，案发现场周边本来就没有可查阅的监控录像，而刘佳所住的小区，旧的监控录像也早已被新的覆盖，所以几个人经过一番讨论，决定先尝试着从交通工具方面开始排查。李成和刘佳夫妻俩拥有一辆私家车，但刘佳没有驾驶证，平时车主要由李成来开，案发当晚，车也确实在创富大厦停着。如果是刘佳作案，她肯定需要乘坐交通工具，因为案发现场距离她家有 10 多千米，网约车容易留下行踪轨迹，出租车或者公交车应该是比较可能的选择。

再有，从李成始终极力淡化他与肖倩的关系，以及避免将肖倩和他老婆刘佳联系在一起的姿态看，他虽未亲自作案，但很有可能合谋，至少他有包庇刘佳之心。可以试着反复做他的工作，实施攻心策略，旁敲侧击，尝试从他身上打开突破口，也是一种比较可行的策略。

至于刘佳，暂时还是选择不与其正面对峙，主要从她的身体方面考虑，在没有取得任何直接证据的情况下，要是把人刺激出个好歹来，案子自然没法进行下去。同理，暂时也没法取得搜查证，没法深入刘佳家中搜索凶器等物证。

第二十二章
深入灵魂

无人幸免

"10·26"专案和"肖倩案"的调查，同时有了比较明确的方向，感觉真相已经近在咫尺，参与其中的干警都备受鼓舞、干劲十足，但叶小秋很明显地注意到，骆辛似乎有些郁郁寡欢。

这天傍晚，支队里集中进行了近段时间的调查汇报，虽暂时还未取得实质的进展，但各项调查工作仍在按照事先的安排有序展开。开车送骆辛回家的路上，叶小秋终于憋不住，冲着中央后视镜打量两眼，然后说道："怎么感觉你最近情绪不高呢？案件调查方向的制定，你不是也参与了吗？你觉得还有不妥？"

明显被叶小秋说中了心思，骆辛眨了眨他那对大鼓鼓眼，深吸了一口气说："我总觉得差一口气，无论是'肖倩案'，还是'10·26'专案，好像有什么不对，或者是我漏掉了什么关键性的线索。"

"差一层窗户纸没捅破，憋在心里很难受？"叶小秋试着说。

"比这个糟糕，应该说是有那么一瞬间我已经把窗户纸捅破了，但可惜那种灵感转瞬即逝，我现在捕捉不到了。"骆辛语气懊恼地说。

"对了，肖倩住的那房子的钥匙不是在你手里吗？咱去现场找找灵感？"叶小秋提议说。

骆辛"嗯"了一声，接着说："也好。"

得着骆辛的回应，叶小秋冲左打了一圈方向盘，掉转车头，奔向西北路大华小区而去。

约半个小时后，两人已至案发现场门前，骆辛从背包里掏出一把钥匙，将房门打开。叶小秋从门边墙壁上摸索到电灯开关按下，客厅中的顶灯瞬间亮了起来。

客厅作为主要的案发现场，基本还保持着案发时的模样。地板上、沙发上、茶几上、天棚和四周墙壁上，依然留有大片大片的血迹，只不过已经完全干涸。置身遍布血迹的客厅中央环视四周，骆辛和叶小秋觉得仿佛自己站在了血雨腥风的旋涡当中。

蓦然间，叶小秋心里生出一丝纠结。她有些明白了，为什么先前在大家纷纷认为已经捋清案件的整体脉络时，骆辛的态度却始终有些模棱两可。刘佳再恨再怨，也不可能疯狂到这种程度吧？虽然动机能够解释得通，但是它真能支撑得起眼前这幅血腥场景吗？

叶小秋正愣着神，只见骆辛迈步缓缓走到木头茶几前，盯着布满暗褐色污血的桌面怔了几秒，突然毫不避讳地仰面躺倒在上面，就好像尸体被发现时的模样。叶小秋知道他擅长通过现场重建还原案发经过，从而推理出凶手的背景和特征，便也没觉得有多惊奇，反而学着骆辛的思维模式，也尝试着推演案发时的场景。

叶小秋掏出手机，走到骆辛身前，想象着凶手当时虐尸的场景，将手机当作凶器紧握在手中，然后甩开膀子佯装用力接连冲骆辛身上"捅"去，就好像凶手握着短刀一次又一次捅向被害人尸体一样。而每一次对尸体的捅刺，凶器上必然会带出血水，随着凶手用力挥动手臂，短刀上的血迹随之被抛甩到尸体周围的各个角落，连续重演三十多次同样的过程，似乎便能够造就眼前的血腥现场。

骆辛继续仰躺在茶几上，默默地看着叶小秋的"挥刀"动作，突然，他不自觉地又弹动起"钢琴手"，皱了皱眉头，对叶小秋说："你觉得这样的虐尸动作，匹配目前现场遗留的状态吗？"

"我觉得差不多。"连续挥臂让叶小秋累得有点喘，不过情绪上还是很兴奋，"你还别说，实际推演的过程，还真让人有种茅塞顿开的感觉。"

"真顿悟了？不见得吧？"骆辛幽幽地说，"累不累？"

"累。"叶小秋使劲点头说。

"试试换个手法，握着'刀'往我身上'扎'。"骆辛建议说。

叶小秋一脸纳闷，不知道骆辛到底有何用意，但还是遵从了他的授意，握紧手机用力挥臂扎向骆辛身上。一下，两下……

"什么感觉？"骆辛问。

叶小秋收住手，一脸疑惑地说："好像比较容易发力，而且用'刀'扎下去的感觉，要比'捅'的动作顺手许多，但是好像就没法把血水甩出那么远了。"

"这种感觉就对了，'扎'和'捅'这两个动作，不仅握刀的手法不同，而且刀身与手臂相交呈现的角度也不同。"骆辛略作思索，随即坐起身来，进一步解释道，"用刀往身体上'扎'时，刀身与手臂始终呈90度直角，而用刀'捅'时，刀身与手臂是平行的，也就是呈180度的平角，所以很明显'扎'的动作比较顺畅，却限制了挥刀的角度，基本上每一刀在90度的范围内，而'捅'的动作恰恰相反，虽然发力稍显别扭，但挥刀的角度就自如许多，可以是90度，或者180度，甚至360度，血水被抛甩的范围自然能够扩大许多。"

"你的意思是说这里面有故意的成分？"叶小秋终于明白骆辛做这个比较的深意，"凶手用'捅'的动作，就是故意要把血水甩得四处皆是？"

骆辛点点头，起身离开茶几，走到对面的电视背景墙前，上下左右仔细端详一阵，接着又分别走到左右两边墙壁前细致观察一番，差不多沿着客厅墙壁转悠了一圈，才回到茶几前说道："我找回那个一闪而过的灵感了，那就是'布置感'，也是我最初踏入这个现场时最直接的感受。实质上，人死之后，身体里的血液就会停止循环，凶手每次捅刺尸体带出来的血水并不会太多，根本不会把现场染成现在这番模样。我刚刚看了，客厅南边的墙壁，靠近凶手挥刀手臂的一侧，是最直接的受力面，所以墙面上的血迹，基本呈弧线分布，起点血迹是圆形的，后面的逐渐变为椭圆形，属于典型的抛甩形态；而电视表面和背景墙则因距离茶几位置稍远，凶手抛甩到上面的血迹弧度相对会更大一些；至于北面墙，位于凶手虐尸位置的左侧，理论上不会沾染太多血迹，但事实上墙面上依然血迹斑斑，而血迹形态大多是片状的，或者接近于直线形态的，这表明抛甩血迹的位置距离墙面非常之近，所以我觉得客厅北边墙面上的很多血迹，都是凶手利用刀身刻意沾染尸体流在地板上的血水，然后抛甩上去的。"

"我懂了，原来这个血腥的现场，是凶手故意布置出来的呀！"叶小秋恍然大悟道。

"这也解开了萦绕在我心里许久的疑惑。"骆辛解释说，"纵观凶手作案的整个过程，无论是偷袭杀人，还是杀人后在尸体上大做文章，都显示出极强的条理性，而这种条理性，与凶手丧心病狂地虐待尸体，以及用血水染红整个现场的疯狂举动相比，显然是相悖的。当然，在过往的一些案例中，不乏作案手段残忍但又极具条理性的犯罪人，乃至连环杀手，但像本案作案过程这么烦琐的并不多见，再联想凶手刻意布置现场的举动，表明凶手在尸体上的种种作为，同样也是刻意为之。

"凶手将被害人尸体搁置在高台上，扒光她的衣服，极大地增加了视觉上的冲击力，随后又让刀口遍布其躯体全身，并割掉被害人的一只耳朵，几乎把这种视觉冲击力放大到了极致；配合遍布四周的血迹，将案件的血腥与残忍更大程度地进行凸显，以最大限度地吸引人的眼球，从而可以获取警方以及全社会广泛的关注和重视。"

"这么说，凶手就是故意要搞出个大案子，想让案子成为社会上的热点话题？"叶小秋说。

"而且是尽早。"骆辛加重语气说，"实质上放水淹没现场的手段，在我看来更多的是想让案件提早曝光。"

"所以凶手就是怎么变态怎么来，在尸体上的种种举动都是拼凑的、事先设计好的。"叶小秋说。

"其实还不够变态。"骆辛一脸严肃说，并不是在开玩笑。

叶小秋咧咧嘴，一脸鄙夷："对啊，想想咱们前面办的案子，那个高峰把女孩强奸了还不够，竟然还将三支水性笔插入女孩下体，那才是真变态！"

"你觉得这个凶手为什么没那么做？"骆辛似乎若有所指地说，"你可以把自己代入案件中考虑一下。"

叶小秋听出骆辛话里有话，迟疑了一下，猛然顿悟道："难道……难道是因为同为'女性'的恻隐之心？"

重返案发现场，通过案情推演，骆辛和叶小秋对"肖倩案"的细节问题有了更加清晰的认识。虽然凶手作案的动机尚不能明确，但可以肯定的是凶手无比希望案件能够迅速成为被整个社会瞩目的焦点，就好像这案子是故意要展示给什么人看似的。至于犯罪嫌疑人则偏向于是一名女性，但她到底是不是刘佳，目前来说，必须打个大大的问号了。

无论是情怨，还是发泄怒火，都不可能故意把案子搞得那么高调，所以对刘佳的怀疑基本可以打消。那么还有什么样的女人，对肖倩如此恨之入骨呢？不仅要杀了她，还要在第一时间昭告天下？几个人讨论来讨论去，都觉得最有可能的还是和"偷情视频"有关，由此，周怡的双胞胎妹妹周芸，再次被警方纳入视线。

锁定刘佳的排查工作展开没几天，便遭遇全盘否定，这对极力促成这次任务的周时好和郑翔来说，心里多多少少有些遗憾。而紧接着，更出人意料的是，自以为参透了"10·26"专案内在本质的骆辛，也迎来了几乎是颠覆性的挑战，因为第五个失踪者"赵健"的尸体出现了。

赵健尸体被发现时，大多数人还在睡梦中。

8月22日，早上5时许，住在城北工人街小区41号楼的张大爷像往常一样出门晨练。他从自家住的五楼溜溜达达往楼下走，下至一楼楼道口时，不经意瞥见往二楼走的楼梯斜坡下面，堆着两个黑色的大垃圾袋，他第一时间误以为是谁家扔的垃圾，便一边吐槽楼里的邻居没有公德心，一边好心地想帮忙把垃圾袋拎到外边的垃圾箱中。但是，随意一提，并没有将垃圾袋拎起，显然他小看了垃圾袋的重量，于是他有些好奇，扒开袋口冲里面望了一眼，这一望不打紧，瞬间一屁股坐到地上，裤子也跟着湿了，因为他看到了一颗"人头"。

一阵刺耳的警笛声打破了清晨的宁静，陆陆续续有多辆警车相继拥入工人街小区，发现人体残骸的41号楼周边很快被拉起了警戒线。两个黑色大垃圾袋里装的都是人体残骸，初步估算只有一名被害人，是一位男性，脑袋、躯干、双手、双脚，分别遭到切割，四肢也被从中间截断。其中一个垃圾袋里还装有被害人的衣服及随身物品，在检查裤子后屁股兜时，勘查员发现了一个驾驶证。当周时好接过勘查员递过来的驾驶证，看到那上面印着"赵健"的名字时，心里猛然一沉：如果被害人真是赵健本人的话，那意味着骆辛提出的所谓"救赎者"的推论，出现了一定的偏差，恐怕连带着他对整个"10·26"专案的判断也都会被推翻，相应的排查行动肯定也得戛然而止了。

工人街小区是一个老旧社区，41号楼的楼道门是坏的，任何人都可以轻松出入，但是终归来说楼里住着那么多人，抛尸被目击的风险还是很大的，而且碎尸残骸肯定很快会被人发现，那犯罪人为什么偏偏还要挑这么个老楼抛尸呢？难道是转运过程中出了岔子，不得已才选择了这么个地方？这样说来，犯罪人日常的活动范围，有可能就在工人街小区内，或者周边区域？周时好在心里琢磨了一会儿，把郑翔叫到身边交代一番，随即郑翔迅速组织人手，开始深入小区内进行走访调查。

现场勘查没有太多发现，两大袋子碎尸残骸很快被运送到了法医科解剖室。跟随尸体一道返回的法医沈春华，稍加准备后便开始执行尸检。由于碎尸案的尸检工作比普通案件相对要复杂一些，所以整个尸检一直持续到中午才宣告结束。

"被害人胃内容物呈食糜状，显示其死亡时间距末次进餐时间超过4个小时，如果晚餐时间以晚上6点计算，其死亡时间应该在晚上10点之后。"沈春华知道周时好和骆辛等不及正式的尸检报告，便把尸检的几个主要指标先口头介绍一番，"被害人眼底有黄斑，视网膜呈均匀的灰色，尸斑呈紫色，已完全固定，这意味着被害人死亡已经超过24小时，综合前面的时间点计算，被害人大致是在前天晚上，也就是8月20日晚间10点左右遇害。分尸行为，发生在被害人完全死亡之后，尸体残骸切割面相对均匀，带有横纹，应该是使用了电锯，用尸体残骸拼凑整具尸体，发现少了一只左脚……"

"少了一只左脚？"周时好皱着眉头插话，"确定运尸的时候没漏？"

"肯定没漏。"沈春华白了周时好一眼，"我有那么业余吗？"

"这是故意的，还是掉到小区里别的什么地方了？"周时好自言自语道。

"怎么死的？"骆辛没理会周时好，冲沈春华问。

"肉眼观察体表，很容易能够看到，被害人腹部和左胸部有多处锐器伤，但在周边的皮下组织均未看到有生活反应，说明锐器伤是后补的。"沈春华踌躇了下，一脸犹疑说，"开颅见脑充血明显，有水肿并有散在性出血点；打开胸腔能看到少许淤血，心外膜、心内膜、胸膜等处，也都能看到点状出血点，第一感觉应该是窒息死亡，不过颈部皮下未有出血迹象，喉头、舌骨、甲状软骨以及环状软骨均未见异常，基本可以排除机械性窒息死亡，或者因咽喉堵塞引起的死亡，所以目前来说具体的死亡原因还不好判断。"

"不是被捅死的，也不是被勒死的，但是有窒息症状，有没有可能是在大桥上被孙辉用铁棍打伤之后，伤口处理不及时留下后遗症，引发的突然死亡？"周时好问。

"你指的是创伤性休克？"沈春华解释说，"不可能，铁棍打的伤口在后脖颈部位，不太严重，已经被处理了，再就是后背被棍棒打，留下了几处淤血点，总的来说钝器伤都是很轻微的，而且创伤性休克不会滞后这么长时间才发作。噢，对了，被害人的胸口有一处椭圆形的灼伤，我怀疑应该是电流斑。"

"那就是被电死的呗。"叶小秋终于插上话说。

"不是，电死和窒息症状是两回事。"沈春华回应说，"我估计是犯罪人先用电击棒将被害人电晕了，然后对其进行了约束，其右脚脚踝上有明显被金属器具约束过的痕迹。"

"如果这些都排除了，那可能就是中毒了。"骆辛轻声说。

"我也倾向于这种判断，但是需要经过理化检验以及病理检验，之后才能最终确定。"沈春华说。

第二十三章

脱毒试验

无人幸免

黑暗中，周遭一片死寂。

蓦地，传出一个女孩子的声音，声音哑哑的，有些惆怅："完了，感觉今天晚上又要失眠了。"

沉寂半分钟，又一个女孩子的声音响起，细声细气地说："大健哥尸体是不是已经被送走了？"

"肯定的，应该老惨了，那天晚上我听到电锯声了。"说话的是一个男孩子的声音，语气无奈而又伤感。

"这个'死变态'，还真能下得去手！"又一个女孩子打了个哈欠说，从她说话的声音听得出，明显要比前两个女孩成熟一些，"不过，大健哥的死确实出乎他的意料，谁能想到那玩意儿从哪儿爬出来的，太吓人了。"

"感觉对他打击挺大的，今天晚上送晚饭的时候，看得出他情绪特别低落。"男孩子接话说，"很明显，偏离了他的本意，出了大健哥这场意外，他在咱们身上做这些事情就没有那么高尚了。"

"哎呀妈呀，你竟然能用'高尚'这个词，你跟那死变态一样有精神病啊？"声音成熟的女孩说。

"呵呵，我是站在他的角度说的。"男孩笑着说。

"其实他精神病归精神病，感觉也不是什么特别坏的人。"声音哑哑的女孩说，"虽然把咱们弄到这里来有些可怕，但对咱们还算不错，吃的、用的、穿的，也没亏待咱们。"

"是啊，到点起床，到点睡觉，到点吃饭，到点运动，感觉好多年生活都没这么规律了。关键，在这里一关，他还真把我约妹子的瘾头弄没了。"男孩又笑笑说，"呵呵，我一直觉得自己有性上瘾症，还寻思是不是要找医院看看，没想到让这精神病给治好了。"

"你可拉倒吧，别给自己找借口了，还什么性上瘾症，咱这儿可是有未成年，别乱说话。"声音成熟的女孩嗔怪道，顿了下，又特意强调说，"你们可千万别被那死变态蒙蔽了，他打着什么拯救者、救赎者的幌子，其实所做的一切都是为了满足他变态的私欲而已。"

"知道，放心吧，我都长大了，知道他是坏人。我以后也不玩命追什么偶像明星了，自己专心学习，实现理想，比把梦想寄托在别人身上有意思多了。"声音细细的女孩接话说，"还别说，真挺滑稽的，在这里每天看看书，也不想别的，感觉还挺充实，恐怕这几个月看的书，比我出生到现在看的所有书都多，就像那精神病说的，好像确实从心理上开始脱毒了，呵呵。"

"其实，我觉得准确地说，咱们这是属于生理和心理双脱毒。"声音哑哑的女孩说，"在外面的时候，手机片刻不能离身，一会儿不摆弄两下，就总觉得缺点什么，哪儿哪儿都觉得不得劲，好像能错过什么天大的事似的，其实屁事没有；还有那网游，得空要不玩两把，就跟犯烟瘾一样，浑身都不自在。"

"网络上那些玩意儿，确实都深入骨髓了，其实没有那些玩意儿，咱也能活得挺好，或者说有些东西没必要发展那么快，天天把人的心气都搞得毛毛躁躁的。"男孩子接话说，"就好像十多年前，网速还没那么快，哪儿像现在，几分钟快进看完一部片子，跟喝白开水一样，啥滋味也没有。当然，我不是说网速不应该发展那么快，就是拿它打个比喻。"

　　"咱好像很长时间没这么聊过天了吧？反正也睡不着，咱就多聊聊呗？"声音细细的女孩说，"晶姐，你应该是咱们这些人中最早被选中的，说说你是怎么被弄来的呗？"

　　"我啊，说实话，真是稀里糊涂的，我当时喝断片了。"声音哑哑的女孩说，"我就记得那会儿，我在电话里冲我前男友瞎嚷嚷，要死要活的，然后迷迷糊糊扒着桥边的栏杆就想往下跳，再后来我就被那精神病绑了。"声音哑哑的女孩顿了顿，"呵呵"笑了两声，打趣说，"说来，我挺对不起你们的，我估计他是在我身上找到了灵感，才弄了这么个地方，把你们都绑来了。"

　　"对了，你知道他是怎么找到这个地方的吗？"男孩子问，"这也太神奇了，跟演电影似的，怎么就找到这么个合适的地方。"

　　"哈哈，真叫你说对了，我听他提起过，他还真是打着拍电影的幌子，找人把这里装修成这副模样。"声音哑哑的女孩笑着说。

　　"别打岔，该我说了，我是第二个来的。"声音细细的女孩轻咳两声，清清嗓子说，"我是因为追星，你们都知道的。出事那天，我跟我妈闹翻了，我趁着她没在家，偷偷跑去文汇大道看我喜欢的那个明星的表演，后来又一路追到明星住的酒店，想找人家要签名。再后来，觉得实在太晚了，想打车回家，然后打到了那精神病开的车。我那天手机被我妈没收了，兜里的现金没多少，等我坐上车，才想起来钱不够，我就跟他说了离家出走的经过，问他能不能先把我送回家，我到家后再让我妈把钱送过来。他当时说没问题，然后递给我一瓶矿泉水，我喝了便睡着了，醒来就在这里了。"

　　"我也是喝了他给的一瓶矿泉水，然后就睡着了。"声音成熟的女孩接话说，"我那天从KTV下班出来有点喝多了，晃晃悠悠上了那死变态的出租车，我这人酒品不行，一喝多就爱瞎咧咧。也是心里憋屈，借着酒劲跟他哭诉了一番，结果他听完，很淡定地递给我一瓶矿泉水……"

"你们不错了，算是被温柔地驯服了，我可是挨了一电棒。"男孩子接话说，"我那天被捉奸，非常狼狈地蹿上了他开的出租车，他看我当时那倒霉样，就跟我聊了会儿天，然后我给他普及了下我在约会软件上的光荣史。跟你们一样，他随后也给了我一瓶水，我当时不识相，拒绝了，他就给了我一电棒。呵呵，我听说，大健哥也是挨了一电棒进来的……"

几个人聊得正酣，突然听到外面传来一些响动，好像是院门被打开了，有车子开进了大院里。

次日一大早，赵健的父亲被通知到队里认尸。认过尸后，他主动提及工人街小区 41 号楼，也就是犯罪人抛尸的那栋楼，说他们一家人曾在那里住过很多年，直到两年前把房子卖了，买了新房才搬走。周时好听完，顿时心里一个激灵，但又有点如鲠在喉，似乎感觉到了什么，可又说不出具体是什么，便赶忙打电话把骆辛和叶小秋召到队里共同研究。

选择在赵健家老房子的楼里抛尸，绝对不会是巧合，那对犯罪人来说意味着什么呢？问题是犯罪人跟赵健到底熟不熟悉？说不熟悉吧，他知道赵健家的老房子；说熟悉吧，他又不清楚赵健已经有了新家，不知道老房子早已卖了。

周时好和叶小秋你一句我一句地讨论着，骆辛则一言不发闷头翻阅着手上的卷宗。很多时候，他就喜欢一遍遍翻看案件卷宗，从字里行间中、从某个微不足道的细节中，试着找到灵感，从而捕捉到有价值的线索。

片刻之后，骆辛抬起头，语气淡淡地问："驾驶证呢？"

"什么？哦，你说的是赵健的驾驶证？"周时好愣了下，随意地说，"技术队那边检查完了，没发现什么痕迹线索，我还给他爸了，你要它干吗？"

"给他爸打电话，问问驾驶证什么时候考下来的。"骆辛催促说。

周时好一脸纳闷，但还是从记事本里找到电话号码，给赵健父亲拨了过去，然后把骆辛的问题复述了一遍，须臾挂掉电话说："说是大学期间学的车，驾驶证拿下来有三四年了。"

"这就对上了。"骆辛轻点下头，"驾驶证上都印有家庭住址，而赵健拿到证时他家还没有搬家，意味着驾驶证上登记的是他家老房子的地址。"

"也就是说，犯罪人看到了驾驶证上的地址，误以为赵健家就住在那儿，然后把尸体抛了过去，对吧？"叶小秋接话说，"可是，他为什么要这么做？是要吓一吓赵健的家人吗？他们之间会有什么交集吗？"

"都不是，我觉得是源于愧疚心理。"骆辛回应说，"犯罪人可能觉得把赵健的尸体还回他家里，他心里能舒服一些，所以我就在想，赵健的死会不会是一场意外？起码，目前从尸检方面来说，他有些死得不明不白。"

"还真是，那个理化检验出结果了，已经排除药物中毒的可能。"周时好说，"病理检验程序比较复杂，结果还得等一等。"

"愧疚？怎么可能？"叶小秋质疑说，"他心里愧疚，还能把人切成那么多块？"

"这就是我接下来要说的。"骆辛回应道，"犯罪人往尸体胸口上补刀，尤其是碎尸举动，在我看来，除了便于抛尸，真正目的是掩盖赵健是死于意外的事实。"

"为什么？"叶小秋大为不解，"主动往身上揽重罪？图什么？"

"你忘了咱们在前面的调查中多次提及过，犯罪人有刻意保持低调之嫌，甚至多次使用过误导办案方向的手段，目的就是不让咱们将几个案件并在一起调查。"骆辛解释说，"就好比犯罪人在下一盘很大的棋，在行棋过程中他不希望被别人窥探到他真实的用意，以免影响他把这盘棋顺利下完。也就是说，他担心咱们透过意外死亡事件，窥探出他作为一个'救赎者'的本质，所以才千方百计把一场意外事件伪装成凶残的杀人碎尸案件，但同时他也对赵健的死满怀'内疚'，于是生出把尸体送还给他家人的想法。当然，所谓的救赎者和他的内疚之心都是打引号的，他只是在捍卫他通过大脑认知反馈得来的畸形的犯罪逻辑，他必须把自己伪装成一个高尚的人，强迫自己相信他的所作所为都是合理的，且是能够带来荣耀的，从而获得足够的动力，将犯罪继续进行下去。"

骆辛说来说去，给出这样一个有些弯弯绕绕的逻辑，实质上也是在捍卫他先前对整个连环失踪案的判断。到底客观不客观，周时好一时之间也难以决断。但是，郑翔在工人街小区里走访时，从"抛尸楼"附近一个十字路口交通信号灯上的监控录像中，捕捉到了疑似抛尸车辆的踪影。是一辆顶灯带有"通海"字样的出租车，车牌号码同样是胡乱拼凑的，由此基本断定：抛尸车辆即是在跨海大桥载走赵健的那辆出租车，也意味着抛尸者就是"10·26"专案的犯罪嫌疑人。这样说来，周时好心里略微感觉到一些安慰，不管骆辛刚刚给出的"意外死亡事件"的逻辑成不成立，总体来说他对整个案件的判断还是成立的，顶多只是稍微出了点偏差而已。

然而，眼下比较被动的是，骆辛给出的关于"10·26"专案的解读，专案组里的很多组员本来就不十分认可，认为太过荒诞无稽，甚至嗤之以鼻。并且，组里的人手比较有限，一边执行骆辛新制定的调查方向，同时原定的排查计划也仍在推进，这让大家每天都在疲于奔命，私下里对骆辛颇多微词，而随着赵健尸体的出现，这种不信任感更甚了。周时好虽然是专案组的实际负责人，但也不能对组员的情绪和意见置之不理，所以他今天把骆辛和叶小秋召到队里，其实还有一个事情要和两人商量，那就是要撤回目前负责排查精神病院和拘禁场所的人手。当然，也不是全部撤回，可以留下两个人，配合骆辛和叶小秋来继续完成排查工作。也就是说，他需要骆辛和叶小秋亲自做一些脏活和累活了。

"没问题。"叶小秋表示欣然接受。她能够理解周时好的谨慎，毕竟死了一个，还剩四个，如果都活着，那么出现一个误判，延误了解救时机，可真没人能负得起这个责任。

"都撤吧，我们两人足够了。"骆辛带着怨气说。他自我惯了，不会去考虑周时好的难处。

"别，还是人手多点稳妥。"周时好拿他没辙，赔着笑说，"咱尽量不耽误进度，或者你们再考虑下，适当缩小些范围，看看能不能再拿出更有针对性的调查方向。"

周时好这话说得没毛病，骆辛也只能点头同意。

赵健的碎尸案，再度归入"10·26"专案组，郑翔便有时间把精力放回到"肖倩案"上。如周时好先前预计的一样，周芸所住酒店的监控录像数据早已被覆盖，她在案发当晚的行踪轨迹便难以查证，询问酒店工作人员，也没人对一两个月之前的事情有印象。周芸是做生意的，接触面自然比较广，郑翔便想试着从她接触的人群中找找线索。但是，真行动起来，才发现不太好下手，他怎么能知道周芸天天都和什么人打交道？琢磨了好一阵子，他突然想起在华阳贸易公司工作的姜亚萍，也就是肖倩的那个高中同学，她说过周芸和她所在部门的领导关系非常亲密，而且一打探，这个领导还是个女的，便决定会一会她。

郑翔不想给姜亚萍带来不好的影响，便没找她牵线，自己直接杀到公司找到那个女领导。只是，面对问话，女领导的回复滴水不漏。女领导还查了下行程表，表示案发当晚她正在陪客户，并给出客户具体的联络方式。至于问起周芸的情况，女领导则坦陈跟周芸很熟，对周芸的为人比较认可，两人经常一起结伴外出，没见她跟什么乱七八糟的人接触过，也不相信她会真的跟案子有关。到最后郑翔只能无功而返。

除了周芸以及被排除嫌疑的刘佳，在肖倩案中曾被警方纳入视线的女性嫌疑人，便只剩下一个张可。郑翔去其家中求证案发当晚行踪，与其共同生活的母亲很实在地表示记不清了，同时给出了个和张可先前差不多的说法，说她下班后基本上待在家里，近一两个月没有印象她晚上外出过。

三名女性嫌疑人，总体来说，背景和活动轨迹都不算复杂，能打探消息的渠道郑翔也基本落实了，确实也找不出有价值的线索来，郑翔心里不免生出些疑问，开始觉得将嫌疑人范围仅局限在女性身上有些过于武断，现阶段不应该完全排除男性作案的可能。

说到男性，郑翔就想起李成来。虽然他有确凿的不在案发现场的证据，但郑翔对他的印象非常差，觉得这个人很不老实，说话总是遮遮掩掩的，也不知道心虚个什么劲儿。反正，眼下案件侦破进入瓶颈期，也没有什么太好的调查方向，郑翔便琢磨着把与李成相关的信息重新捋一遍，从他自身以及周边人群中再试着找找线索。

第二十四章
尸骨有孕

无人幸免

在先前与林悦的对话中，方龄敏锐地感觉到当年在林悦和周时好之间曾出现过另一个女人。正是因为有这么个女人的存在，两人才最终分手，而林悦矢口否认这个女人是郑文惠。如果不是郑文惠，那又会是谁呢？而且在周时好和林悦分手后，周时好又是如何处理他和这个女人之间的关系，她是否是导致郑文惠失踪并被杀害的关键人物呢？

张川今年31岁，警校毕业后在派出所锻炼过两年，因工作表现出色，随后被调入刑侦支队。他一来刑侦支队，便被分进一大队，当时周时好还只是副大队长，为人很低调，和现如今张扬圆滑的做派相比，简直判若两人。到目前为止，张川在队里已经待了7年，成为周时好的心腹也很多年了，虽然队里不时会有些传闻，说周时好和什么什么人产生暧昧了，又和哪个女民警关系不清不楚了，但据张川了解，那些传闻没一个是真的。当然，关于周时好的情事，议论最广泛的还是他和林悦之间的关系，而张川从未听说过在他们之间还有什么别的女人，哪怕资格非常老的民警也没提及过，这说明就算真的有那么一个女人，她也绝对不在队里，甚至局里。

和张川聊过之后，方龄基本就清楚了，恐怕也只有"撬开"周时好的嘴，才能最终确认到底有没有那么一个女人存在，以及那个女人的具体身份。然而，同时她也很清楚，如果没有相关证据表明郑文惠的死与周时好的情感纠葛有关联，说到底那些都属于周时好的私事。尤其是她和周时好关系特殊，让一个男人在自己的前前女友，也是初恋女友，同时又是现如今的上司面前，讲述自己的出轨经历，确实是太尴尬了。

方龄这两天一直在琢磨着如何张口跟周时好把这个事情聊明白，当然也是因为实在找不到别的可追查方向。而就在这时，派出去跟踪监视韩方园的民警，传回来一条重要消息，说韩方园突然通过公寓前台订了两张返回国外的机票，而且现在已经在赶往机场的路上，方龄便交代民警盯紧了韩方园，有必要的话可以适当将其拦截，暂缓其登机，她和张川立即驱车赶往机场。

火速赶到机场后，方龄与民警取得联系，民警表示韩方园和老公已经过了安检，此时正在 21 号登机口的休息区候机，她和张川便赶紧亮出警官证，过了安检口，一路小跑奔向 21 号登机口。

方龄和张川喘着粗气以猝不及防的方式突然现身，把韩方园惊得目瞪口呆，整个人像石化了一样，半天合不拢嘴。毕竟是公共场合，方龄也不好太过高调，以免引起不必要的揣测。她四下打量，看到候机区对面有一个水吧，便冲水吧方向指了指，然后对韩方园说："去那里聊聊吧。"

"好，好。"韩方园求之不得，毕竟总在异国老公面前跟警方交涉，好像自己有什么问题似的，便忙不迭点头应道。

三人到了水吧，张川亮出证件，对服务员表示借个地方说会儿话，服务员便明事理地走开了，不再打扰他们三个。方龄冷着脸问道："不是说已经看好店面，准备在金海常住了吗？怎么突然急着要走了？"

"噢，我老公的父亲意外出车祸去世了，我们赶着回去奔丧，也是突发状况，我们也没想到，金海这边的事情暂时只能搁置了。"韩方园动动嘴角，勉强挤出些笑容，"你们是怎么知道我要回去的？"

方龄故意不急着回应，只是用眼睛瞪着韩方园。

"你说呢？"张川也板着面孔，有意让韩方园感觉到一些威慑。

"那你们……你们这么急着找我，是有什么要说的吗？"韩方园表情很不自然，磕磕巴巴地问。

方龄看出她心虚得很，便直截了当地说："我们想听你说，我们知道你还有很重要的事情瞒着我们没说。"

"那个……那个……"韩方园正支吾着，候机厅中传出一阵广播声，告知在 21 号登机口候机的乘客请排好队，可以准备登机了。韩方园透过水吧玻璃门，望了眼坐在候机区正冲她张望的老公，而坐在对面的方龄和张川，丝毫没有要放她走的意思，似乎这次如果她不给出个彻底的交代，可能真的就难以脱身了。

韩方园沉吟一下，使劲咬了咬嘴唇，仿佛终于下定决心似的说："好吧，我把我最后保留的一点秘密告诉你们。"韩方园顿了下，加重语气说，"文惠失踪时，正怀着身孕。"

"什么？她那时怀孕了？"方龄感到无比震惊，"你怎么知道的，她和你说的？"

"不是，我自己看出来的，我是女人，生过孩子，她怀孕了，我能感觉得到，有三四个月了。那段时间，她比以前稍微圆润了些，还经常没来由地犯恶心，而且我好多次看到她在卫生间里想吐又吐不出来。让她去看医生，她死活不去，眼神总躲躲闪闪的，找借口说自己是吃坏了东西。反正给我的感觉，她怀那个孩子，有点偷偷摸摸，应该不是骆辛他爸的。"韩方园又冲候机区望了眼，一脸焦急地说，"我老公在喊我了，这回我可真的对你们毫无隐瞒了。说实话，自从当年在馄饨店门前被那个男人劫持，这么多年来我一直觉得有双眼睛在盯着自己，尤其回到咱们金海，感觉更强烈。我先前不说，是因为担心遭到报复，现在我要走了，估计很长时间不能回来了，我也豁出去了，希望我再回来时，你们的案子能有个结果。好了，我真得走了。”

方龄显然还沉浸在震惊中，没多言语，只是冲韩方园挥挥手，示意她可以走了。

听到消息，沈春华同样感到无比震惊。

“不太可能，尸骨里肯定没有婴儿尸骨。”沈春华一脸笃定地说。

“有没有可能孩子完全腐败掉了？”方龄问。

“怀孕超过三个月，孩子基本就成形了，人的骨骼腿脚还有胎心以及生殖器都会有的，就算腐败也会留下骨架。”沈春华解释说。

方龄迟疑一下，缓缓地说：“那就是说，要么韩方园看错了，要么孩子在郑文惠遇害前被打掉了？”

“有这两种可能性。”沈春华点点头说。

“要是孩子被打掉了，医院肯定有记录。”方龄说。

“郑文惠做过公职人员，又受过高等教育，我估计她不会去什么乱七八糟的地方打胎，要么是区一级的妇幼保健院，要么就是市妇产医院。”沈春华想了一下说。

方龄咂了下嘴，脸上充满疑虑地说：“不知道过去这么多年了，医院还能不能查到她当时的就诊记录？”

“据我了解，如果没有遭到不可抗力因素，大多数医院会永久保存病历档案，但时间太过久远的，估计在电脑上查不到，只能到档案室里找。”沈春华说。

“那没问题，找就找呗，但愿能从病历中找到孩子父亲的线索。”方龄说。

“希望可以吧，不过做打胎手术，有孕妇自己的签名即可，你得有思想准备。”沈春华说。

方龄点点头，抬头看了沈春华一眼，特别叮嘱道："不管怎样，这个事情暂时要严格保密，千万不能传出去，对周队也不行。"

"嗯，我明白的，您放心吧。"沈春华一脸诚恳地说。

在金海市，三级专科精神病医院只有一家，其余的还有四五家三甲医院设有精神科，加上民营医院和疗养院，有十几家可从事诊断、治疗精神病的医院。

先前的排查工作，主要围绕那几家三甲医院展开，截至目前并没有发现符合骆辛给出的犯罪嫌疑人特征的病例。骆辛和叶小秋接手后，有针对性地把查阅重点放到去年10月26日之前，也就是犯罪人第一次作案之前三个月内的出院病历上。另外，还有两名民警，负责在郊外排查有可能成为拘禁场所的出租场地。

骆辛是后天性学者症候群患者，拥有超凡的阅读和记忆能力，翻阅病历档案的速度自然是先前负责排查工作的民警所无法比拟的，上手不到两天，便把前期排查工作留下的尾巴清理干净。只不过，没有任何收获，这让骆辛很郁闷。

这天，又排查完一家民营医院，出来时天已经黑了，两人一整天也没正经吃东西，叶小秋提议找个面馆吃碗面。像以往一样，骆辛没应声，叶小秋就权当他同意了，自作主张找了家面馆把车停下。

叶小秋自己要了碗大肉面，而且是加肉的，给骆辛点的则是西红柿素面。

吃面的时候，骆辛看上去有些心不在焉，双眼无神，手里拿着筷子机械地往嘴里送着面条。其实，叶小秋早注意到了，自打从那家民营精神病院里出来，他就一直是这样一个状态。

叶小秋以为骆辛是因为心情不好，便安慰道："排查工作就是这样的，需要些耐心，不可能一查一个准。"

骆辛收回淡淡的目光，看了叶小秋一眼，随即放下筷子，用纸巾擦了擦嘴，说道："刚刚我在那医院里看到一个病例：说是有一个男人，亲眼见到自己的姐姐在马路中间打电话，结果被车撞死了，因为对他心灵冲击过大，没有及时得到疏导，慢慢地精神上就出了问题。后来，只要在马路上看到有人拿手机打电话，他就会变得狂躁，就开始犯病。当然，也不总这样，主要是在他自己心情本身不太好的情形下。"

"你是想说，那个男人在心理上已经把在马路上打电话这个动作与他姐姐的死亡紧密联系在一起，形成一种本能的条件反射，所以一看到马路上有人打电话，就会想到姐姐死亡时的场景，然后就会犯病，是这个意思吗？"叶小秋试着说。

骆辛轻轻摇头："准确地说，是当他看到别人在马路上打电话，心里会反射出他目睹姐姐死亡时那种害怕与悲痛交织在一起的感受，这种'感受'让他变得狂躁，其实也就是心理学中常说的条件反射，只不过先前被我忽略了。"

"被你忽略了是什么意思？"叶小秋听出骆辛这话里别有深意。

"先前，咱们把张晶晶列为'10·26'专案的首起案例，认为可能是因为犯罪人听到她在打给前男友的电话中提到关于沉迷网络游戏的一些话，被她深受网络游戏茶毒，以至于玩物丧志甚至失身，却又不以为耻、理直气壮的姿态点燃了满腔怒火，愤而将她强行掳走。"骆辛若有所思地说，"但其实，仔细想想，这种情形似乎并不足以让犯罪人情绪失控到那种程度，尤其作为长久积累的情绪的爆发点，一定需要一个无比强烈的反射点。比如，'死亡'！"话到最后，骆辛加重了语气。

"死亡？"叶小秋怔了下，随即一脸兴奋地说，"对啊，张晶晶的前男友说过，张晶晶那天曾在电话里以死相逼，威胁他立即到跨海大桥给她道歉，不然她就要从大桥上跳下去。所以，跳桥自杀，或者说沉迷网络游戏加跳桥自杀，勾起犯罪人心理的条件反射，促成了他的第一次作案。"

"你接着想，这种条件反射是如何形成的？"骆辛似乎有意要考考叶小秋，"还有，那天晚上犯罪人为什么会出现在跨海大桥上？"

"跟死亡有关，跟跳桥自杀有关，对吧？"叶小秋略微想了想，然后说道，"这几年跨海大桥上曾发生过多起跳桥自杀事件，或许其中就有犯罪人的亲人或者爱人，他为此痛不欲生。那天晚上，他出现在跨海大桥上，或许是想缅怀逝去的亲人或者爱人，却恰巧遇到了张晶晶。"

"所以，咱们现在有了一个更有针对性的方向，找到犯罪人自杀的亲人或者爱人的资料，就可以顺藤摸瓜找到犯罪人本人了。"骆辛说。

"那走吧，事不宜迟，咱现在就去管辖跨海大桥的派出所，查一查相关登记信息，怎么样？"叶小秋说着话，从椅子上站起身来，走到服务台前先把面钱结了，然后跟随骆辛一起出了面馆。

出了面馆，坐进车里，叶小秋未急着发动车子，她拿出手机打给周时好，向周时好汇报了骆辛刚刚想到的新思路。周时好一听，也觉得特别靠谱，吩咐两人立马去派出所查资料，还说他会跟派出所方面打招呼，要求尽力配合两人。

半个小时后，两人赶到了管辖跨海大桥的派出所。由于周时好事先打了招呼，派出所方面不敢怠慢，把近几年所有与跨海大桥相关的自杀事件的接警记录通通找出来，供两人查阅。通宵达旦，到了早晨，两人人共同筛选出几个人选，随后又通过查阅户籍资料，最终将视线锁定在一个名叫王泽阳的男性自杀者身上。

接警记录显示：王泽阳，于去年 8 月 20 日深夜，由跨海大桥东段 5

千米处翻越桥边栏杆，纵身跳入海中身亡，享年34岁。查阅户籍信息显示：其父母很多年前便去世了，在王泽阳也身亡之后，户口簿上只剩下一个大他两岁的哥哥，叫王泽明。王泽阳生前和哥哥在同一家公司工作，那家公司叫"明阳兄弟科技有限公司"，从公司名头不难看出，公司是这两兄弟创办的。另外，报警人以及最后认领尸体的，是一个叫夏薇的女人，她自称是死者王泽阳的女朋友。接警记录上有她的手机号，于是从派出所出来，骆辛和叶小秋随便吃了口早饭，便与夏薇取得了联系。夏薇在电话里告知，她自己开了家奶茶店，并给出地址，让两人去奶茶店找她。两人二话不说，赶紧驱车前往。

到了奶茶店，相互介绍之后，叶小秋直奔主题："麻烦你尽可能地，把你知道的有关王泽明和王泽阳这兄弟俩的情况，都跟我们说说。"

"好。"夏薇稍微斟酌了下，随后娓娓说道，"我和泽阳是高中同学，那时候他父母已经去世了，家里只剩下他和哥哥相依为命。好在他有个姑姑，不时帮衬他们一些。后来，因为家庭条件不好，他哥考上大学没去，主动到社会上打工，赚钱来养活泽阳，一直供到他大学毕业。泽阳是学计算机专业的，专业成绩非常出色，读书时就能编些小软件卖钱，后来毕业之后也没去应聘单位，直接选择创业。创业初期的钱都是他哥投的，那时候他哥做生意已经小有成就，有了些资本，人际面也比较广，泽阳就把他哥拉到公司里干，兄弟俩一起创业，他负责技术和产品开发，他哥负责运营和日常管理。

"公司主要以开发互联网以及智能手机第三方应用产品为主，比如手游、手机主题和屏保之类的东西。一度业绩很不错，融资方面也比较顺利，甚至感觉离纳斯达克也并不遥远。但是，后来因为战略方向性的错误，产品竞争力下降，开发新产品的资金缺口又过大，公司业绩大幅下滑，直至面临着对赌协议即将到期，而业绩远未达标的窘境。在这种情形下，公司只能继续寻找战略投资人，引入资金，才能稳定公司运营和股东地位。他哥为此四处奔波，甚至卑躬屈膝，终于找到一家对公司感兴趣的投资公司，名叫天使投资公司。

"为了促成那次融资，公司几乎是孤注一掷地将经营方针以及战略方向进行大幅度的调整，以最大限度满足投资方要求。而就在双方已经在诸多合作细节上达成一致，并即将签约之际，融资方一位女高管，也是此次融资项目的直接负责人，突然卷入一场桃色绯闻中。据说被人拍到了在公司与年轻男下属约会的视频，虽然事后证实视频是编造的，但女高管因此引咎辞职，连带着也殃及此次融资交易被无限期搁置。

"公司在穷途末路之下，只能再一次紧急调整策略，希望能以最快速度寻找到其他投资人，因此整个公司全员疯狂加班。而就在这个关键时刻，一名员工在连续加班多日后，回到家中于睡梦中猝死。事件被家属曝光后，给公司带来了巨大的负面影响，也让投资人更加望而却步，由此，这家由兄弟俩历经千辛万苦创立的公司，最终还是拱手让于他人。

"公司没了对兄弟俩打击颇大，大哥精神抑郁患了狂躁症，被送进疗养院；而泽阳心里始终迈不过这个坎，同样也是心疼他哥，自己成天郁郁寡欢，最终在跨海大桥上，给我打完最后一个电话，便从桥上跳了下去。"说到最后，夏薇忍不住捂住嘴，无声抽泣起来。

静默了一会儿，等着夏薇情绪逐渐缓和下来，叶小秋才继续发问道："我们现在怎么能找到王泽明？"

"不知道。"夏薇用纸巾擦擦眼泪，缓缓摇头说，"大哥去年10月份出院之后，把他们兄弟俩住的房子卖了，给了我一部分卖房子的钱，说我跟了泽阳这么多年，始终也没有个名分，所以给我一些补偿。那之后，我们就没再联系过。"

"他的手机号你总应该有吧？"骆辛接话问。

"他应该换号了。"夏薇解释说，"公司被夺走之后，大哥就魔怔了，开始愤世嫉俗，尤其对互联网更是深恶痛绝，成天说是互联网畸形的发展害了他，还经常咒骂投资人，说人家是喝血的资本家，可着他们这种小人物耍着玩，将他们玩弄于股掌之中。不知道是不是这个原因，上次我见他手里拿了一个非常老的手机，就是 2G 时代的那种。对了，你们可以找他姑问问，哥俩跟他们的姑姑感情特别好。"说着话，夏薇从服务台上扯下一张纸，把王泽明姑姑的地址写在上面，递给叶小秋。

叶小秋接下纸条的同时，皱着眉问："你刚刚说的那个融资方的女高管是不是叫周怡？"

"对，是姓周，但具体叫什么我记不清了。"夏薇说，"反正她那个偷情视频，去年在网络上传得挺火热的，你们应该也听说过。"

夏薇这么一说，骆辛和叶小秋便都能确认了，确实是那个被"偷情视频"诽谤了的周怡。这可真是老天爷安排的冤冤相报：李成害周怡丢掉工作，间接导致王泽明的公司融资失败，致使公司被战略投资方夺走，同时将王泽明逼疯；而王泽明又在疯狂的大脑的驱使下，臆想出一个无比荒诞的"救赎"计划，并在执行过程中阴差阳错地掳走了李成的女儿李玥涵，让其成为他"救赎"计划中的一分子。骆辛相信这绝对是巧合，如果是因为王泽明想报复李成，那李玥涵一定会是他第一个作案的目标。

辞别夏薇，骆辛和叶小秋马不停蹄奔向王泽明姑姑住处。

老太太一个人在家，提起王泽明和王泽阳兄弟俩，老太太一阵唏嘘："我哥这一家人的命运真是太不好了。早年我哥在机械厂工作，那会儿工人比较吃香，但我哥个子矮，人长得也不好看，所以一直找不到对象。后来，一个工友的亲戚帮忙在农村给介绍了一个，两人只见过一面便结婚了。结婚后，我嫂子这人还挺会操持家的，虽然没有工作，但把我哥照顾得很好，还接连给我哥生了俩儿子。

"本来日子过得挺好，谁承想有一年，因为和我哥发生了一点小摩擦，我嫂子竟然疯了。仔细一打听才知道，原来我嫂子的家族有精神病史，家族里很多人都是30多岁犯病。我哥那时已经下岗，靠给别人开出租车挣钱，我嫂子又是从农村来的，没有医保什么的，送精神病院送不起，只能圈在家里。我嫂子当时自己有一个屋，门从外面锁着，她倒是也不怎么闹，就是一个人坐在床上不住地自己跟自己讲话，从早讲到晚。大小便都在那个屋里解决，虽然我哥总趁她睡着了的时候进去清理，里面的味道还是让人难以形容。

"这样过了两年，街道了解到我哥的困难后，帮忙把我嫂子送到了精神病院。此后不久，我哥就因车祸去世了。没几年，我嫂子也病死在精神病院，剩下泽明和泽阳这两个可怜的孩子，我只能帮忙照管着……"

不用两人问话，老太太自己先滔滔不绝地讲了一番，感觉这番话应该在她心里憋了好长时间。但是，总不能让她这么没完没了地说，叶小秋忍不住打断她的话问："现在，我们怎么能找到王泽明？"

听叶小秋这么问，老太太才反应过来，着急地问道："你们是警察，是泽明出事了吗？"

"哦，是别人的事情，我们找他核实点情况。"叶小秋不想让老太太担心，随便应付一句，"您知道王泽明在哪儿吗？"

"知道，他租了我儿子的厂房干买卖，具体干什么我不清楚。"老太太碎碎念道，"我儿子原来是开厂子的，后来买卖黄了，他就去南方发展了，厂房一直空着。去年有一阵子，泽明来找我，说要租那厂房干买卖，我就给儿子打电话商量让他先用着，也别要什么钱了，但泽明坚持要给，我只好象征性地收了一点。"

"厂房在哪儿？"骆辛稍有点不耐烦地问。

　　老太太不知道他性格有缺陷，以为这孩子不懂礼貌，便白了骆辛一眼，但还是冲叶小秋说："在北郊的建沟村，原来那里是个养猪场，后来不养了，我儿子把地皮买下来，建了厂子。你们进村里，打听老养猪场，村里人都知道。"

第二十五章
无人幸免

无人幸免

赵健尸检的病理检验结果终于出炉，并没发现可导致其死亡的病症，但通过免疫组化技术鉴定，发现蝮蛇抗体呈阳性，也就是说赵健是被蝮蛇咬死的。但是，在其尸体各部分残骸上均未发现咬痕，这不得不让人联想到尸体缺少的那只左脚，或许正如骆辛所说的那样，犯罪人就是不想让人发现赵健真正的死因，所以才把那只被毒蛇咬过的左脚藏匿起来，未随尸体其余残骸一同抛弃。

越来越多的线索都显示出，骆辛和叶小秋这一次的方向是真的对了，"10·26"专案的犯罪人，应该就是王泽明无疑了。他母亲因患有精神病曾被拘禁在家中两年，父亲又做过出租车替班司机，这些应该在王泽明心底留下了很深的印象，所以当他将自己视为一个救赎者，去制订那么一个庞大的救赎计划时，不可避免地将上面两个因素代入，以拘禁的方式去改造救赎目标，以出租车运营的方式去寻找目标。

骆辛和叶小秋两人从王泽明姑姑家出来，快马加鞭赶到支队把情况做了汇报，周时好不敢怠慢，立即召集人手，火速奔向北郊建沟村。同时，还特别通知法医跟随大队一起出警，以备不时之需。毕竟，被害人被拘禁关押了很长时间，说不定身体方面会出现什么问题，法医虽不是医生，但也通晓很多专业防护和救治知识。而事后证明，这是一个无比英明的决策。

建沟村就在市区的边上，距离市区很近，一大队人马没用多长时间，便"杀"进村子，顺利找到老养猪场的具体位置，也就是王泽明租用的厂房位置。整个工厂，距离村道三四十米远，独门独院，门前有两扇黑色大铁门，四周是高高的围墙，旁边紧挨着一条河套，河套的另一边是村民住家，这一边除了眼前的大院，旁边也有几家类似的工厂，但看起来好像都空着，工厂背后是大片大片的菜地，总的来说比较僻静。

大铁门上挂着锁，周时好示意郑翔用大铁钳把锁夹断，随即众人纷纷拔枪，举在手中，严阵以待。大门被拉开，里面毫无动静，一眼能看到院子中间停着两辆车，一辆是挂着新能源牌照的 SUV，另一辆便是警方一直在千寻万寻的冒牌出租车。院子的南面和西面，挨着院墙，盖有几间低矮的瓦房。主力厂房盖在东面，又长又高，看着能有个三五百平方米的样子，大约有两层楼那么高，窗户在上层，估计是个单层房，只不过举架比较高，窗户看上去黑乎乎一片。

周时好正打量着，就听叶小秋惊叫一声，指着 SUV 后车门，说车上有血。众人赶紧奔过去，果然看见顺着车门缝隙有血水溢出，在地上流了一大摊血。周时好试着拉拉车门把手，后车门缓缓打开，便见一名男子歪倒在血泊之中。

"是王泽明。"骆辛沉声说，他见过王泽明的证件照，也在王泽明姑姑家看过他的生活照。

沈春华凑上前去，戴着手套摆弄一阵尸体，然后退出车外，缓缓摇头说："死了，胸前有多处锐器伤，应该是被捅死的，尸体还没完全僵硬，死亡不超过 12 小时。对了，左手的中指被割去了。"沈春华边说着话，边脱下手套，然后从兜里掏出手机，走到一边打电话，通知技术队其他同事，带着装备立马赶过来。

"哎，过来把这个锁弄断。"召唤声来自骆辛，不知何时他已站在大厂房门前。这厂房门上同样挂着锁，门楣上方驾着一个监控探头，但很明显能够看到，探头上的线已经被扯断了。

郑翔忙拿着大铁钳小跑着过去，只一下便干净利索地将门上的铁锁剪断。大铁门被缓缓拉开，里面黑洞洞的，毫无声响，感觉非常空旷。其余人这时也都跟了过来，纷纷举着手电筒，走进厂房，照向四周。就跟先前在外面看到的一样，厂房里空间超大，举架也超高，窗户在上层，但都被一种棉布封死了，周边墙壁上同样也粘着很多类似的棉布，周时好脑子里第一反应，是"隔音棉"。

厂房是长方形的，呈南北走向，当骆辛和叶小秋跟随周时好等几个人差不多快要走到南面尽头时，在手电筒光束的照耀下，看到挨着墙壁有一长排铁栅栏。再仔细一看，几个人无不倒吸一口凉气，原来那竟是如监狱般的一个一个的牢房。隔着铁栅栏能看到里面，犹如小旅馆房间似的，每个牢房里都有一张单人床、一个洗手台，以及一个坐便器。更为惊人的是，几张单人床上，此刻正直挺挺躺着几个年轻人。数了数，正好四个，三个女孩，一个男孩，想必就是张晶晶等几个被选定的救赎目标了。

有民警跑过来，将几个栅栏上的门锁相继剪断，众人纷纷拥进"牢房"。但任凭怎么呼叫和拉扯，几个孩子都毫无反应。沈春华赶紧把手指搭在一名女孩的脖颈上，随即又掀开女孩的眼皮观察了下。再一抬头，看到床头倒着一个盒装牛奶的盒子，顺手拿起来掂掂，里面是空的，沈春华微微一怔，随即语气急促地说道："人还活着，应该是牛奶里被下了大剂量的安眠药，中毒了，快，赶紧送医院洗胃！"

周时好应声嚷嚷道："赶紧打电话叫救护车！"

"不能耽搁了，用咱们的车，快点，都搭把手，把人抬到车上。"沈春华高声喊着。

几个人七手八脚，又抬，又背，又抱，将四个孩子抬到警车上。周时好把自己的车钥匙交给郑翔，让他跟着警车去医院，有消息及时汇报，随即警车拉响警笛，火速驶离。

剩下周时好等人，一个个累得气喘吁吁，加上场面过于震撼，周时好忍不住吼道："谁这么狠？杀了外面这一个还不够，非得把四个孩子也弄死！"

"那就想想谁跟王泽明有仇？"骆辛冷冷地接下话。他倒是不喘，因为抬孩子的过程，他并没有参与，一直在冷眼旁观。

"那个，那个，过劳死的家属？"叶小秋突然想到夏薇提到过一个事情，急不可待地说，"夏薇不说过吗？王泽明兄弟俩的公司，曾有一名员工因连续加班，过于劳累，导致下班后猝死在自家床上，那员工家属肯定恨死王泽明了，对吧？"

"给夏薇打个电话，问她了不了解具体情况。"骆辛冲叶小秋说，"看她今天的谈吐，应该先前也在那家公司待过。"

"好。"叶小秋拿出手机拨给夏薇，说了几句，放下手机说，"员工是本市人，叫徐坤，徐坤他妈叫刘丽丽，他爸叫徐江……"

"徐江？"周时好一脸愕然，紧接着催促道，"再打电话，问问那个徐江是做什么工作的。"

叶小秋拿起电话再打，然后放下电话说："说是做互联网方面的职业规划师，就是到处讲课的那种。夏薇还说她以前在公司是做人事工作的，过劳死事件的资料手里还有一些，如果我们想要，就去找她拿。"

"那还不如直接找徐江。"周时好冷笑一声，轻声嘟哝，"这案子真不是有点意思，是太有意思了，绕来绕去都是熟人。"周时好叹口气，从手包里拿出一个记事本，翻看几页，找到一个电话号码，又拿出手机，照着上面的号码拨了出去。

少顷，电话接通了，就听周时好冲着电话里语气严肃地说："你好，徐老师，我是刑侦支队的周时好，你应该回金海了吧……既然回来了，那应该知道我为什么找你……好，一个小时后，刑侦支队见。"

挂掉电话，周时好仰头四下望了望，见技术队的民警已经按部就班地开始勘查工作，便冲骆辛和叶小秋勾勾手说："走吧，这里交给技术队，你们跟我回去，一起会会那个徐江。"

骆辛点点头，迈步向院外走去，叶小秋随后跟上。周时好也得跟着，因为他的车被郑翔开去医院了，他只能坐叶小秋的车回队里，正好顺道也跟两人说说徐江的情况。

在车上听完周时好的介绍，叶小秋不无感叹地说："徐江认识周芸，那就算间接与周怡有交集，然后他还跟踪肖倩，然后他与王泽明还有纠纷，这真是够绕人的！"顿了下，叶小秋脑门一热，扬着声音说，"对了，有没有可能是互助杀人？徐江帮沈建涛杀了肖倩，而沈建涛则帮他杀了王泽明？"

"不可能，我刚刚说了，肖倩被杀时徐江人在外地，这个已经得到当地警方的证实。"周时好回头看了骆辛一眼，侧侧身子说，"不过，这个徐江，在肖倩的案子上，在王泽明的案子上，都有他的影子，感觉还是怪怪的，所以我让你们一起帮着审审看。"

"对啊，怎么就那么巧？"叶小秋轻声嘟哝着，随即，抬眼瞄了眼中央后视镜，见骆辛依然是面无表情地呆坐着，没有要搭茬的意思，便闭上嘴巴，专心开车。

一路再无话。到了队里，没过多久，徐江也到了。周时好没客气，直接把人带到审讯室里，让徐江坐在审讯椅上，他带着苗苗坐在对面，让苗苗负责记录。

徐江屁股一挨到椅子上，便讪讪地说："这……这是怎么了，干吗这个阵势？我以为周芸都和你们解释清楚了，那个事情就算过去了。"

"那你先解释解释与王泽明的关系吧！"周时好语气严厉地说。

"他？他害死了我儿子，我跟他打官司，就这么个关系。"徐江怔了下，干脆地说。

"你恨他吗？"周时好问。

"恨！干吗不恨？是他逼着我儿子拼命加班，然后出了事情，赔我二十万，就想抵我儿子的一条命，换你，你怎么想？"徐江情绪稍显激动地说。

"你那官司打得怎么样了？"周时好问。

"输了，法院说我儿子不算工伤，但公司也有责任，所以赔二十万合理。"徐江冷笑几声，无奈地说，"当然，我主要是在跟公司打官司，因为他们公司更换了法人，跟王泽明早就没有关系了。"

"但是你依然最恨他，你有想过要杀他吗？"周时好问。

徐江点点头，又摇摇头："有想过，但也就是想想而已，我怎么可能去杀人？"

"昨天晚上你都去了哪里、都做了什么？"周时好问。

"跟客户打了一宿麻将。"徐江不假思索地说，"从昨天晚上10点多，一直打到今天早上7点，然后跟客户去他们公司把合同签了，再之后本想回家补补觉，就又接到你的电话，让我过来这里。"

徐江说得如此详尽和笃定，周时好知道他一定说的都是实情，但也不甘心就此放过他，抬眼直直地瞪着徐江，试探着说道："既然你有想过要杀王泽明，那现在恭喜你愿望成真了，王泽明昨天夜里被杀了。"

"什么？他被杀了？"徐江嘴唇哆嗦两下，表情似哭似笑，紧接着双手捂住脸颊，大声地笑出声来，但转瞬又轻声抽泣起来。

隔着单向玻璃，观察着审讯，叶小秋撇撇嘴，一脸鄙夷地说："这老哥，做职业规划师的，天天到处宣讲，就跟那讲脱口秀的差不多，应该是挺有表演天赋的。"

"嗯，戏有点过。"骆辛轻声说，"他用手捂着脸就是不想让咱们看到他真实的反应，这人有问题。"

"哪儿有问题？"叶小秋扭头追问。

"不知道。"骆辛直截了当地说。

终归，无论是"肖倩案"，还是"王泽明案"，徐江都有完美的不在场证明，所以问话过后，周时好第一时间把他放了。

医院那边已经做完手术，郑翔回到队里汇报说，四名被害人都被洗了胃，除曲春生情况稍严重些外，其余三名女孩生命体征都很平稳，只是目前均未完全恢复意识。

案发现场的勘查，稍晚一点也宣告结束。在大院中的一间瓦房里，勘查员发现大量"三唑仑（安定）"药片，以及大量日常生活用品，并在写字桌抽屉里发现约两万元现金；桌上还有一台电脑，但硬盘已被扯出，并遭到人为的灾难性损坏。凶手在现场，除了留下几枚足迹，并没有留下太多痕迹。不过，他有一个重大疏忽，他没有将那辆SUV车上的行车记录仪中的存储卡取走。

在周时好的办公室里，几个人围在电脑前回放行车记录仪昨夜录下的影像。从声音上辨别，当时是凶手在开车，他应该是一名代驾司机，王泽明则带着很深的醉意坐在后排座位上，但从他说话的语气中，能感觉到他并非完全不清醒，他还能给凶手指路。凶手的声音出现的次数并不多，总共只有两次，而且声音很短、很轻，不太好辨别。不过，在整个录像接近尾声的时候，凶手整个人突然出现在了视频画面中。当时，车子应该未熄火，他拿着钥匙去开工厂大院的铁门，返身回来的时候，被记录仪拍了个正着，只可惜他戴着帽子和口罩，还微微低着头，并不能看清他的真容。

然而，就是从凶手下车走到大铁门前又折回来的这一小段画面，还是被骆辛捕捉到了一丝端倪。他让周时好将凶手从大铁门处折回车上的这段影像以慢动作的方式反复播放，然后指着屏幕说："看到没，就这一小段路，凶手两次伸手到嘴边，又迅速放下，你们觉得他有没有可能是想咬手指，但突然发现自己戴了口罩，只好又把手放下。而且这个动作重复了两次，说明已经是不自觉的强迫性动作。"

"我想起来了。"郑翔一拍桌子，指着骆辛，一脸兴奋地说，"那个，那个先前说的那个，叫什么，噢，对，'适应障碍症'，说的是沈建涛吧？他老爱咬手指。"

"这是沈建涛？我天，又绕回来了！"周时好哭笑不得地说，"看来小秋怀疑徐江帮沈建涛杀了肖倩，沈建涛又帮徐江杀了王泽明，这推理不是完全不靠谱！"

"对啊，可问题是肖倩被杀时徐江身在外地，有没有可能是当地警方在核实信息时出了差错？"叶小秋接话说。

"按理说不太可能，这又没有多大难度。"周时好琢磨了一下，冲郑翔说，"这问题先放放，把那个沈建涛抓了再说，翔子，你去准备传唤书和搜查证，通知技术队让勘查员准备出现场。对了，再给沈建涛姐夫打个电话，问问沈建涛在不在他厂子里。"

郑翔领命而去，不多时回来告知手续已经办妥，并表示打过电话了，沈建涛的姐夫说他今天请假没去上班。周时好便大手一挥，带着众人快步走出支队大楼，紧接着众人纷纷上车出发，直奔沈建涛的家中。

沈建涛打开家里房门时，穿着睡衣，打着哈欠，一副睡眼惺忪的样子。但是，当他看到周时好冷着脸站在门外，身后还跟着一群警察之后，顿时瞪大了眼珠子，脸色也在一瞬间变得惨白，嘴角还跟着不自觉地抽动两下，做贼心虚的嘴脸顷刻间暴露无遗。

周时好将传唤书和搜查证亮给沈建涛看，让他把名字签上，随后示意勘查员开始全屋搜索。签完名，沈建涛表示要先回卧室里换身衣服，才能跟周时好他们走。周时好表示不急，指指客厅沙发，让他先坐下。

沈建涛低着头坐在沙发上，周时好、骆辛和叶小秋站在他对面，也不说话，只是默默地打量着他。过了一小会儿，周时好抱着膀子，直言不讳地说："那四个孩子都已经抢救过来，我可以跟你交个实底，目前还没有完全恢复意识，再等个一两天，应该就可以指认你了。我们能想象得出，你只是想杀王泽明而已，却发展到企图用安眠药毒死那四个孩子，说明他们看到了你的脸，对吗？所以现在给你个机会，你仔细考虑一下，是争取主动交代呢，还是再挺一挺？"

沈建涛头埋得更低了，将手指放在嘴边，机械地啃咬着。又沉默片刻，他突然起身，走到冰箱前，拉开下层冰箱门，从冷冻柜里取出一个冷冻包裹，随后返身走回沙发前，将包裹轻轻放到茶几上，身子坐回到沙发上，用异常冷静的口吻说："这里面是肖倩的一只耳朵，是徐江快递给我的，他帮我杀了肖倩，我帮他杀了王泽明。"

"可是有很确凿的证明，表明徐江并没有杀肖倩。"叶小秋脱口而出道。

"我一直留着这玩意儿，就是担心徐江以后把责任都推到我身上。我还可以给你们看 QQ 聊天记录，以及他在社交网站上给我发的私信。是他主动找我的，提出互相为对方杀死彼此的仇人，事成后分别割下对方仇人身上的一个物件，邮寄给对方。"沈建涛依然很冷静，思路清晰地说，"他给我邮寄了肖倩的耳朵，我割下王泽明的一根手指快递给他，上午刚发的快递，估计这会儿还没到他家。"

"他事先说要给你邮寄肖倩的耳朵了吗？"骆辛问了一句。

"没有。"沈建涛说。

骆辛皱了皱眉，从茶几上将冷冻包裹拿在手上，看着上面裹着一层霜，便用手一点点耐心地把霜抹去，蓦然间，他眼前一亮，因为他看到冷冻物的外包装用的是那种透明的"真空压缩包装袋"，肖倩的耳朵装在里面，看着就好似商场里卖的那种熟食制品一样。而包装袋的正中央，印着一个小兔子模样的卡通图案，看着十分乖巧可爱，似乎在哪里见过。

一瞬间，骆辛突然有种大彻大悟的感觉，就好像全身血脉都被打通了一样，无比畅快。就是这么一个小兔子卡通图案，帮助骆辛打通了案件中所有的疑问环节，他把包装袋交到周时好手上，淡淡地说："肖倩是刘佳杀的，我在刘佳家里见过好多同样图案的包装袋。"

"啊，这是怎么个逻辑？"周时好打量着包装袋说。

骆辛稍微组织下语言，然后解释说："刘佳杀人后故意把现场弄得血光一片，还割掉肖倩的耳朵邮寄给沈建涛，一方面，是企图让案件引起警方和全社会的关注和重视；另一方面，也可以将办案视线引到沈建涛身上，期望警方能够对他展开全面深入的调查。因为刘佳和李成夫妻俩坚定地认为女儿李玥涵的失踪与沈建涛有关，是沈建涛对李成的报复。

"而夫妻俩在第一次因'肖倩案'接受问话时，曾一再强调沈建涛身上的嫌疑，同时反复刻意将李玥涵的失踪与肖倩的被杀混为一谈，从而期望警方能够用同等重视的姿态，来办理这两个案件。也就是说，杀死肖倩，被夫妻俩视为引子，真正想送入警方与大众视野的，是李玥涵的失踪案。

"然而，出乎夫妻俩意料的是，警方因为在第一时间证实了沈建涛没有杀肖倩的作案时间，便没有对其本身再做什么大动作，也没有搜他的家，只是通过外围的调查去寻找线索；而沈建涛在收到耳朵之后，也没有将耳朵交给警方，而是默默地接受了，这就让夫妻两人觉得他似乎有些做贼心虚，便更加坚定对他的怀疑，于是李成不惜请年假，24小时跟踪沈建涛，直到被沈建涛发现，闹到派出所才作罢。

"就像先前推理过的一样，人是被刘佳杀的，但其实是夫妻两人在去南方寻找孩子无果后，内心倍感沮丧和挫败，濒临崩溃的边缘时，共同策划的。因为李成是男性，目标比较明显，容易引起怀疑，而刘佳一向以体弱多病示人，被警方关注和怀疑的可能性较小，所以夫妻俩商定由刘佳来作案。"

尾 声

一

刑侦支队 1 号审讯室，犯罪嫌疑人徐江。

徐江："儿子死了之后，我整个人万念俱灰，觉得生活没有什么意义了，唯一能支撑我苟活的，就是为儿子讨个公道。4 月底，官司二审失败，那天晚上我很郁闷，去了丽月酒吧，想要把自己灌醉。没想到，我遇到了王泽明，在那一刻我有了杀机。

"王泽明是我儿子公司的大老板，出事前我儿子经常吐槽他，说他压榨员工，拼命地让员工加班，但又找各种理由拖欠加班费。我儿子还说，其实很多时候公司都不需要加班，也没有那么多工作可干，只是老板自己焦虑，见不得员工比他下班早而已。儿子死后，王泽明始终未露面，只是吩咐下属跟我们沟通。后来我气不过，主动到公司找他要说法，他表现得很傲慢，一直强调公司有困难，对我儿子的死则轻描淡写，甚至话里话外那意思，似乎是我儿子拖累了他的公司。还说，公司让员工加班也是迫不得已，说公司要是垮了，员工顶多换个工作，老板可能命都没了。我说现在是我儿子的命没了，他说那只是意外而已。还'只是'，还'而已'，一条人命，在他的嘴里就这么轻飘飘的，就跟一块口香糖似的，嚼完随口就吐了。

"那天晚上，我向酒吧里的服务员打听，知道他是那里的常客，几乎每晚都会光顾。到了5月中旬，周芸给我打电话，让我帮忙收集一些肖倩和李成的资料。在这个过程中，我了解到沈建涛的遭遇，于是就有了互助杀人的想法。我通过私信和他建立了联系，并互加了QQ号，因为现在的人用微信的比较多，可能很少会注意到QQ，包括警察。对于我提出的想法，他考虑了几天，最终表示同意。我为了显示诚意，主动提出我先动手帮他杀肖倩，事成之后会把肖倩身上的一个器官快递给他。

"然而，就当我开始寻找杀肖倩的机会时，我接到老家发来母亲病危的消息，只好先回南方处理母亲的事情。谁承想，在这个当口，肖倩竟然被人杀了，甚至更令我惊喜的是，沈建涛给我发消息，说他收到了肖倩的耳朵，于是我顺水推舟，承认肖倩是我帮他杀的……其实，我可以自己解决王泽明的，但我有妻子，还有一个女儿，我不想让她们一辈子背负杀人犯家属的名声。"

刑侦支队2号审讯室，犯罪嫌疑人沈建涛。

沈建涛："徐江告诉我，王泽明是丽月酒吧的常客。先前，因为警察老找我的麻烦，我不敢轻举妄动，后来逐渐感觉警察已经不在意我了，我开始到丽月酒吧门前蹲点。两晚之后，我就注意到了，王泽明没有智能手机，他喝完酒找代驾从不使用网约形式，而是直接出门随意找一个，所以第三个晚上，我假装成代驾司机，在他走出酒吧时，第一个冲上去，结果就被他选中了。

"我把车开到他指定的工厂大院门前，他给我一把钥匙，让我下车把大门打开，然后说开完门我就可以走了。在那一刻，我知道了那大院里只有他一个人住，我的机会也就来了。我帮他开完大门，假装还他钥匙，在打开后车门的一瞬间，我掏出事先准备好的匕首，连续捅了他三四下，他只是稍微挣扎了几下，便倒在椅子上死了。

"随后，我把车开进院子。本来想立刻离开，把大门锁上，估计十天半个月也不会有人发现他的尸体。可是下车后，不经意瞥到那个厂房大门上有一个监控探头，我走过去把上面的线扯断，又担心监控探头早已录下我的脸，而且误以为监控主机放在那厂房里，便从王泽明身上摸出钥匙，把那厂房大门的锁打开。我进去的时候，本以为里面没人，因为门上也上着锁，可是进去没多久，我就听到了窸窸窣窣的声音，好像还有人说话。我有些好奇，拿出手机照亮，循着声音走过去，结果把我吓傻了，没想到王泽明在那里面关了几个孩子。我当时第一反应想转头赶紧离开，但突然意识到我的脸被那些孩子看到了。其实，一开始我是戴着口罩的，只是杀人后意识松懈了，戴着口罩又憋屈，而且我有咬手指的习惯，戴着口罩实在不方便，就把它摘了。而就在我犹豫的当口，有个孩子突然问我是警察还是王泽明的朋友，我不知道该怎么回答，胡乱点了点头，然后转头离开了。我琢磨着先到外面冷静一下，然后再想想该怎么处理那几个孩子。

"我从厂房里出来，看到院里还有几间瓦房，就随便找了一间进去看看。那间应该就是王泽明平常住的房间，里面有床，有很多日常用品和食品，还有药品，尤其有好多瓶安眠药。里面还有桌子，上面有一台电脑，我看到主机亮着灯，估计是监控主机。我把电脑屏幕点亮，想着把录到我的监控视频删除了，结果发现，王泽明是个彻头彻尾的疯子。我不知道他从什么地方弄来那么多孩子，还以导师自居，给那些孩子制订每天的起居、运动、吃饭、看书计划。在那一刻，我真希望我没有杀王泽明，而是把他举报了，把那些孩子救了。但是，我不能，我已经是一个杀人犯了，杀一个也是杀，多杀四个也无所谓。我想到了那些安眠药，就把大把大把的安眠药磨成了粉，弄进盒装牛奶里。等到第二天早晨，在王泽明规定的早餐时间点，装作导师的朋友，让那些孩子把牛奶都喝了……"

刑侦支队 3 号审讯室，犯罪嫌疑人刘佳。

刘佳："孩子能够活着回来，我这辈子就知足了。南方一行回来，我和老公心力交瘁，甚至觉得可能这一辈子也无法再看到孩子。就在那时，我看到张洁发了朋友圈，庆祝肖倩找到新工作和喜迁新居，并从评论中看到她和郝娜的对话，知道肖倩住在大华小区的 28 号楼。看着人家那边岁月静好，而我们这边生不如死，尤其，一直以来我都觉得女儿的失踪，是因为肖倩带着我老公搞出那个'偷情视频'造成的。心里面便越琢磨越憋屈，于是恶向胆边生，就想到了杀死肖倩，给警方制造出一种肖倩的被杀和我女儿的失踪，都是出自沈建涛之手的错觉，然后帮我们找到孩子。

其实，我虽然身体有病，但并没有你们想象的那么严重，你们看到的虚弱模样，都是我有意识装出来的，想让你们从一开始便忽略掉我的作案嫌疑而已。总之，所有的一切是我想出来的，也是我自告奋勇杀人的，我老公只是上网帮我查了一些资料，帮我跟踪肖倩，搞清楚她具体住在哪个房间，又在我杀人过后，把肖倩的耳朵送到沈建涛家门口而已……"

刑侦支队 4 号审讯室，犯罪嫌疑人李成。

李成："人虽然不是我杀的，但我也是凶手，而且这一系列兜兜转转的罪恶都源于我。我是真的没有想到，一个随意的恶作剧，一个几十秒钟的视频，竟然会卷进去那么多人，波及那么多无辜的生命，甚至可能葬送掉我女儿的人生。我想是我没有真正读懂这个世界，或者说，某些时刻它跑得太快了，我还没有学会适应……"

二

"10·26"专案、"肖倩案"和"王泽明案"，相继告破，犯罪人除王泽明已身亡之外，其余几人均对自己的犯罪行为供认不讳。遭到王泽明非法拘禁的四人当中，三名女孩的身体已完全康复，并已出院，遗憾的是，男孩则因体内摄入安眠药成分过多，目前依然处于昏迷状态。

案件落定，本该欣喜，但细想案中情节，不免令人唏嘘。纵观整个案件，似乎所有人都是凶手，但几乎所有人最终也成为受害者，似乎所有凶手看上去都并非罪大恶极，而那些受害者似乎也并不完全值得同情，就好似李成说的那般，这个世界某些层面发展得太快了，是非对错、正义邪恶本质上的意义，似乎已经无法适应这个世界。但事实并非如此，无论世界如何发展，害人之心都不可有，打着正义的幌子以暴制暴，同样是作恶，同样罪不可恕。尤其，这是个不寻常的时代，恶意会被无限放大，会被迅速传播，会被循环反复，如果不常怀敬畏，不加以及时遏制，终归会落在每一个人身上，无人幸免。

就好似王泽明，他将那些迷失在网络上的孩子视为多米诺骨牌，可他自己何尝不是一张骨牌？还有徐江、沈建涛、刘佳、李成、肖倩、李玥涵，他们又何尝不是一张骨牌？实质上，每一个人都是这个世界上的一张骨牌，每个人都有自己的位置，都有责任让自己站立得稳稳当当，甚至帮助别人站立得稳稳当当，而不是去破坏别人站立的根基，哪怕只是挖一点点土。不要以为别人是第十张牌，你是第一万零一张牌，甚至第一亿零一张牌，你们之间就八竿子都打不着了。他倒下了，似乎跟你没关系，实际上，你也一样，终究有一天会倒塌，只是时间早晚而已。

所以，在这个世界上，每个人都要自爱，更要热爱生你养你的这片土地，热爱你的亲人，爱你的朋友，爱你的同事，爱你的老师和同学……要对所有的陌生人保持善良。这是所谓的"大道理"，似乎与现实相比，显得有些格格不入，甚至让很多人嗤之以鼻，但是说多了，哪怕有一个人听进去，这个世界就多了一份安宁。

三

骆辛的母亲郑文惠遇害前到底有没有怀孕，是必须调查清楚的，因为它很可能关系着案发的真正动机。

骆辛家住金海北城区，北城区妇幼保健院有可能是郑文惠做人流手术的一个选择。当然，妇产医院技术和条件更好、更安全，会是一个更好的选择。方龄和张川便决定先从妇产医院查起。

正如沈春华所预料的那样，十多年前的病历档案，在医院的电脑上已无法查阅，只能到档案室去找原始病历。但因档案室遭过一次水灾，有些档案的年份排列摆放顺序不一定准确，而且可能有些档案已经被损毁了，即使病历存在，医院方面也不能保证一定能够找到。

案件侦破不就是这样吗？哪怕有一丁点的可能，也需要排除万难去验证。于是，方龄和张川在医院档案室里闷头找了整整三天，终于有所收获。看着郑文惠的病历在手，方龄心里有种说不出的滋味，既高兴，又忐忑，还为这个女人感到一丝悲凉，她希望凶手就此能够露出真容，但又害怕那个人是她最不希望成为凶手的那个。

　　谜底终究要揭开。病历显示：郑文惠确实在遇害前不久做过人流手术，因为她得过心肌炎，必须有家属签字才能手术，而签字的那个人的名字，正是……

第二部完

2022 年 1 月

图书在版编目（CIP）数据

无人幸免 / 刚雪印著 . -- 长沙：湖南文艺出版社，2022.9

ISBN 978-7-5726-0819-3

Ⅰ . ①无… Ⅱ . ①刚… Ⅲ . ①推理小说—中国—当代 Ⅳ . ① I247.5

中国版本图书馆 CIP 数据核字（2022）第 152210 号

上架建议：悬疑·推理

WUREN XINGMIAN
无人幸免

著　　者：刚雪印
出 版 人：陈新文
责任编辑：匡杨乐
监　　制：董晓磊
策划编辑：张婉希
特约编辑：张亚一
营销编辑：张　烁
版式设计：李　洁
封面设计：潘雪琴
封面插画：方块阿兽
内文排版：百朗文化
出　　版：湖南文艺出版社
　　　　　（长沙市雨花区东二环一段 508 号　邮编：410014）
网　　址：www.hnwy.net
印　　刷：北京天宇万达印刷有限公司
经　　销：新华书店
开　　本：680mm×955mm　1/16
字　　数：261 千字
印　　张：19.5
版　　次：2022 年 9 月第 1 版
印　　次：2022 年 9 月第 1 次印刷
书　　号：978-7-5726-0819-3
定　　价：56.00 元

若有质量问题，请致电质量监督电话：010-59096394
团购电话：010-59320018